Charles Ray Willeford

Ketzerei in Orange

CHARLES RAY WILLEFORD

KETZEREI IN ORANGE

Herausgegeben von der Süddeutsche Zeitung Edition

Ausgewählt von Peter Graf

Aus dem Amerikanischen von Rainer Schmidt

Nichts ist.
Wenn es etwas wäre, wäre es nicht erkennbar.
Wenn es erkennbar wäre, wäre es nicht mittelbar.

Gorgias

Für den großen verstorbenen
Jacques Debierue
1886–1970

Memoria in aeterna

1. Teil

1

Nichts ist.

Vor zwei Stunden hatte mir der Mann vom Bahnexpress die Kiste mit der eben erschienenen *Internationalen Enzyklopädie der Kunst* in mein Apartment in Palm Beach geliefert. Ich hatte den Lieferschein unterschrieben, den Thermostat der Klimaanlage um drei Grad höher gestellt, in der Küche den Tischlerhammer hervorgekramt und die Kiste aufgestemmt. Vierundzwanzig wunderschöne, leinengebundene Bände, cremefarbenes Dünndruckpapier, Büttenrand. Sechs arbeitsreiche Jahre der Vorbereitung, mehr als 2500 Illustrationen – 436 Farbtafeln – und jeder der gründlich recherchierten Artikel geschrieben und namentlich gezeichnet von einem anerkannten Experten des jeweiligen Fachgebiets der Kunstgeschichte.

Zwei Artikel stammten von mir. Und mein Name, James Figueras, wurde von anderen Kritikern in drei weiteren Artikeln erwähnt. Mich zu zitieren hieß, Bestätigung ihrer eigenen Auffassungen durch eine Kapazität zu erfahren.

In meiner Augenwelt, in der Welt der Kunstkritik, wo weniger als fünfundzwanzig Männer – und keine Frauen – sich ihren Lebensunterhalt als hauptberufliche Kunstkritiker verdienen (die Kunstrezensenten der Zeitungen zählen nicht), bedeutet die Tatsache, dass mein Name als Autorität in dieser ultimativen Enzyklopädie genannt wird, ERFOLG – und zwar in Großbuchstaben. Ich dachte einen Augenblick darüber nach. Nur 25 hauptberufliche Kunstkritiker in Amerika, bei einer Bevölkerung von mehr als 200 Millionen! Das ist in der Tat eine kleine Anzahl von Leuten, die fähig ist, Kunst zu betrachten, zu verstehen und ihre Interpretation schriftlich so zu formulieren, dass jeder, der will, teilhaben kann an diesem ästhetischen Erlebnis.

Clive Bell hat behauptet, Kunst sei ›signifikante Form‹. Dagegen habe ich nichts einzuwenden, aber er hat seine These nie bis zu ihrer nahe liegenden Schlussfolgerung fortgeführt: Es ist der Kritiker, der die Form(en) für den Betrachter signifikant werden lässt. In sieben Monaten werde ich meinen fünfunddreißigsten Geburtstag feiern. Ich bin der jüngste Experte, der in der Enzyklopädie mit seinem Namen zeichnet, und – so begriff ich im gleichen Augenblick – sollte ich lange genug leben, dann hatte ich alle Chancen, der größte Kunstkritiker Amerikas, vielleicht sogar der Welt zu werden.

Mit Zartgefühl hob ich die schweren Bände aus der Kiste und stellte sie in einer Reihe auf meinen Schreibtisch.

Die komplette Enzyklopädie kostete, wenn man sie noch vor dem eigentlichen Erscheinungsdatum zum Subskriptionspreis bestellte – und die meisten Universitäten, Colleges und großen Bibliotheken würden dieses Angebot nutzen –, dreihundertfünfzig Dollar plus Versandkosten. Nach ihrem Erscheinen muss man für die Enzyklopädie fünfhundert Dollar auf den Tisch legen; zusätzlich bekommt man die Option auf ein alljährlich erscheinendes Kunstjahrbuch zum Preis von nur zehn Dollar (mit dem gleichen guten Papier, dem gleichen attraktiven Einband).

Da zeitgenössische Kunst nun mal mein Fachgebiet ist, versteht es sich von selbst, dass mein Name in diesen Jahrbüchern vertreten sein wird.

Natürlich hatte ich schon vor Monaten die Korrekturfahnen gelesen, dennoch widmete ich mich jetzt ausführlich meinem 1600-Wörter-Aufsatz über *Die Kunst und das Kind im Vorschulalter,* las ihn mit der Befriedigung, die jeder gut geschriebene, fachkundige Text dem Leser verschafft. Der Aufsatz ist eine straffe Zusammenfassung meines Buches *Die Kunst und das Kind im Vorschulalter,* das wiederum eine überarbeitete Version meiner Magisterarbeit an der Columbia University war.

Dieses Buch machte mich zum Kunstkritiker, und gleichzeitig war das Buch ein Fehlschlag. Ich sage, das Buch war ein Fehlschlag, weil zwei pädagogische Institute an zwei großen Universitäten das Buch als Standardlektüre für kinderpsychologische Seminare übernahmen, was darauf hindeutete, dass die betreffenden Pädagogen weder die Thesen des Buches begriffen hatten noch etwas von Kindern oder Psychologie verstanden. Immerhin hatte mir das Buch dazu verholfen, dem Beruf des Dozenten für Kunstgeschichte zu entrinnen und stattdessen Autor und Kunstkritiker zu werden.

Thomas Wyatt Russel, Herausgeber des Magazins *Fine Arts: The Americas,* der das Buch gelesen und verstanden hatte, offerierte mir einen Vertrag als Kolumnist und freier Mitarbeiter, der mit vierhundert Dollar im Monat dotiert war. *Fine Arts: The Americas* bringt der Stiftung, die es trägt, jährlich mindestens fünfzigtausend Dollar Verlust ein und ist mit Abstand die erfolgreichste Kunstzeitschrift in den Vereinigten Staaten und darüber hinaus. Zugegeben, vierhundert Dollar im Monat sind eher eine klägliche Summe. Aber mein Name im Impressum dieses prestigeträchtigen Magazins war das Instrument, das ich brauchte, um als freier Autor meine Artikel auch an andere Zeitschriften verkaufen zu können. Mein Einkommen aus diesen Arbeiten war naturgemäß unregelmäßig, aber zusammen mit dem festen, wenn auch kümmerlichen Monatsgehalt genügte es – solange ich unverheiratet blieb, was ich mir aber fest vorgenommen hatte – um mich vor dem ungeliebten Lehrerdasein zu bewahren und vor der frostigen Enge der Museumsarbeit, den beiden einzigen Alternativen, wenn man sich zu einem Examen in Kunstgeschichte entschlossen hatte. Natürlich gab es immer noch den Bereich der Werbung, doch niemand opfert dem eingehenden Studium der Kunstgeschichte bewusst seine Zeit – eine Grundvoraussetzung für ein Examen –, um anschließend in die Werbebranche einzusteigen, auch wenn man dort richtig Geld verdienen konnte.

Ich klappte das Buch zu, schob es zur Seite und griff nach Band III. Meine Finger zitterten – ein wenig –, als ich mir eine Zigarette anzündete. Ich wusste, warum ich mich so lange mit dem Aufsatz über Vorschulkinder abgegeben hatte, auch wenn es mir zuwider war, dies zuzugeben. Lange Zeit (ich versuchte mir weiszumachen, dass ich nur meine Zigarette zu Ende rauchen wollte) war ich körperlich außerstande, meinen Artikel über Jacques Debierue in Band III aufzuschlagen. Jede Scheußlichkeit, die Dorian Gray beging, zeigte sich auf seinem hinter verschlossenen Türen gehaltenen Porträt, und was mich betraf, stellte sich mir manchmal die Frage, ob irgendwo ein versteckter Filmprojektor vor sich hin surrte und wieder und wieder die Ereignisse jener beiden Tage in meinem Leben vorführte. Wie alles andere sollte auch das Böse mit der Zeit gehen, und ich war kein Kunstliebhaber des Fin de Siècle wie Dorian Gray, ich war Profi und genauso gegenwärtig wie das gleißende Sonnenlicht Floridas draußen vor meinem Fenster.

Trotz der Klimaanlage schwitzte ich so heftig, dass meine dicken Koteletten feucht und klebrig wurden. Hier in diesem wunderschönen Buch stand sie endlich, die bittere Wahrheit über mich. Schuldete ich Debierue meinen gegenwärtigen Ruf und Erfolg oder hatte Debierue seinen Erfolg und seinen Ruf mir zu verdanken?

»Wo immer du den Schmerz antriffst«, schreibt John Heywood, »wird er dir nicht gefallen.« Der Gedanke an Debierue schmerzte mich wirklich – und ich mochte diesen anhaltenden Schmerz nicht, ebenso wenig wie mich selbst. Aber nichts, nichts auf dieser Welt konnte mich daran hindern, meinen Artikel über Jacques Debierue zu lesen …

2

Gloria Bentham hatte nicht die blasseste Ahnung von Malerei, was sie aber nicht daran gehindert hatte, eine erfolgreiche Kunsthändlerin und Galeristin in Palm Beach zu werden. Sich zu behaupten und darüber hinaus noch ein wenig mehr als das zu schaffen, wenn während der Saison mehr als dreißig gewerbliche Galerien von morgens bis abends geöffnet waren, war keine schlechte Leistung, auch wenn die aufblühende Kunstbewegung der letzten Jahre es möglich gemacht hatte, beinahe jedes Kunstobjekt zu einem fast beliebigen Preis an den Mann zu bringen. Dennoch – Menschenkenntnis ist für einen Händler wichtiger als Kunstverständnis, und Gloria zeigte in ihrer feinfühligen, zurückhaltenden, unscheinbaren Art die Gabe, den Leuten geduldig zuzuhören – einen Wesenszug, der oft für Verständnis gehalten wird.

Als ich auf der A1A Richtung Norden fuhr, von Miami nach Palm Beach, dachte ich an Gloria, um nicht an andere Dinge denken zu müssen, aber es befriedigte mich nicht sonderlich. Ich hatte mich für die längere, langsamere Strecke und gegen den Sunshine Parkway entschieden, um eine zusätzliche Stunde zu nutzen und meine Gedanken zu ordnen hinsichtlich dessen, was ich über die Malerei von Miami schreiben wollte, und ich wollte eine Stunde länger einem Problem – falls es noch ein Problem war – namens Berenice Hollis aus dem Weg gehen. Nichts ist einfach, und ich bin nur deshalb ein guter Kritiker, weil ich hinter das tiefe, dunkle Geheimnis der Kritik gekommen bin. Das Denken, der Prozess des Denkens und der Mensch, der denkt, sind ein und dasselbe. Und wenn das so ist – und ich führe mein Leben, als sei es so –, dann sind auch der Mensch, der malt, die Malerei und der Prozess des

Malens ein und dasselbe. Nichts und niemand ist jemals einfach, und Gloria war geradezu versessen darauf, dass ich nach Palm Beach kam, um bei der Vernissage ihrer neuen Ausstellung dabei zu sein. Die Ausstellung war nicht wichtig, noch war die Idee einzigartig. Das Ganze war nur vernünftig.

Sie veranstaltete eine Doppelausstellung: naive haitianische Malerei und die Arbeiten eines jungen Malers aus Cleveland namens Herb Westcott, der zwei Monate in Pétionville, Haiti, verbracht und die lokale Szenerie gemalt hatte. Der Kontrast würde Westcott schlecht und die Primitiven gut aussehen lassen, weil er Profi war und sie auf naive Weise unprofessionell waren. Gloria würde die Primitiven mit 600 Prozent Aufschlag auf den Einkaufspreis verkaufen, und selbst wenn die meisten Käufer die Bilder nach einer Woche zurückbrächten (nicht viele Leute können mit haitianischen Primitiven leben), würde sie immer noch einen Gewinn machen. Und in den Augen der Sammler, die naive Malerei nicht ausstehen konnten, würde Westcotts Handwerk gegenüber den Haitianern derart überlegen wirken, dass er in einer solchen Tandemausstellung zweifellos einige Bilder mehr verkaufen würde als in einer One-Man-Show ohne den Vorteil des Vergleichs.

Indem ich an Gloria dachte, hatte ich für kurze Zeit vermieden, meine Gedanken Berenice Hollis zuzuwenden. Meine Lösung für das Problem Berenice war eine Art sanfter Overkill; einerseits hatte ich gehofft, es werde funktionieren, andererseits nicht. Sie war Englischlehrerin an einer High School (elfte Klasse) und kam aus Duluth, Minnesota. Sie war nach Palm Beach geflogen, um sich ein paar Wochen in der Sonne zu erholen, nachdem sie sich eine Zyste aus dem Kreuz hatte operieren lassen – keine ernste Operation, aber sie war für einige Zeit krankgeschrieben, und die nutzte sie. Ihre helle Haut war nach und nach safrangelb und dann golden wie Ahornsirup geworden. Die Narbe am Steißbein hatte sich von ihrer anfänglich wütend roten Farbe gräulich eingefärbt, um schließlich im Grau in Grau einer leicht runzligen Grisaille zu verblassen.

Unsere Romanze hatte ähnliche Schattierungen und Nuancen angenommen. Ich hatte Berenice in der *Four Arts Gallery* kennen gelernt, wo ich über eine Toulouse-Lautrec-Wanderausstellung berichtet hatte, und sie wollte nicht wieder nach Duluth zurück. Das wäre für mich so weit in Ordnung gewesen (ich hätte niemanden in aller Aufrichtigkeit zur Rückkehr nach Duluth ermuntern können), aber ich hatte den Fehler begangen, sie bei mir einziehen zu lassen, eine törichte Entscheidung, die mir damals wie eine großartige Idee vorgekommen war. Sie war ein kräftiges Mädchen vom Lande – drall ist ein besseres Wort –, mit üppigreifen Formen, kornblumenblauen Augen und einer wilden, dunkelblonden Mähne, die sich über ihren Rücken ergoss. Abgesehen von der heftzweckengroßen Narbe über ihrem Steißbein, die man kaum bemerkte, war ihre sonnenwarme, süß duftende Haut makellos. Ihre blauen Augen hatten dank ihrer Kontaktlinsen einen samtigen Blick. Aber sie war nicht wirklich gutmütig, wie ich zuerst gedacht hatte, sondern nur faul. In meinem kleinen Apartment war kaum Platz für eine Person, geschweige denn für eine weitere, und Berenice breitete sich in alle Richtungen aus. Wer sie zum Ausgehen oder für eine Party angezogen sah, hätte nicht geglaubt, dass das Zusammenleben mit ihr ein derartiges Tohuwabohu bedeutete – Kleider verstreut über alle Sitzgelegenheiten, nasse Badetücher, Bikinis auf dem Fußboden, im Bad stank es nach Badesalz, Puder, Parfüm und Salben, eine kräftige Mischung, die so überwältigend war, dass ich mir beim Rasieren die Nase zuhalten musste. Der Zustand der Kochnische war noch schrecklicher. Niemals spülte sie Tassen, Töpfe, Teller oder Pfannen, und einmal erwischte ich sie dabei, wie sie das zerlassene Fett von Speck in den Abfluss schüttete.

Mit der Schlamperei konnte ich leben. Doch das Hauptproblem bestand darin, dass Berenice ständig anwesend war und ich gleichzeitig in meinem Apartment schreiben musste.

Es hatte meiner gesamten Überzeugungskraft bedurft, Tom Russel dazu zu überreden, dass ich während der Saison über die Gold Coast berichten durfte. (Die offizielle Saison in Palm Beach beginnt an Silvester mit einem langweiligen Dinnerball im Everglades Club und findet irgendwann um den 15. April herum ihr Ende.) Tom willigte schließlich ein, lehnte es jedoch ab, mir zusätzlich zu meinem Gehalt Spesen zu zahlen. Also musste ich in Palm Beach nicht nur mit meinem monatlichen Honorar auskommen, ich musste von meinen kargen Ersparnissen auch noch den Flug bezahlen (von den restlichen 250 Dollar kaufte ich mir ein Auto). Nur weil ich meine mietgebundene Bude im Village für das Doppelte vermieten konnte, kam ich zurecht. Gerade mal so.

Ich arbeitete zweimal so hart und schrieb viel bessere Artikel als in New York, um Tom Russel davon zu überzeugen, dass die Gold Coast ein prosperierendes Zentrum amerikanischer Malerei war, das von den seriösen Kunstzeitschriften viel zu lange vernachlässigt worden war. Um ehrlich zu sein, war dem noch nicht so, doch es fanden sich stellenweise Anzeichen dafür, dass sich etwas bewegte. Floridas einheimische Maler reproduzierten immer noch das Klischee impressionistischer Palmen und Meerespanoramen, dennoch hatten genug angesehene Maler aus New York und Europa Florida inzwischen für sich entdeckt und stellten in Galerien von Jupiter Beach bis Miami aus. Somit gab es während der Saison hinreichend neue Ausstellungen, um meine Kolumne zu füllen, und mindestens ein bedeutender Maler zeigte seine Bilder lange genug, dass ich ihn mit einer meiner umfassenden Abhandlungen würdigen konnte. Während der Saison ist in Florida eine Menge Geld im Umlauf, und Maler stellen natürlich überall dort aus, wo das Geld bei potentiellen Käufern locker sitzt.

Solange ich Berenice die ganze Zeit in dem winzigen Apartment um mich hatte, konnte ich nicht schreiben. Sie tappte barfuß umher, leise und verstohlen, wie es nur ein fast siebzig Kilogramm schweres Mäuschen zustande bringt – bis ich mich beschwerte. Dann setzte sie sich stillvergnügt irgendwohin, las nichts, tat nichts, sondern starrte mich nur liebevoll von hinten an, während ich vor meiner Hermes-Schreibmaschine saß. Ich hielt das nicht aus.

»Worüber denkst du nach, Berenice?«

»Über nichts.«

»Doch, du denkst über mich nach.«

»Nein, tu ich nicht. Los, schreib weiter. Ich stör dich nicht.«

Aber sie störte mich doch, und ich konnte nicht schreiben. Ich hörte sie nicht einmal atmen, so leise war sie, aber ich ertappte mich immer wieder dabei, wie ich die Ohren spitzte, ob ich sie nicht doch hören konnte. Es bedurfte einiger Mühe, mich mental zu wappnen (denn im Grunde bin ich ein freundlicher Mistkerl), und schließlich bat ich Berenice in netter Form, sie möge verschwinden. Sie wollte nicht. Ein wenig später wurde ich garstig und mein Ton schroffer. Sie stritt nicht mit mir, aber sie war auch nicht bereit zu gehen. Bei solchen Gelegenheiten gab es ihrerseits nicht mal Widerspruch. Sie sah mich nur ernst an, mit weit geöffneten kornblumenblauen Augen, in denen die Kontaktlinsen ins Schwimmen gerieten, bis die unterdrückten Tränen flossen, während sie sich gleichzeitig bemühte, ihre mächtigen, atemlosen Schluchzer zurückzuhalten – und damit machte sie mich fertig. Für gewöhnlich verließ ich dann unwiderruflich die Wohnung, um ein paar Stunden später zur rituellen Versöhnung und einer wilden Nummer im Bett zurückzukehren.

Aber ich schaffte meine Arbeit nicht. Arbeit ist wichtig für einen Mann. Nicht einmal die schöne Helena könnte mit einer Hermes-Schreibmaschine konkurrieren. So schön sie auch sein mag, eine Frau ist eben nur eine Frau, aber zweitausendfünfhundert Wörter sind ein Artikel. In meiner Verzweiflung stellte ich Berenice ein Ultimatum. Ich erklärte, ich führe nach Miami, und wenn ich vierundzwanzig Stunden später zurückkäme, solle sie verdammt noch mal aus meinem Apartment und aus meinem Leben verschwunden sein.

Tatsächlich aber kam ich nach drei Tagen zurück; vierundzwanzig Stunden hatte ich zur Sicherheit noch drangehängt. Ich rechnete damit, dass sie noch da sein werde. Ich wünschte mir sogar, dass sie da wäre, doch paradoxerweise wollte ich auch, dass sie weg war, und zwar für immer.

Ich parkte auf der Straße, klappte das Verdeck an meinem Chevy zu – einem sieben Jahre alten Kabrio – und ging über den gefliesten Innenhof auf die mit Stuck verzierte Außentreppe zu. Auf halber Treppe hörte ich das Telefon in meiner Wohnung im ersten Stock. Ich blieb stehen und wartete; es klingelte noch dreimal. Berenice wäre außerstande gewesen, ein Telefon viermal läuten zu lassen ohne abzunehmen, und so wusste ich, dass sie weg war. Noch bevor ich die Tür aufgeschlossen hatte, hörte das Klingeln auf.

Berenice war weg, und das Apartment war sauber. Es war natürlich nicht fleckenlos sauber, aber sie hatte sich redlich bemüht, alles aufzuräumen. Das Geschirr war gespült und eingeräumt, und der Linoleumboden war – wenn auch halbherzig – gewischt worden.

Ein verschlossener Umschlag mit einem hingekritzelten *James* auf der Vorderseite lehnte an meiner Schreibmaschine, die auf dem Klapptisch vor dem Fenster stand.

Liebster, allerliebster James,

du bist ein Scheißkerl, aber ich glaube, das weißt du selbst. Ich liebe dich immer noch, aber ich werde dich vergessen. Ich hoffe bloß, ich werde niemals unsere guten Zeiten vergessen. Ich fahre zurück nach Duluth – komm mir ja nicht nach.

B.

Wenn sie nicht wollte, dass ich ihr folgte, weshalb schrieb sie mir dann, wohin sie fuhr?

Im Papierkorb lagen drei Papierbälle. Rohentwürfe für den endgültigen Brief. Zuerst wollte ich sie lesen, aber dann überlegte ich es mir anders. Ich würde die endgültige Version akzeptieren. Ich zerknüllte Brief und Umschlag und warf beides in den Papierkorb.

Ich spürte einen tiefen Verlust und zugleich ein unvernünftiges Aufwallen von Wut. Ich konnte Berenice buchstäblich noch riechen und wusste, dass ihre feminine Mischung aus Moschus, Schweiß, Parfüm, stechend riechendem Hautpuder, Lavendelseife, mit

Kräuterkissen gepolsterten Kleiderbügeln, Essig und allem anderen Hübschen, das ihre Anwesenheit mit sich gebracht hatte, für alle Zeit in der Wohnung hängen würde. Ich bemitleidete mich selbst und ich bemitleidete Berenice und zugleich machte sich Begeisterung in mir breit, weil ich sie endlich los war, obwohl ich wusste, dass ich sie in den schrecklichen nächsten Wochen wie verrückt vermissen würde.

Es war noch reichlich Zeit bis zur Vernissage in Glorias Galerie. Ich zog mein Sporthemd aus, streifte mir die Slipper von den Füßen und setzte mich an den Klapptisch, der mir als Schreibtisch diente, um meine Notizen aus Miami durchzusehen. Die drei Tage in Dade County waren keine Zeitvergeudung gewesen. Ich hatte bei Larry Levine in Coconut Grove gewohnt. Larry war Grafiker; ich kannte ihn aus New York, und seine Frau Paula war eine ausgezeichnete Köchin. Ich würde Larry mit einer kurzen Anmerkung zu seinen neuen Tierdrucken in meiner Kolumne entschädigen.

Ich hatte genügend Notizen für einen 2500-Wörter-Artikel über eine ›Southern Gothic‹-Ausstellung zum Thema Leben und Umwelt, die ich in North Miami gesehen hatte, und einen netten Aufhänger für meine Kolumne am Heftende, und zwar eine Anmerkung zu Harry Trumans Brille. Der Anstoß dazu war von Larry ausgegangen.

Ein Mechaniker in South Miami, ein Verehrer Trumans, hatte an Lincoln Borglum geschrieben, der nach dem Tod seines Vaters die monumentalen Präsidentenköpfe am Mount Rushmore fertig gestellt hatte, und den Bildhauer gefragt, wann er denn Trumans Kopf den anderen hinzufügen werde. Lincoln Borglum, der anscheinend mehr Sinn für Humor hatte als sein verstorbener Vater Gutzon, behauptete in seiner scherzhaften Antwort, er sehe sich dazu außerstande, weil es zu schwierig sei, Trumans Brille nachzubilden. Der Mechaniker, ein Mann namens Jack Wade, nahm Borglum beim Wort und fertigte eine Brille.

Es war ein gewaltiges Gestell von mehr als sieben Meter Breite, mit einem Stahlrahmen, der dick mit emaillierter Goldbronze überzogen war. Die Brillengläser waren aus Isolierglas.

»Das Isolierglas verhindert, dass die Brille an kalten Tagen allzu sehr beschlägt«, erklärte Wade.

Ich hatte drei Schwarz-Weiß-Polaroids von Wade und seiner Brille gemacht; eines der Bilder war scharf genug, um die Geschichte zu illustrieren. Die Brille war ein hervorragendes Ergebnis handwerklichen Könnens, und ich hatte Mr. Wade vorgeschlagen, sie einem Optiker zu Werbezwecken zu verkaufen. Er hatte empört reagiert.

»Nein, bei Gott«, sagte er entschieden, »diese Brille ist für Mr. Truman, wenn seine Büste am Mount Rushmore fertig ist!«

Das Telefon klingelte.

»Wo warst du?«, fragte Gloria mit schriller Stimme.

»Ich versuche schon den ganzen Nachmittag, dich zu erreichen. Berenice hat gesagt, du seist abgereist und würdest vielleicht nie mehr zurückkommen.«

»Wann hast du mit Berenice gesprochen?«

»Heute Vormittag, gegen halb elf.«

Das war ein Hammer. Wäre ich nach vierundzwanzig Stunden zurückgekommen – oder nach achtundvierzig oder nach sechzig –, dann wäre Berenice jetzt noch hier. Mein Timing war perfekt gewesen, aber ein bisschen weh tat es doch.

»Ich war in Miami, arbeiten. Aber Berenice ist abgereist, und sie kommt nicht mehr zurück.«

»Ein Streit zwischen Verliebten? Erzähl Gloria alles.«

»Ich möchte nicht darüber reden, Gloria.« Sie lachte. »Kommst du zur Vernissage?«

»Ich hab doch gesagt, ich komme. Was ist denn so wichtig an haitianischer Malerei aus zweiter Hand, dass du den ganzen Tag versuchst, mich an die Strippe zu bekommen?«

»Westcott ist ein guter Maler, James, weißt du. Ein erstklassiger Zeichner.«

»Sicher.«

»Du klingst komisch. Ist alles in Ordnung?«

»Alles in Ordnung. Und ich werde da sein.«

»Worüber ich mit dir reden wollte ... Joseph Cassidy wird auch da sein, und er kommt, weil er dich kennen lernen will. Das hat er mir gesagt. Du weißt, wer Mr. Cassidy ist, oder?«

»Weiß das nicht jeder?«

»Nein, nicht jeder. Nicht jeder braucht ihn!« Sie lachte.

»Aber er hat uns eingeladen – dich und mich und ein paar andere. Wir sollen nach der Vernissage bei ihm zu Abend essen. Er hat ein Penthouse im Royal Palm Towers.«

»Ich weiß, wo er wohnt. Wieso will er mich kennen lernen?«

»Hat er nicht gesagt. Aber er ist der größte Sammler, der je in meiner kleinen Galerie gewesen ist, und wenn ich ihn als Kunden binden kann, brauche ich keine anderen mehr.«

»Dann verkaufe ihm keine Primitiven und keinen Westcott.«

»Warum nicht?«

»Er interessiert sich nicht für konventionelle Malerei. Versuche nicht, ihm irgendetwas zu verkaufen. Warte, bis ich mit ihm gesprochen habe, dann werde ich dir etwas vorschlagen.«

»Danke, James.«

»Nicht der Rede wert.«

»Bringst du Berenice mit?«

»Ich sagte doch, ich möchte nicht darüber reden!«

Sie lachte noch, als ich den Hörer auf die Gabel legte.

3

So sehr mir der Ausdruck ›Schnorrer‹ auch missfällt – kein anderes Wort beschreibt passender, wozu ich mich im Laufe meines Aufenthaltes an der Gold Coast entwickelt hatte. Während der Saison trifft man in Palm Beach auf unterschiedlichste gesellschaftliche Kreise und diese haben wenig gemein mit den sozialen Gruppen in Miami oder Miami Beach, die sich nicht unbedingt freiwillig entweder zu den ›weißen angelsächsischen Protestanten‹ – kurz WASPs genannt – oder zu den jüdischen Gruppierungen zählen. In Lauderdale besteht der Geldadel natürlich aus aufrechten WASPs.

Ich gehörte keiner Gruppe an, bewegte mich aber an der Peripherie von allen, und das verdankte ich meinem Beruf. Ich traf Leute auf Vernissagen, wo zumeist Cocktails serviert werden, und weil ich jung war und allein stehend und noch dazu einen akzeptablen Beruf vorzuweisen hatte, lud man mich auch zu Dinners, Cocktailpartys, Polospielen, Bootsfahrten, mitternächtlichen Soupers und Barbecues ein. Diese Einladungen führten dazu, dass ich anderen Gästen vorgestellt wurde, was wiederum für gewöhnlich neue Dinnereinladungen zeitigte. Und einige Künstler an der Gold Coast, Leute wie Larry Levine zum Beispiel, kannte ich schon aus New York.

Nach zwei Monaten in Florida hatte ich eine Menge Bekannte und Beziehungen, aber keine Freunde. Ich erwiderte keine der Dinnereinladungen, und Bars, Nachtklubs und Restaurants, wo ich womöglich auf der Rechnung sitzen blieb, musste ich meiden. Doch einer, der nie die Rechnung übernimmt, gewinnt auch keine Freunde. Dennoch war ich der Ansicht, dass meine diversen Gastgeber und Gastgeberinnen durch meine Anwesenheit in ihrem Hause hinreichend entschädigt wurden. Ich unterhielt mich bestens mit den langweiligsten Typen und ich war der außergewöhnliche Mann bei Dinners, wo unverheiratete heterosexuelle Männer Seltenheitswert besaßen, und wenn ich in Stimmung war, konnte ich Geschichten erzählen oder die Unterhaltungen über einen toten Punkt hinwegretten.

Ich besaß zwei Dinnerjackets, eines aus rotem Seidenbrokat und ein normales aus weißem Leinen. Das weiße wies Lippenstiftspuren auf, weil eine beschwipste Berenice mich in die Schulter gebissen hatte, als wir von einer Party nach Hause fuhren. Seither war ich gezwungen, ausschließlich das rote Brokatjackett zu tragen.

Während ich die sechs Blocks zu Fuß ging, die zwischen meinem Apartment und Glorias Galerie lagen, stellte ich ein paar Überlegungen zu Joseph Cassidys Einladung zum Abendessen an. Eine gesellschaftliche Einladung war nichts Ungewöhnliches, aber Gloria hatte gesagt, er wolle mich treffen, und ich fragte mich, weshalb. Cassidy war nicht nur als Sammler berühmt, sondern auch als Strafverteidiger. Die enormen Einkünfte aus seiner Kanzlei in Chicago hatten ihm die Möglichkeit gegeben, seine Kunstsammlung aufzubauen.

Er besaß eine der schönsten Privatsammlungen zeitgenössischer Malerei in Amerika, und so kam ich zu der Schlussfolgerung, die mir in diesem Augenblick am nächsten zu liegen schien: Er wollte, dass ich einen Katalog schrieb. Und wenn das nicht der Grund war, weshalb er mich sprechen wollte (meines Wissens war zu dieser Sammlung noch kein Katalog erschienen), so hatte ich doch große Lust, ihm diesen Vorschlag zu machen. Ein solcher Auftrag würde sich für mich – wie auch für Cassidy – in mehrfacher Hinsicht bezahlt machen. Ich könnte ein bisschen Geld nebenher verdienen, ein paar Monate in Chicago verbringen, ein wenig über Malerei und Maler des Mittleren Westens schreiben – und schließlich könnte mein Name auf dem veröffentlichten Katalog meiner Karriere nur förderlich sein.

Je länger ich über diese Idee nachdachte, desto größer wurde meine Begeisterung, aber als ich bei der Galerie eintraf, war sie durch die Einsicht gedämpft, dass ich Cassidy einen solchen Vorschlag nicht würde machen können. Wenn er es vorschlug – schön. Aber ich konnte den Mann bei einem gesellschaftlichen Anlass nicht einfach um einen Job angehen, ohne dabei das Gesicht zu verlieren.

Und was hatte ich einem Mann wie Cassidy sonst zu bieten? Mein Stolz (nennen Sie es Machismo), den ich überzog und der oft nur aufgesetzt war, war angeboren: ein Erbteil meines puerto-ricanischen Vaters. Aber dieser Stolz war nun mal vorhanden, und ich hatte manche Gelegenheit verstreichen lassen, mich voranzubringen, weil ich mich zunächst immer gefragt hatte, was mein Vater unter ähnlichen Umständen getan hätte.

Als ich in der Galerie stand, hatte ich mir die Idee bereits aus dem Kopf geschlagen.

Gloria zog ihre schmalen Lippen über ihrem Pferdegebiss zurück, streifte meine rechte Kotelette mit ihrem Mund und packte mich schmerzhaft und mit der Kraft eines Schraubstocks am Arm, um mich an die Bar zu führen.

»Kennst du diesen Mann, Eddy?«, fragte sie den Barkeeper.

»Nein.« Eddy schüttelte gelassen den Kopf. »Aber mir ist bekannt, was er trinkt.« Er goss zwei Fingerbreit Cutty Sark über zwei Eiswürfel und reichte mir den Pappbecher.

»Danke, Eddy.«

Eddy arbeitete tagsüber im *Hiram's Hideaway* in South Palm Beach, aber er war ein beliebter Barkeeper, und im Laufe der Saison engagierten ihn viele Gastgeberinnen für ihre abendlichen Partys. Meistens traf ich ihn ein- bis zweimal die Woche an verschiedenen Orten. Jeder, dachte ich, braucht heutzutage ein bisschen was nebenher. Einen festen Job und noch etwas anderes. Gloria zum Beispiel hätte die hohe Saisonmiete für ihre Galerie nicht aufbringen können, wenn sie die Räume nicht gelegentlich abends für Dichterlesungen oder für Sitzungen von Selbsterfahrungsgruppen vermietet hätte. Dabei verabscheute sie diese Gruppen. Sie behauptete, dass Leute, die es nötig hätten, Dichtern beim Lesen zuzuhören oder sich in Selbsterfahrungstreffen zu quälen, allesamt Kettenraucher seien, die nie die von ihr bereitgestellten Aschenbecher benützten.

Eddy arbeitete an einem weiß gedeckten Klapptisch. Dahinter hatte er Scotch, Bourbon, Gin und Wermut für Martinis und einen Plastikbehälter mit Eiswürfeln aufgebaut. Ich trat zurück, um jemand anderem eine Chance auf einen Drink zu geben, und nahm einen der hektografierten Kataloge, die auf dem Tisch im Foyer lagen. Gloria begrüßte an der Tür die Neuankömmlinge, geleitete sie zuerst an einen Tisch, wo sie sich ins Gästebuch eintragen sollten, und dann an die Bar.

Glorias Vernissagen waren keineswegs exklusiv. Neben jenen Leuten, deren Namen auf ihrer Gästeliste standen, erhielten auch die PR-Direktoren der Hotels in Palm Beach Einladungen, und die gaben sie an potentielle Käufer unter ihren Gästen weiter. Die langweiligen Hotelgäste, die sich durch die gedruckte Einladung zu einer privaten Vernissage geehrt fühlten, zeigten sich entzückt von der Aussicht, auf dieser Veranstaltung die *echte* Palm-Beach-Society kennen zu lernen und kauften gelegentlich sogar ein Bild. Und wenn sie es taten, bekam der PR-Direktor des betreffenden Hotels ein Sportsakko oder ein neues Paar Schuhe von Gloria. Infolgedessen war das Publikum einer von Gloria veranstalteten Vernissage oftmals eine ziemlich schräge Ansammlung von Leuten. Heute waren sogar zwei Teenager vom Palm Beach Junior College da; aufgeregt betrachteten die Mädchen die Primitiven und machten sich mit Kugelschreibern Notizen in ihre Kladden.

Herbert Westcott, erfuhr ich aus dem Katalog, war siebenundzwanzig Jahre alt, ein Absolvent der *Western Reserve*, der auch an der *Art Students League* in New York studiert hatte. Er war auf diversen Ausstellungen vertreten gewesen, in Cleveland, an der *Art Students League* und in Toronto, Kanada. Ein Mr. Theodore L.

Canavin aus Philadelphia hatte ein paar seiner Bilder erworben. Die Exponate hier waren allesamt jüngste Arbeiten, entstanden in den letzten drei Monaten auf Haiti. Ich blickte von meinem Katalog auf. Der Künstler war mühelos auszumachen. Er war nicht groß – ungefähr einen Meter siebzig –, sonnengebräunt und hatte einen spärlichen hellbraunen Bart. Westcott trug einen zweireihigen blassblauen Palm-Beach-Anzug, ein Hemd in Zartrosa und keine Krawatte, und im Moment belauschte er ein Ehepaar mittleren Alters, das sein größtes Bild betrachtete – eine Marktszene aus Port au Prince, die zu zwei Dritteln aus zitronengelbem Himmel bestand.

Er war ein guter Zeichner, wie Gloria gesagt hatte, aber er hatte seine Farben tropfend übereinander laufen lassen, um seinen Kompositionen den Anschein von Zufälligkeit zu geben. Diese Tropferei – ein unreflektiertes Erbe Jackson Pollocks – war unsinnig. Er hatte Talent, natürlich – aber mit dem Talent fängt das Malen erst an. Seine haitianischen Männer und Frauen waren schokoladenfarben getönt und schattiert, nicht schwarz; aber vielleicht wäre mir das gar nicht aufgefallen, wären die haitianischen Bilder an der Wand gegenüber nicht gewesen, auf denen die Figuren tatsächlich schwarz waren.

Das Dutzend haitianischer Gemälde, das Gloria hatte auftreiben können, war wirklich überraschend gut. Sie hatte sogar einen frühen Marcel aus der Zeit um 1900, der sich in seiner Bescheidenheit von den zeitgenössischen Primitiven mit ihrem Hang zu kühnen Rot- und Gelbtönen derart unterschied, dass er die Aufmerksamkeit des Betrachters fesselte. Die Szene war typisch haitianisch: Ungefähr dreißig Leute bei einem Voodoo-Ritual, mit einer gelangweilten, komisch wirkenden Ziege als Mittelpunkt; aber das Bild war grau, schwarz und weiß – ganz ohne die üblichen Grundfarben. Marcel war, wie ich mich erinnerte, ein früher Primitiver, der seine Leinwände mit Hühnerfedern bemalt hatte, weil er sich Pinsel nicht leisten konnte. Das Bild sollte nur fünfzehnhundert Dollar kosten, und jemand würde ein gutes Geschäft machen, wenn er diesen Marcel kaufte …

»James!« Gloria umklammerte meinen Ellbogen. »Ich möchte dich mit Herb Westcott bekannt machen. Herb, das ist Mr. Figueras.«

»Guten Tag«, sagte ich. »Gloria, woher hast du den Marcel?«

»Später«, antwortete sie. »Unterhalte dich doch erst mal mit Herb.« Sie wandte sich ab und ihr langer, sommersprossiger Arm nahm Kurs auf einen alten Tattergreis mit rot geschminkten Wangen.

Westcott befummelte seinen spärlichen Bart. »Entschuldigen Sie, dass ich Sie nicht gleich erkannt habe, Mr. Figueras – Gloria hat mir gesagt, dass Sie kommen –, aber ich dachte, Sie tragen einen Bart ...«

»Nur noch auf dem Foto zu meiner Kolumne. Ich sollte es mal auswechseln lassen, aber ich glaube, es ist ein ganz gutes Bild, und ich habe noch kein neues. Ich hatte meinen Bart ungefähr ein Jahr lang, bevor ich ihn abrasierte. Sie sollten aber nicht an Ihrem Bart herumzupfen, Mr. Westcott ...«

Hastig ließ er die Hand sinken und trat von einem Fuß auf den anderen.

»Ich hab's mir genau ausgerechnet, Mr. Westcott, und festgestellt, dass ein Bart mein Leben um ungefähr sechs Wochen verlängert – das heißt, ich spare im Laufe meines Lebens rund sechs Wochen Rasierzeit. Sogar sieben Wochen, wenn ich einen Elektrorasierer benutze. Aber es lohnt sich nicht. Genau wie Sie konnte ich die Finger kaum von dem verdammten Ding lassen, und dauernd juckte mir der Hals. Man sagt, das Geheimnis bestehe darin, dass man seinen Bart niemals anfasst. Aber wenn Sie sich's schon angewöhnt haben, Mr. Westcott, dann ist Ihr Bart zum Untergang verurteilt.«

»Aha«, sagte er schüchtern. »Danke für den Rat.«

»Keine Sorge«, fügte ich hinzu. »Wahrscheinlich sehen Sie ohne Bart besser aus.«

»Das sagt Gloria auch. Geben Sie her«, er nahm mir den leeren Pappbecher aus der Hand, »ich hole Ihnen was zu trinken. Was möchten Sie?«

»Eddy weiß Bescheid.«

Ich wandte mich ab, um noch einmal den Marcel zu betrachten. Am liebsten wäre ich gegangen. Der kleine, hohe Raum, der mir jetzt, da es zunehmend voller wurde, noch kleiner vorkam, war erfüllt von lautem Stimmengewirr. Ich wollte nicht mit Westcott über seine Bilder sprechen, deshalb hatte ich von seinem Bart angefangen. Sie waren allesamt irgendwelchen Vorbildern nachempfunden und er war sich dessen bewusst, ohne dass ich es ihm sagen musste. Die ganze Ausstellung, einschließlich des Marcels, war nicht mehr als fünf Zeilen in meiner Kolumne wert (ich faltete den Katalog zusammen und steckte ihn in meine Gesäßtasche), es sei denn, ich benötigte dringend Material, um die zweitausend Wörter zusammenzubringen.

Gloria stand mit einem runden Dutzend durstiger Gäste an der Bar. Der arme Westcott, der mir den Schnaps spendieren wollte, lauerte am Rande der Gruppe und bemühte sich, Eddys Aufmerksamkeit auf sich zu lenken. Ich nutzte die Gelegenheit und verdrückte mich ins Foyer, um anschließend zur Tür hinauszuschlüpfen. Es war fast dunkel, als ich über die Worth Avenue nach Hause ging. Wenn Mr. Cassidy mich sprechen wollte, konnte er sich von Gloria meine Nummer geben lassen und telefonisch einen Termin mit mir vereinbaren.

Die Dämmerung dauert in Florida nicht sehr lange. Als ich vor der ockerfarbenen Stuckfassade meines Hauses stand, das noch aus der Zeit vor der Depression stammte – es war in den zwanziger Jahren als Villa erbaut worden und heute in kleine Apartments aufgeteilt –, überwältigte mich meine Niedergeschlagenheit so sehr, dass ich Kopfschmerzen bekam. Ich zog mein Jackett aus, setzte mich auf die Bank aus Beton, die unter der Tamariske im Hof stand, und rauchte eine Zigarette. Ein warmer, sanfter Wind wehte vom Meer herein. Ein paar saumselige Vögel suchten sich unter wütendem Gezwitscher einen Schlafplatz auf den überfüllten Zweigen über meinem Kopf. In mir breitete sich Leere aus. Die alte Mrs. Weissberg, die in Nr. 2 wohnte, kam auf dem gefliesten Weg auf mich zugehumpelt. Um nicht mit ihr reden zu müssen, stand ich abrupt auf, ging die Treppe hoch und in mein Apartment, schob ein *Patio Mexican Dinner* für eine halbe Stunde in den Ofen, aß die Hälfte davon und ging ins Bett. Ich fiel sofort in einen traumlosen Schlaf.

4

Gloria rüttelte mich wach und knipste die Lampe neben dem Schrankbett an. Sie war mit dem Ersatzschlüssel hereingekommen, den ich in dem Geranientopf draußen, auf dem Laubengang, aufbewahrte. Entweder hatte sie schon einmal gesehen, wie Berenice den Schlüssel benutzte, oder sie hatte von ihr gehört, dass er dort zu finden sei. Die Helligkeit kam so unvermittelt, dass ich Gloria nur blinzelnd ansehen konnte. Ich versuchte, mich zusammenzureißen, mein Herz flatterte, doch die rasende Angst, die dem Schrecken, im Dunkeln geweckt worden zu sein, gefolgt war, verging allmählich.

»Entschuldige, James«, sagte Gloria energisch, »aber ich habe angeklopft, und du hast nicht geantwortet. Du solltest dir wirklich eine Türglocke anschaffen, weißt du.«

»Versuch's nächstes Mal mit dem Telefon. Ich stehe fast immer auf, wenn das Telefon klingelt, es könnte nämlich sein, dass jemand Unwichtiges dran ist.« Ich versuchte nicht, den Ärger in meiner Stimme zu unterdrücken.

Meine Zigaretten steckten in der Hose, und die hing über der Lehne des Stuhls am Couchtisch. Ich schlief nackt, nur mit einem Laken bedeckt, doch weil ich jetzt wütend und zugleich gierig nach einer Zigarette war, schleuderte ich das Laken beiseite, stand auf und durchwühlte die Hosentaschen nach meinen Zigaretten. Ich zündete mir eine an und warf das Streichholz in den Aschenbecher aus Steingut, der auf dem Couchtisch stand.

»Es ist wichtig für mich, James. Mr. Cassidy ist gekommen, und du warst nicht mehr da. Er hat nach dir gefragt, und ich habe gesagt, du hattest Kopfschmerzen und seist gegangen –«

»Stimmt ja auch.«

Meine Nacktheit brachte Gloria nicht in Verlegenheit, aber ich fühlte mich plötzlich befangen, wie ich so mit blankem Hintern mitten im Zimmer stand, rauchte und ein schwachsinniges Gespräch führte. Gloria war Ende vierzig und irgendwann einmal in Atlanta sechs Monate mit dem Besitzer eines Haushaltswarengeschäftes verheiratet gewesen, also sah sie nicht zum ersten Mal einen nackten Mann. Doch ich nahm lieber einen Frotteemantel aus dem Schrank und schlüpfte hinein.

»Er möchte, dass du zum Abendessen kommst, James. Und deshalb bin ich hier – ich will dich mitnehmen.«

»Wie spät ist es eigentlich?«

»Ungefähr zwanzig vor elf.« Sie schielte auf die winzigen Zeiger ihrer Platinuhr. »Gleich Viertel vor elf.«

Obwohl ich nur zwei Stunden geschlafen hatte, fühlte ich mich frisch und war hellwach. So unerwartet aus dem Schlaf gerissen zu werden hatte Adrenalin in mir freigesetzt.

»Ich denke, du übertreibst die ganze Sache, Gloria. Was genau hat Mr. Cassidy gesagt, das dich so sicher macht, dass er mich – ausgerechnet mich – bei seiner kleinen Zusammenkunft dabeihaben will?«

Sie rieb sich die Adlernase mit ihrem spindeligen Zeigefinger und runzelte die Stirn. »Er sagte: ›Ich hoffe, Mr. Figueras' Kopfschmerzen werden ihn nicht daran hindern, heute Abend auf einen Drink vorbeizukommen.‹ Und ich sagte: ›O nein. Er hat mich gebeten, ihn nachher in seiner Wohnung abzuholen. James brennt darauf, Sie kennen zu lernen.‹«

»Aha. Du hast also ein lauwarmes Häppchen Small Talk zu einer Riesensache aufgeblasen. Und jetzt muss ich mit, um dir aus der Patsche zu helfen.«

»So würde ich es nicht ausdrücken. Er hat mir ein Bild abgekauft, James, eines von den Primitiven – das große mit dem riesigen Berg aus verschiedenen Früchten. Es ist für seine schwarze Köchin, es soll in der Küche hängen.«

»Keinen Westcott?«

»Herbs Bilder gefielen ihm nicht besonders. Das habe ich ihm angemerkt, auch wenn er sich weder so noch so geäußert hat.«

»Ich denke, das hat er sehr wohl getan. Einen Primitiven für seine Köchin zu kaufen sagt doch etwas aus, oder? Muss ich mich noch mal rasieren?«

Sie strich mir mit den Fingerspitzen übers Kinn. »Ich glaube nicht. Aber putz dir die Zähne. Dein Atem ist einfach grauenhaft.«

»Das kommt von dem mexikanischen Fertiggericht, das ich vorhin gegessen habe.«

Ich zog mir eine graue Hose an, ein weißes Hemd und band mir meine braune Lederkrawatte um, dann schlüpfte ich in dunkelbraune Slipper und in ein grauweiß gestreiftes Sakko aus Seersucker. Morgen bringe ich auf jeden Fall das schmutzige Dinnerjacket in die Reinigung, dachte ich. Ich erinnere mich genau, wie ruhig ich war und wie gut mein Verstand nach nur zwei Stunden Schlaf zu funktionieren schien. Sämtliche Muskeln waren locker, elastisch, mein Schritt federte, als hätte ich Polster unter den Sohlen. Ich war gut gelaunt, so gut, dass ich die alte Gloria durch ihren Hüfthalter in den Hintern kniff, als wir zur Tür hinausgingen.

»Oh, um Himmels willen, James!«

Wir fuhren mit Glorias weißem Pontiac zum Royal Palm Towers, einem siebenstöckigen Monstrum aus Gussbeton, und jetzt freute ich mich sogar darauf, Mr. Cassidy zu treffen und seine Bilder zu sehen. Ein paar Exemplare würde er sicher in seinem Apartment haben, auch wenn seine berühmte Sammlung in Chicago verwahrt wurde. Ich fragte mich aber auch, weshalb er sich für das Royal Palm Towers entschieden habe, von wo aus man auf den Lake Worth und nicht auf den Atlantik blickte. Von seiner Dachterrasse aus würde er das Meer sehen können, aber nur aus der Ferne, und das war nicht das Gleiche wie Wohnen am Strand.

Das Towers waren eine formlose Mixtur aus Miet- und Eigentumswohnungen sowie Hotelzimmern und Suiten. Die Firma, der das Gebäude gehörte, hatte beinahe die gesamte Fläche in vermietbare Einheiten aufgeteilt. Es gab Büroräume im Mezzanin (auch Cassidy hatte dort eine Flucht von Büros), und im Erdgeschoss vermietete die Firma Ladenlokale aller Art – sogar eine kleine Kunstgalerie war hier zu finden. Coffeeshop, Bar und Restaurant waren an verschiedene Unternehmer verpachtet. Die Firma selbst investierte nichts in den Service und kassierte von allen. Ich kam zu dem Schluss, dass Cassidy das Penthouse langfristig gemietet hatte, denn das Royal Palm Towers war eines der wenigen Apartment-Hotels in Palm Beach, die das ganze Jahre hindurch geöffnet blieben. Viele New Yorker, die das Klima Floridas nicht schätzten, liebten diesen Staat dennoch, weil er keine Einkommenssteuer verlangte. Wohnten sie genau sechs Monate und einen Tag in Florida, konnten sie sich der staatlichen Einkommenssteuer in New York entziehen. Kein edles, aber ein praktisches Motiv dafür, Wohnsitz und Geschäft nach Florida zu verlegen.

»Woher hast du die haitianischen Primitiven?«, fragte ich Gloria.

»Eine Witwe in Lauderdale hat sie mir verkauft.« Sie kicherte. »Für ein Butterbrot. Ihr Mann war gestorben und sie hat alles verkauft – Haus, Möbel, Sammlung, einfach alles. Sie wollte zurück nach Indiana, um zu ihrer Tochter und ihren Enkelkindern zu ziehen.«

»Du hast den Preis für den Marcel zu niedrig angesetzt, Baby. Du könntest mehr als fünfzehnhundert dafür bekommen.«

»Das bezweifle ich; verlieren kann ich dabei nichts – nicht, wenn ich bloß fünfundzwanzig Dollar dafür bezahlt habe.«

»Du bist eine Diebin und ein Miststück.«

Gloria kicherte. »Und du bist ein Schurke. Was hast du übrigens mit Berenice gemacht?«

»Sie ist nach Minnesota zurückgefahren. Ich möchte nicht über sie reden, Gloria.«

»Sie ist ein schrecklich nettes Mädchen, James.«

»Ich sagte, ich möchte nicht über sie reden, Gloria.«

Wir fuhren mit dem Aufzug ins Penthouse hinauf, aber die Tür öffnete sich nicht automatisch. In der Stahltür befand sich eine kleine Einwegscheibe (auf unserer Seite verspiegelt), und der philippinische Boy vergewisserte sich erst, wer wir waren, bevor er den Türknopf drückte. Wahrscheinlich befand sich irgendwo in der Aufzugskabine ebenfalls ein Knopf zum Öffnen der Tür. Cassidy konnte nicht ständig jemanden in seinem Penthouse haben, nur damit dieser auf einen Knopf drückte und ihn hineinließ – oder doch? Die Superreichen machen oft seltsame Dinge.

Es war keine große Party. Sieben Leute, Mr. Cassidy mitgezählt. Mit Gloria und mir erhöhte sich die Zahl der Anwesenden auf neun. Es war eine jener Partys, bei denen man davon ausgeht, dass jeder jeden kennt und deshalb niemand vorgestellt wird. Es gibt viele solcher Partys in Palm Beach. Dabei geht es hauptsächlich darum, erst zu essen und dann so viel wie möglich zu trinken, ehe die Bar geschlossen wird oder der Schnaps alle ist. Wenn man das Bedürfnis verspürt, mit jemandem zu reden, stellt man sich vor oder man spricht einfach jemanden an und unterlässt es, sich vorzustellen. Im Grunde ist es völlig einerlei.

Sloan, der Barkeeper (an seinem weißen Jackett steckte ein Namensschild), goss Cutty Sark in unsere bereits mit Eiswürfeln gefüllten Gläser. Ich folgte Gloria zur Terrasse, wo Mr. Cassidy mit einem grauhaarigen Mann sprach, einem höheren Offizier irgendeiner Truppengattung, wie ich mutmaßte; der Mann trug einen oxfordgrauen Anzug mit scharfen Bügelfalten. Der Anzug war neu, was darauf hindeutete, dass er nicht oft getragen wurde. Folglich trug der Mann meistens Uniform. Bei Offizieren in Heer und Marine hält ein Anzug leicht acht, neun Jahre. Bügelfalten waren längst aus der Mode, und wenn es um die Farbe ihrer Anzüge geht, favorisieren hochrangige Offiziere Oxfordgrau. Sie führen ein dunkles, graues Leben.

»Vielen Dank, Tom«, sagte Cassidy und streckte die Hand aus, und der Grauhaarige war entlassen.

Ich sah dem Oldie nach, wie er zum Aufzug ging. Ob der Mann tatsächlich beim Militär war, hätte ich leicht herausfinden können, ich hätte nur zu fragen brauchen:

»War das nicht eben General Smith?« Aber in diesem Fall war ich davon überzeugt, dass ich Recht hatte, und brauchte mich nicht extra zu vergewissern.

Joseph Cassidy war nicht sonderlich groß und mit seinen ausladenden, massigen Schultern und seinem breiten Brustkorb hätte man ihn beinahe als gedrungen bezeichnen können. Die Weste, die er trug, hatte ein Tattersall-Muster, schien eine Nummer zu klein zu sein und passte nicht zu seinem Dinnerjacket aus rotem Samt; aber er brauchte die Weste wegen der Taschen – für die Taschenuhr und die dünne Goldkette für den Schlüssel der Phi-Beta-Kappa-Bruderschaft. Er hatte das harte Gesicht eines Iren, winzige blaue Augen, bei denen unterhalb der Iris gerade einmal eine volle Streichholzbreite Weiß zu sehen war, und viereckige weiße Zähne. Die großen oberen Schneidezähne ragten ein wenig über die dicke Unterlippe. Die Haut auf seiner hohen Stirn schälte sich von einem Sonnenbrand. Er trug einen kurz geschnittenen schwarzen Schnurrbart, und sein schwarzes, an den Seiten ergrautes Haar war mit Wasser streng zurückgekämmt. Cassidy war ein beeindruckender Mann von Anfang fünfzig. Er strahlte Autorität aus, und seine selbstbewusste Erscheinung wurde durch die volle, sonore Bass-Stimme noch verstärkt. Die Goldbrille – wie Robert McNamara sie trug, als er Verteidigungsminister war – stand ihm ganz ausgezeichnet.

Gloria machte uns miteinander bekannt und begab sich dann zu dem Zimmerspringbrunnen, um sich die Karpfen anzuschauen. Das Becken war voll von diesen dicken Fischen – ich stand ungefähr fünf Schritt entfernt und konnte die mit goldenen und zinnoberroten Farbtupfern gesprenkelten Rücken deutlich sehen. Mitten im Bassin stand eine Skulptur, ein Greif, der als Wasserspeier diente. Doch es war ein armseliger Greif. Der Bildhauer, der wahrscheinlich zu viel von Anatomie verstanden hatte, war offenbar außerstande gewesen, die Idee einer Kreuzung zwischen Adler und Löwe künstlerisch umzusetzen. Den Bildhauern des Mittelalters, die nichts über Anatomie gewusst hatten, war es hingegen mühelos gelungen, Greife und andere Fabelwesen darzustellen. Cassidy nahm mich beim Arm, fasste meinen linken Ellbogen mit Daumen und Zeigefinger.

»Kommen Sie, Jim, ich zeige Ihnen ein paar Bilder. Man nennt Sie doch Jim, nicht wahr?«

»Nein«, antwortete ich und unterdrückte meinen Ärger.

»Ich bevorzuge James. Mein Vater nannte mich Jaime, aber das konnte anscheinend kein Mensch richtig aussprechen, deshalb nenne ich mich James. Das ist aber nicht amtlich«, fügte ich hinzu.

»Es ist derselbe Name.« Cassidy hob die massigen Schultern.

»Eine amtliche Änderung ist da nicht nötig, James.«

Ich lächelte. »Ich habe um keine Beratung gebeten, Mr. Cassidy. Schreiben Sie mir also bitte keine Rechnung.«

»Das habe ich nicht vor. Ich wollte nur sagen, Sie sehen nicht aus wie ein Mann, der Jaime Figueras heißt.«

»Wie ein typischer Puerto-Ricaner, meinen Sie? Das Komische ist, dass ich die blonden Haare und die blauen Augen von meinem Vater habe, nicht von meiner Mutter. Meine Mutter war schottisch-irischer Abstammung, und sie hatte schwarze Haare und haselnussbraune Augen.«

»Sie haben auch keinen spanischen Akzent. Wie lange leben Sie schon in den Staaten?«

»Seit meinem zwölften Lebensjahr. Als mein Vater starb, ist meine Mutter wieder zurück nach New York gegangen. Sie war Hutmacherin, Modelldesignerin für Damenhüte. Doch puertoricanischen Frauen kann man keine originellen Hüte verkaufen. Die brauchen nur eine Mantilla fürs Haar, mitunter reicht ihnen auch ein rosa Kleenex, wenn sie zur Messe gehen.«

»Ich habe noch nie eine Hutmacherin kennen gelernt.«

»Es gibt auch nicht mehr viele. Meine Mutter ist inzwischen tot, und sollten sich Frauen heutzutage überhaupt noch Hüte kaufen, entscheiden sich die wenigsten für einen Modellhut.«

»Lohnt es sich denn, Hüte zu sammeln?«, fragte Cassidy unvermittelt und fuhr sich mit seiner rosa Zungenspitze über die Oberlippe. »Originalmodelle, meine ich?« In diesem Augenblick wusste ich, dass Mr. Cassidy ein echter Sammler war, und mit diesem Wissen wusste ich sehr viel mehr über ihn, als er vermutete. Im Allgemeinen lassen sich Sammler in drei Kategorien einteilen. Zunächst wären da die wenigen Mäzene, die wissen, was sie wollen, und es bei Künstlern und Handwerkern in Auftrag geben. Diese erste Kategorie hat in der Geschichte dazu beigetragen, die verschiedenen Stile zu etablieren. Ohne die große Nachfrage nach Porträts im sechzehnten und siebzehnten Jahrhundert beispielsweise hätte es keine große Porträtschule gegeben.

Die zweite Kategorie bildet gleichsam das Mittelfeld: Leute, die kaufen, was Mode ist. Sie sammeln modische Kunst, weil sie ihnen entweder gefällt, ohne zu wissen, warum (weil sie ihre Zeit widerspiegelt – darum), oder weil sie gelernt haben, Gefallen daran zu finden.

Zur dritten Kategorie gehören die Sammler, die aus rein ökonomischen Erwägungen sammeln. Sie kaufen und verkaufen, um Gewinn zu machen. Das bedeutet, tautologisch formuliert, dass sie Sammler sind, weil sie Sammler sind, aber woran sie sich erfreuen, ist der gegenwärtige und zukünftige Wert der Kunstwerke, die sich vorübergehend in ihrem Besitz befinden.

Eines jedoch haben alle Sammler gemein: ihren Geiz. Sie schreiben gerne kleine Zahlen und sind so knickrig, dass sie buchstäblich den Punkt auf dem i oder den Strich durch das t vermeiden. Und wenn sie erst einmal etwas besitzen, gleichgültig was, wollen sie es nicht mehr hergeben.

Die Rolle des Sammlers ist für die Weltkultur beinahe so wichtig wie die des Kritikers. Ohne Sammler würde in dieser Welt herzlich wenig Kunst produziert, und ohne Kritiker wüssten Sammler nicht, was sie sammeln sollen. Selbst die wenigen Sammler, die etwas von Kunst verstehen, lehnen sich nicht allzu weit aus dem Fenster, ohne sich bei den Kritikern zu vergewissern. Sammler und Kritiker leben in einer unbehaglichen symbiotischen Beziehung. Und die Künstler – die armen Schweine – sitzen eingekeilt in der Mitte und würden ohne uns verhungern.

»Nein.« Ich schüttelte den Kopf, und während wir durch das Wohnzimmer in sein Arbeitszimmer gingen, erklärte ich ihm, warum nicht. »Hüte sind zu leicht zu kopieren. In den zwanziger und dreißiger Jahren waren Originale deshalb so teuer, weil sie speziell für eine Person und zu einem bestimmten Anlass angefertigt wurden. Sobald ein neuer Hut auf Norma Shearers Kopf saß, wurde er kopiert und in Massen produziert. Und die Kopien – vom Material vielleicht einmal abgesehen – sahen aus wie das Original. Einige Hüte, die man im so genannten Vergoldeten Zeitalter trug, als Federn von Silberreihern populär waren, wären es vielleicht wert, gesammelt zu werden, doch ich bezweifle, dass sich das Sammeln selbst von diesen Modellen angesichts der Kosten für Restaurierung und Lagerung rechnen würde.«

»Verstehe. Dann haben Sie sich also damit befasst?«

»Nicht erschöpfend. Mode ist nicht mein Fach, wie Sie wissen.«

Wir betraten sein Arbeitszimmer; es war ausgestattet mit schwarzem Leder, Glas und Chrom. Cassidy ließ sich in einen gepolsterten Sessel fallen, während ich die drei Bilder an der apfelgrünen Wand betrachtete. Ich sah einen frühen Lichtenstein (ein vergrößerter Dick-Tracy-Comic), eine Marilyn Monroe in Hellblau aus der Warhol-Siebdruckserie und die Schwarz-Weiß-Zeichnung eines Mädchenkopfes von Matisse. Letzteres hing in stiller Abgeschiedenheit über dem Ebenholzschreibtisch. Die Zeichnung war so schlecht, dass Matisse sie nur unter Androhung von Gewalt signiert haben konnte. Ich setzte mich Cassidy gegenüber und stellte mein Glas auf den Couchtisch aus Rosenholz. Der Filipino erschien mit einem

Tablett, auf dem ein neuer Drink stand, nahm mein leeres Glas weg und reichte mir den Drink und eine Serviette.

»Wünschen Sie etwas zu essen, Sir?«

»Ich denke, ja. Ein Truthahn-Sandwich, aber nur weißes Fleisch auf weißem Toast. Mit Mayonnaise und Cranberrysauce. Und entfernen Sie bitte die Haut.«

Er nickte und ging hinaus.

»Die Zeichnung gefällt Ihnen nicht, wie?«

Ich zuckte die Achseln und nahm einen kleinen Schluck aus meinem Glas. »Matisse hatte eine boshafte Ader, etwas, was viele Amerikaner den Franzosen unterstellen. Wenn er – und da war er bereits berühmt! – in ein Café ging, zeichnete er des Öfteren etwas auf einen Block oder manchmal auch auf eine Serviette. Statt seine Rechnung in bar zu bezahlen, ließ er seine Zeichnung einfach auf dem Tisch liegen und spazierte hinaus. Der Wirt war jedes Mal entzückt, schließlich wusste er, dass die Zeichnung mehr wert war als das, was Matisse verzehrt hatte. Aber jemand, der reichlich gegessen und zwei Flaschen Wein im Bauch hat, zeichnet nicht immer besonders gut, Mr. Cassidy.«

Er nickte und betrachtete liebevoll seinen Matisse, ganz offensichtlich genoss er die Geschichte. Eine schlechte Zeichnung ist eine schlechte Zeichnung, ganz gleich, von wem sie stammt. Aber meine kleine Anekdote – und sie entsprach der Wahrheit – hatte den Matisse für Cassidy nur noch wertvoller gemacht. Ein gewöhnlicher Mensch hätte sich betrogen gefühlt, weil er einen schlechten Matisse erworben hatte. Aber Cassidy war kein gewöhnlicher Mensch. Er war Sammler und auch in diesem Punkt alles andere als gewöhnlich.

»Eine interessante Geschichte.« Er lächelte. »Ich habe ansonsten nicht viel hier. Ich habe noch nicht entschieden, was ich aus Chicago herbringen werde.«

Hier bot sich mir eine einmalige Gelegenheit und ich nutzte sie. »Ich würde gern einmal den Katalog Ihrer Sammlung sehen, Mr. Cassidy.«

»Ich habe noch keinen. Aber ich habe einen guten Mann von der Chicago University beauftragt; er arbeitet daran. Dr. G.B. Lang. Kennen Sie ihn?«

»Ja, allerdings nicht persönlich. Er hat eine ausgezeichnete Monographie über Rothko verfasst.«

»Das ist Dr. Lang. Und er kostet mich keinen Cent – von den Druckkosten einmal abgesehen. Dr. Lang unterrichtet an der Universität, und einer meiner Klienten sitzt dort im Kuratorium. Durch ihn – meinen Klienten – habe ich Lang ein reduziertes Lehrdeputat verschaffen können. Er hat nur noch zwei Seminare, und der Rest seiner Tätigkeit besteht aus Forschung, und die Forschung ist gleichbedeutend mit meinem Katalog. Dr. Lang ist glücklich, weil er damit eine weitere Veröffentlichung vorweisen kann, und wenn er seine Sache gut macht, wird die University of Chicago Press das Ganze vermutlich herausbringen.«

Wenn Cassidy beim Lächeln die Zähne entblößte, bohrten seine Eckzähne kleine Vertiefungen in die Unterlippe. Er starrte mich zwei Herzschläge lang an. Seine Augen hinter der goldgeränderten Brille erschienen flach und leicht vergrößert. Er beugte sich ein wenig vor.

»Wenn Leute, die guten Willens sind, sich zusammentun, lässt sich immer ein Handel abschließen, der alle zufrieden stellt. Ist doch so, nicht wahr, James?«

»Wenn diese Leute guten Willens sind, ja. Aber meine Erfahrung hat mich zu der Überzeugung gebracht, dass es nicht viele solcher Leute gibt.«

Er lachte, als hätte ich etwas Lustiges gesagt. Der Boy brachte mein Sandwich. Ich nahm einen Bissen davon und rief ihn zurück, noch bevor er zur Tür hinausgegangen war. »Moment! Das ist keine Mayonnaise. Das ist Salatdressing.«

»Ja, Sir.«

»Haben Sie denn keine Mayonnaise?«

»Nein, Sir. Darf ich Ihnen etwas anderes bringen?«

»Schon gut.«

Auf seine Art war Joseph Cassidy so berühmt wie Lee Bailey. Im Gerichtssaal war Cassidy ganz gewiss ein ebenso guter Anwalt, aber mit den Reportern außerhalb des Gerichtsaals pflegte er einen weniger auffälligen Umgang als Bailey, und er übernahm auch keinen Fall, nur weil er publicityträchtig war. Er war ein Anwalt von der geradlinigen Sorte, der sich im Voraus bezahlen ließ. Über Cassidy hatte bisher noch niemand eine Biografie geschrieben, andererseits hatte er wesentlich mehr Geld kassiert als Bailey. Die Gerissenheit, mit der er die richtigen Maler im richtigen Augenblick zu Tiefstpreisen einzukaufen pflegte, hatte ihm zusätzlich ein Vermögen eingebracht – sollte er je beschließen, seine Sammlung auf den Markt zu werfen.

Der Boy stand immer noch herum; er wäre gern gegangen, brachte es aber nicht über sich. Er war bestürzt darüber, dass ich das Sandwich nicht aß.

»Schließ die Bar, Rizal«, befahl Cassidy in leisem Ton,

»und sag Mrs. Bentham, ich werde mich darum kümmern, dass Mr. Figueras gut nach Hause kommt.« Er entblößte seine Zähne zu einem Lächeln. »Sie haben doch nichts dagegen, noch ein Weilchen hierzubleiben, oder, James?«

»Natürlich nicht, Mr. Cassidy.«

Infolge meiner Erziehung, bei der man Wert auf förmliches Benehmen gelegt hatte – insbesondere wenn es um die Wahrung der Höflichkeit ging –, ärgerte es mich, dass Mr. Cassidy mich lässig beim Vornamen anredete, ohne dass ich es ihm erlaubt oder ihn dazu eingeladen hatte. Aber ich wusste, dass es nicht herablassend gemeint war. Er wollte mir die Anspannung nehmen.

Gleichwohl konnte ich mich nicht, auch wenn ich es in Betracht zog, auf sein Niveau begeben und ihn Joe nennen. Man verhält sich ohnehin schon allzu ungezwungen in Amerika, und während der Saison in Palm Beach nimmt dieses Verhalten oft geradezu lächerliche Ausmaße an.

Rizal ging los, um die Bar zu schließen, was bedeutete, dass die Party zu Ende war. Die Gäste würden verschwinden, ohne sich vom Hausherrn zu verabschieden, und damit hätte sich's. Das war kein Ausdruck von Stillosigkeit, sondern von Rücksichtnahme. Wäre Cassidy hinausgegangen, um sich förmlich von allen zu verabschieden, hätten sie dies ebenso als Form des Abschieds akzeptiert. Nachdem Rizal die Tür hinter sich geschlossen hatte, nahm Cassidy eine Zigarre aus dem Humidor auf seinem Schreibtisch, zündete sie an und setzte sich. Mir bot er keine an.

»James«, sagte er ernst, »ich weiß eine Menge mehr über Sie, als Sie glauben. Mir entgeht selten einer Ihrer kritischen Artikel, und ich finde, was Sie über Kunst schreiben, zeugt von beachtlichen Kenntnissen und einem guten Wahrnehmungsvermögen.«

»Danke sehr.«

»Ich meine es ehrlich, James. Lobhudeleien sind meine Sache nicht. Ein zweitklassiger Kritiker verdient sie nicht, und ein erstklassiger hat sie nicht nötig. Meiner Meinung nach sind Sie auf gutem Wege, einer der besten jungen Kunstkritiker Amerikas zu werden. Und nach allem, was ich bei meinen Nachforschungen herausgefunden habe, sind Sie ehrgeizig genug, der Beste zu werden.«

»Wenn Sie mit Nachforschungen meinen, dass Sie mit Gloria über mich gesprochen haben – sie ist nicht gerade die zuverlässigste Zeugin, wissen Sie. Wir sind seit mehreren Jahren befreundet, und sie ist zu meinen Gunsten voreingenommen.«

»Nein, ich habe nicht nur mit Gloria gesprochen, James. Ich habe mich mit Händlern unterhalten, mit anderen Sammlern und mit Dr. Lang. Es interessiert Sie vielleicht, dass Dr. Lang von Ihrer Arbeit sehr beeindruckt ist, und er versteht mehr von Kunstgeschichte und Kunstkritik, als ich je verstehen werde.«

»Da wäre ich mir nicht so sicher, Mr. Cassidy.«

»Dem ist aber so. Schließlich ist es sein Geschäft – und auch das Ihre. Ich bin Rechtsanwalt, kein Kunsthistoriker. Ich habe nicht einmal die Absicht, ein Vorwort zu meinem Katalog zu schreiben – obwohl Lang mir diesen Vorschlag gemacht hat.«

»Die meisten Sammler tun es.«

Er nickte und winkte gleichzeitig mit der Rechten ab, um zu verhindern, dass die Asche seiner Zigarre herunterfiel. »In der Kunstwelt genießen Sie den Ruf integer zu sein nicht von ungefähr. Ich habe mir sagen lassen, Sie seien unbestechlich.«

»Ich werde nicht reich als Kunstkritiker, wenn Sie das meinen.«

»Ich weiß. Ich weiß auch, wie man Nachforschungen anstellt. Das ist mein Beruf. Die Jurisprudenz besteht zu fünfundneunzig Prozent aus Vorbereitung, und wenn man seine Hausarbeiten erledigt, dann ist es leicht, im Gerichtssaal einen guten Eindruck zu machen. Aber um für einen Augenblick auf die Frage der Bestechlichkeit zurückzukommen: Ich möchte Ihnen sagen, dass ich Ihre so genannte Unbestechlichkeit respektiere.«

»So wie Sie das formulieren, bekomme ich fast das Gefühl, ich hätte irgendwann mal die Gelegenheit versäumt, einen Haufen Kohle zu machen, nur weil ich etwas abgelehnt habe. Sollte mir da etwas entgangen sein, dann weiß ich nichts davon.«

»Wenn Sie hier den Ahnungslosen spielen wollen, muss ich wohl deutlicher werden. Erstens: Gratisbilder. Die Ausstellung dieses Bürschchens heute Abend, äh, Westcott. Nehmen wir an, Sie hätten zu Gloria gesagt, Sie bauen Westcott ein bisschen auf, wenn Sie dafür ein paar seiner Bilder umsonst kriegen – was wäre dann geschehen?«

»In Westcotts Fall hätte sie mir alle Bilder geschenkt.« Ich grinste. »Aber Sie reden jetzt nicht über Integrität, Mr. Cassidy. Sie reden über meinen Beruf. Ich habe noch nie ein Bild gratis angenommen. An den Wänden meiner Wohnung im Village finden Sie nichts außer dem Zufallsmuster der abblätternden Farbe. Wenn ich jemals ein Bild annähme, nur eines, das ich dann vielleicht für zwei- oder dreihundert Dollar verkaufen könnte, so würde sich schnell herumsprechen, dass man mich schmieren kann. Noch im gleichen Augenblick wäre ich als Kritiker gestorben. Und eine gute Besprechung gegen Bezahlung, wie es das in Paris immer noch gibt, hat die seriöse Kunstkritik in Frankreich so gut wie ruiniert.

»Es gibt natürlich ein paar Ausnahmen, und wir in der Branche wissen, wer sie sind. So wie die Dinge liegen, kann ich mir nicht einmal erlauben, rechtmäßig Kunstgeschenke von Freunden anzunehmen, selbst wenn ich weiß, dass keine Bedingungen daran geknüpft sind. Die Verknüpfungen wären nämlich ungewollt doch da. Die bloße Tatsache, dass ich ein Geschenk angenommen habe, könnte meine Meinung beeinflussen, sollte ich jemals eine Ausstellung des betreffenden Künstlers zu besprechen haben. Aus demselben Grund kaufe ich auch nichts. Dabei hatte ich durchaus schon Gelegenheit, das eine oder andere Stück zu erwerben, das sogar ich mir hätte leisten können. Aber sehen Sie, wenn ich ein Bild besäße, käme ich vielleicht in Versuchung, den Künstler über Gebühr zu pushen, um den Wert meines Bildes zu steigern – möglicherweise; denn ich weiß nicht, ob ich es wirklich täte. Damit meine ich nicht etwa, dass ich völlig objektiv bin. Das ist unmöglich. Ich bemühe mich nur die meiste Zeit, es zu sein, und das gestattet es mir, auch einmal über meinen Schatten zu springen und verdammt subjektiv zu sein, wenn ich etwas sehe, was mich wirklich in Begeisterung versetzt.«

Ich trank mein Glas aus und stellte es unabsichtlich ein wenig zu heftig ab. Als ich aufblickte, lag ein Lächeln auf Cassidys irischem Gesicht. Vielleicht hatte er mich ködern wollen, aber dergleichen hatte ich schon öfter erlebt. In Amerika war es selbstverständlich, einem Kritiker zu unterstellen, er sei gekauft, wenn er über einen Künstler begeistert berichtete, vor allem dann, wenn die Leute nichts von Kunst verstanden. Aber Cassidy wusste das besser.

»Ich erzähle Ihnen da nichts Neues, Mr. Cassidy, also schmeicheln Sie mir nicht, wenn es um meine Integrität geht. Wie jeder andere habe ich gegen Geld nichts einzuwenden, und in meiner Zeit als Dozent für Kunstgeschichte am City College in New York habe ich mehr verdient als heute. Ich bin ehrgeizig, ja, aber mich reizt das gute Ansehen, nicht das Geld. Wenn mein Ruf als Kritiker bedeutend genug ist, werde ich zwar mehr Geld verdienen, aber ein Vermögen wird es nie sein. Darum geht es auch nicht bei diesem Spiel. Der Trick dabei – und der ist schwierig – besteht darin, seinen Lebensunterhalt als Kunstkritiker oder, wenn Ihnen das lieber ist, als Kunstexperte zu verdienen. Wenn Sie wollen, dass ich Ihnen zu einem Bild eine Expertise anfertige, werde ich Ihnen dafür etwas berechnen. Gern sogar. Wenn ich Ihnen raten soll, was Sie sich als Nächstes für Ihre Sammlung kaufen sollen, mache ich Ihnen sogar ein paar Vorschläge, ganz umsonst.« Ich hob mein leeres Glas. »Das heißt, im Gegenzug für einen Drink. Oder ist die Bar auch für mich geschlossen?«

»Ich hole die Flasche.« Cassidy verließ den Raum und kam augenblicklich mit einer Flasche Cutty Sark und einem Plastikeimer mit Eiswürfeln zurück. Ich goss mir einen Doppelten über zwei Eiswürfel und zündete mir eine Zigarette an. Cassidy nahm einen Block gelbes Kanzleipapier von seinem Schreibtisch, setzte sich und schraubte die Kappe seines Füllfederhalters ab.

»Ich habe keine Bilder, die Sie begutachten sollen, James. Und ich wollte Sie auch nicht um Rat wegen meiner Sammlung bitten – aber da Sie das Angebot schon einmal gemacht haben: Woran dachten Sie denn?«

Ich beschloss, ihm von meinem Lieblingsprojekt zu erzählen. »Entartete Kunst.« Ich wählte bewusst den deutschen Begriff.

»Wie schreibt man das?«

Ich sagte es ihm, und er schrieb es auf seinen Block.

»Die Hitler-Partei benutzte diese Bezeichnung, um moderne Kunst zu diffamieren. Hitler war auf seinem völkischen Trip, und die offizielle Linie lautete: Volks- und Heimatkunst. Moderne Kunst mit ihrer subjektiven, individualistischen Betrachtungsweise galt als politische und kulturelle Anarchie, und Hitler ließ sie unterdrücken. Rücksichtslos. Ähnlich wie heutzutage war man sich damals nicht ganz sicher, was moderne Kunst eigentlich ausmacht, und so wurde es notwendig, eine Ausstellung mit ›entarteter Kunst‹ zu veranstalten, damit die Parteigenossen überall in Deutschland wussten, was zum Teufel sie da eigentlich verhindern sollten. Also wurde im Juli 1937 in München eine Ausstellung mit moderner Kunst eröffnet. Sie war nur Erwachsenen zugänglich, damit die Kinder nicht verdorben wurden, und sie hieß ›Entartete Kunst‹. Sie sollte beispielhaft sein, eine Warnung sowohl an die Künstler als auch an die Leute, die sich von solcher Kunst angezogen fühlten. Von München aus wanderte die Ausstellung durch ganz Deutschland.«

Ich beugte mich nach vorn.

»Hören Sie sich die Namen an, die da vertreten waren: Otto Dix, Emil Nolde, Franz Marc, Paul Klee, Kandinsky, Max Beckmann und viele andere mehr. In New York habe ich ein Exemplar des Originalkatalogs, in der untersten Schublade meines Schreibtisches im Büro.«

»Diese Gemälde wären heute ein Vermögen wert.«

»Die Maler sind heute alle Teil der Kunstgeschichte – und Bilder von, sagen wir, Marc sind teuer. Aber angenommen, Sie hätten jedes Bild aus dieser besonderen Ausstellung? Jedes deutsche Museum wurde ›gesäubert‹. So nannten sie das – ›säubern‹. Und wenn ein Museum Werke der in der Ausstellung vertretenen Maler in seiner Sammlung hatte, wurden sie entfernt. Einige wurden vernichtet, andere versteckt, wieder andere aus dem Land geschmuggelt. Aber stellen Sie sich vor, die Bilder dieser Wanderausstellung zu besitzen, und stellen Sie sich vor, es wäre möglich, sie zu beschaffen …«

Cassidy zog einen Strich durch die beiden Wörter auf seinem Block und schüttelte den Kopf.

»Nein, so etwas kann ich niemals allein durchziehen. Ich müsste ein Konsortium gründen, um das Geld aufzutreiben, und – nein, das wäre es mir nicht wert. Sonst noch Anregungen?«

»Sicherlich, aber Sie haben mich nicht hergebeten, um mich nach Anregungen für Sammlungen zu befragen.«

»Das stimmt. Im Grunde, James, sind wir, Sie und ich, ehrliche Männer, und wir sind, jeder auf seine Art, gleichermaßen ehrgeizig. Eine einzige unehrliche Handlung macht noch lange keinen unredlichen Menschen – nicht, wenn es die einzige Unredlichkeit in seinem Leben bleibt. Es wäre sozusagen eine geringfügige Unredlichkeit. Eine Kleinigkeit im Grunde. Nehmen wir an, James, Sie bekämen die Gelegenheit zu einem Interview mit« – er zögerte und befeuchtete seine Lippen mit der Zungenspitze – »Jacques Debierue.«

»Das wäre für mich eine einzigartige Gelegenheit! Aber Debierue ist in Frankreich, und in vierzig Jahren hat er nur drei – nein, vier Interviews gegeben, und nachdem im letzten Jahr sein Haus abgebrannt ist, hat er überhaupt keins mehr gegeben.«

»Mit anderen Worten«, Cassidy schmunzelte, »Sie wären gewissermaßen begeistert, wenn Sie sich seine neuen Arbeiten anschauen und persönlich mit ihm darüber sprechen könnten?«

»Begeistert ist nicht das richtige Wort. Nicht einmal der Begriff ekstatisch wäre ein Ausdruck dafür. Jetzt, wo Duchamp tot ist, ist Debierue der große alte Mann der Modernen Kunst.«

»Lassen Sie's gut sein, das ist mir auch bekannt. Hören Sie nur zu. Angenommen, ich würde jetzt sagen, es wäre mir möglich, für Sie ein Treffen mit Debierue zu arrangieren –«

»Ich würde es Ihnen nicht glauben.«

»Aber wenn es so wäre – und ich sage Ihnen jetzt, dass es so ist –, was würden Sie dann für mich tun?«

Mein Mund und meine Kehle waren mit einem Mal wie ausgetrocknet. Ich kippte den Plastikeimer mit dem Eis ein wenig an und goss mir etwas von dem Eiswasser in mein leeres Glas. Dann nahm ich einen Schluck; es schmeckte beinahe warm. »Sie haben etwas Unredliches vor. War es das, was Sie vorhin andeuten wollten?«

»Nein, zumindest nicht, was Sie betrifft. Was mich betrifft, schon. Wie auch immer, Debierue steht in meiner Schuld, wenn man's so sehen will und das will ich. Doch ich will kein Geld von ihm. Ich will eines seiner Bilder.«

Ich lachte. »Wer wollte das nicht? Kein Mensch, kein Museum besitzt einen Debierue. Wenn Sie einen hätten, wären Sie der einzige Sammler auf der Welt, der so etwas hat! Soweit ich weiß, hatten überhaupt nur vier Kritiker das Privileg, etwas von seiner Arbeit zu sehen.

Wahrscheinlich haben ein oder zwei Hausangestellte seine Bilder gesehen, ich weiß es nicht. Vielleicht vor Jahren auch die eine oder andere Geliebte – als er noch jung genug war, eine zu haben. Aber sonst niemand –«

»Ich weiß. Und ich will eins. Als Gegenleistung für dieses Interview sollen Sie ein Bild für mich stehlen.«

Ich lachte. »Und wenn ich es dann gestohlen habe, brauche ich es nur von Frankreich hierher zu schmuggeln. Richtig?«

»Falsch. Und mehr verrate ich Ihnen nicht, bis ich eine verbindliche Zusage von Ihnen habe. Ja oder nein. Für das Interview stehlen Sie Debierue ein Bild und geben es mir. Kein Bild, kein Interview. Denken Sie darüber nach.«

» Hypothetisch?«

»Nicht hypothetisch. Ganz konkret.«

»Ich würde es tun. Ich werde es tun. Das heißt, ich werde ein Bild stehlen, sofern er Bilder hat, die man stehlen kann. Sein gesamter Besitz ist den Berichten zufolge mit seinem Haus in Flammen aufgegangen. Und wenn er seitdem nichts mehr gemalt hat –«

»Er hat. Ich weiß es.«

»Abgemacht. Aber ich habe kein Geld für ein Flugticket nach Frankreich und zurück. Nicht einmal für eine Schiffskarte für einen Frachter.«

»Lassen Sie uns die Sache mit einem Händedruck besiegeln.«

Wir erhoben uns und schüttelten einander feierlich die Hände. Meine Handflächen waren feucht, und seine auch, aber wir griffen beide so fest zu, wie wir konnten. Er holte seinen Humidor und bot mir eine Zigarre an. Ich schüttelte den Kopf und setzte mich wieder. Ich wollte mir noch ein Glas eingießen, überlegte mir dann aber, dass ich keines mehr brauchte; ich fühlte leichte Benommenheit, beinahe Schwindel, und mein Herz flatterte, als hätte ich ein halbes Dutzend Dexies eingeworfen.

»Debierue«, Cassidy gab einen kurzen Lacher von sich, aber es war eher ein Schnauben als ein richtiges Lachen, »ist hier in Florida, gut dreißig Meilen südlich von hier an der State Road 7. Und das war meine so genannte unredliche Handlung, mein Freund. Ich habe soeben das Vertrauen eines Klienten missbraucht. So etwas sollte ein Rechtsanwalt nicht tun, wissen Sie. Aber nachdem ich es nun einmal getan habe, erzähle ich Ihnen auch den Rest. Vor mehr als acht Monaten wurden die nötigen Vorkehrungen getroffen, um Debierue nach Florida kommen zu lassen, und dabei war ich der hiesige Vermittler. Die Auswanderung wurde von einer Pariser Anwaltskanzlei in die Wege geleitet, die Kontakt mit mir aufgenommen hatte. Und ich regelte die Sache honorarfrei, und zwar mit Vergnügen. Ich mietete das Haus – auf Jahresbasis –, engagierte eine schwarze Hausangestellte, die einmal in der Woche zu ihm kommt, putzt und ihm bei Rex Art in Coral Gables seinen Malereibedarf kauft, und ich holte ihn am Flughafen ab. Ich organisierte alles für ihn. Er ist arm, wie Sie wissen.«

»Und jetzt finanzieren Sie ihn?«

»Nein, nein. Das Geld kommt von *Les Amis de Debierue*. Sie müssen –«

»Denen schicke ich selbst fünf Dollar im Jahr.« Ich verzog das Gesicht. »Die sind steuerlich absetzbar – falls ich je genug Geld verdienen sollte, um sie auf die Liste meiner zahlreichen Wohltätigkeiten zu setzen.«

»Ja, genau so läuft es. Die Pariser *Amis* schicken mir durch die Anwaltskanzlei mehr oder weniger regelmäßig kleine Summen, und ich sorge dafür, dass die Rechnungen des alten Herrn bezahlt werden – sofern es welche gibt – und dass er Taschengeld hat. Viel braucht er nicht. Das Haus ist billig, weil es in einer heruntergekommenen Gegend steht. Es wurde von einem Mann gebaut, der sich zur Ruhe setzen und Hühner züchten wollte. Er versuchte es sechs Monate lang, verstand aber nichts von der Zucht und ist letzten Endes wieder nach Detroit zurückgekehrt. Seit zwei Jahren versucht er jetzt, das Haus zu verkaufen, und er war verdammt froh, die Miete für ein Jahr im Voraus zu kassieren.« Cassidy lächelte. »Ich habe sogar einen falschen Namen für den alten Herrn ausgesucht – Eugene V. Debs. Wie finden Sie das?«

»Herrlich!«

»Es ist mehr als das. Debierue hat noch nie von einem Gene Debs gehört. Ja, und das ist ungefähr die ganze Geschichte.«

»Nein, nicht ganz. Wie ist er in die Staaten gekommen, ohne dass irgendwelche Reporter etwas davon gemerkt haben?«

»Das war überhaupt kein Problem. Von Paris nach Madrid, von Madrid nach Puerto Rico, in San Juan durch den Zoll, dann weiter nach Miami – außerdem kam er mit einem Studentenvisum. J. Debierue. Wer wird bei einem Neunzigjährigen mit einem Studentenvisum Verdacht schöpfen? Der Name Debierue ist in Frankreich recht verbreitet. Und sonntags landen in Miami ungefähr sechzig Flüge aus der Karibik. Miami International ist einer der verkehrsreichsten Flughäfen der Welt.«

Ich nickte. »Und der hässlichste dazu. Er ist also seit acht Monaten hier in Florida?«

»Nicht ganz. Die Verhandlungen fingen vor acht Monaten an, und es dauerte eine Weile, bis alles arrangiert war. Das Lustigste ist, aus dem Alten wird tatsächlich noch ein Student. Ich habe doch meine Beziehungen zur Universität von Chicago erwähnt – na, ab September wird Debierue zwölf Stunden in der Woche Kreditwesen in Chicago studieren, per Fernstudium.«

»Was sind seine Hauptfächer?«

»Rechnungswesen und Management. Ich habe einen jungen Mann, der bei mir arbeitet und diese Fernkurse mit links schafft, und er wird dafür sorgen, dass der alte Herr einen 1-A-Durchschnitt erzielt. Mit einem Studentenvisum, wissen Sie, muss man im Semester mindestens zwölf Wochenstunden belegen, um die Aufenthaltsgenehmigung zu erhalten. Und solange man auf dem College gute Zensuren erreicht, kann man bleiben, so lange man will.«

»Ich weiß. Aber warum ich? Warum stehlen Sie das Bild nicht selbst?«

»Weil er wissen würde, dass ich es war, darum. Als ich ihn in seinem Haus untergebracht hatte, sagte er, er wolle nicht, dass ich ihn besuchte. Aus Gründen der Geheimhaltung. Ich bin trotzdem zweimal hingefahren und habe ihm wegen eines Bildes in den Ohren gelegen. Beim letzten Mal wurde er richtiggehend wütend, und seither hängt vor seinem Atelier ein Vorhängeschloss. Ich will ein Bild von ihm. Es ist mir egal, was für eines, und es ist mir egal, ob jemand weiß, dass ich es habe. Ich werde es wissen, das genügt mir. Vorläufig. Sollte es Ihnen natürlich gelingen, ein erfolgreiches Interview zustande zu bringen – und das ist Ihr Problem –, und sollten Sie über seine neuen Bilder schreiben – allzu lange hat er nicht mehr zu leben –, dann kann ich ja mit meinem Bild herausrücken und es zeigen. Nicht wahr?«

»Ja, ich verstehe. Sie hätten dann den Sammlercoup des Jahrzehnts gelandet – aber was wird aus mir?«

»Sie werden stillhalten, ganz gleich, was passiert. Ich habe mich nach Ihnen erkundigt, das sagte ich doch schon. Sie sind ehrgeizig, und Sie werden der erste und einzige amerikanische Kritiker sein, der ein Exklusivinterview mit dem großen Jacques Debierue führen darf. Wenn Sie ihm ein Bild gestohlen haben, wird er erst recht mit niemandem mehr reden.«

»Welche Uhrzeit ist vereinbart und welcher Tag?«

»Nichts ist vereinbart. Das liegt ganz bei Ihnen.« Er schrieb mir die Adresse auf den gelben Notizblock und zeichnete die State Route 7 und den Zubringer von Boynton Beach auf. »Wenn Sie an der Abzweigung vorbeifahren, kann es sein, dass Sie die Einfahrt zu Debierue übersehen, weil sie nicht weiter befestigt ist und weil man das Haus vom Highway aus nicht sehen kann. Ob Sie das Haus verpasst haben, merken Sie spätestens dann, wenn Sie eine halbe Meile weiter das Autokino sehen. Dann wenden Sie und fahren zurück.«

»Weiß er, dass ich komme?«

»Nein. Das ist Ihr Problem.«

»Warum hat er beschlossen, nach Florida zu ziehen?«

»Fragen Sie ihn. Sie sind der Autor.«

»Dann schlägt er mir womöglich die Tür vor der Nase zu?«

»Wer weiß? Wir beide haben eine Abmachung, und wir haben sie per Handschlag besiegelt. Ich verstehe mich auf mein Geschäft, und Sie sollten sich auf das Ihre verstehen. Noch Fragen?«

»Nicht an Sie.«

»Gut.« Er stand abrupt auf, ein Zeichen dafür, dass diese Unterredung beendet war. »Wann fahren Sie hin?«

»Das ist meine Sache.« Ich grinste und streckte die Hand aus.

Wir schüttelten uns noch einmal die Hand, und Cassidy erkundigte sich freundlich, ob er mir ein Taxi rufen solle. Mich auf meine eigenen Kosten mit dem Taxi nach Hause zu schicken war seine Methode, sich darum zu kümmern, »dass Mr. Figueras gut nach Hause kommt«.

Ich lehnte ab und fuhr mit dem Aufzug hinunter. Ich wollte einen klaren Kopf bekommen, und deshalb zog ich es vor, die paar Blocks bis zu meiner Wohnung zu Fuß zu gehen. Als ich auf der stillen Straße durch die warme, milde Nacht ging, folgte mir ein Streifenwagen der Polizei von Palm Beach im diskreten Abstand von einem Block bis nach Hause. Die Cops fanden mich nicht etwa verdächtig; sie sorgten lediglich dafür, dass ich sicher nach Hause kam. Palm Beach ist wahrscheinlich zusammen mit Hobe Sound die bestgeschützte Stadt in den Vereinigten Staaten.

Jetzt, da ich allein war, empfand ich solche Erregung, dass ich kaum einen klaren Gedanken fassen konnte. Dada und Surrealismus, und zwar exakt in der Reihenfolge, waren meine Favoriten der Kunstgeschichte. Und weil ich mich schon bei meinem Aufenthalt in Paris für diese Kunstbewegungen interessiert hatte, kannte ich die Pariser Kunstszene der zwanziger Jahre in mancher Hinsicht sogar besser als die meisten Leute, die dazugehört hatten. Und Debierue – Jacques Debierue! Debierue war die Schlüsselfigur, das Symbol für die Grenzlinie – falls sich eine solche ziehen ließ – zwischen Dada und Surrealismus! Ich wusste, dass ich in meinem nahezu euphorischen Zustand nicht würde schlafen können. Ich musste mir eine Kanne Kaffee kochen und zur Vorbereitung auf das Interview fix ein paar Notizen über Debierue zu Papier bringen. Morgen früh, dachte ich.

Morgen!

Ich drehte den Schlüssel im Schloss, öffnete die Tür und betrat ein Apartment, in dem überraschenderweise Licht brannte, weiches Licht, das aus dem Badezimmer kam. Dort, in der Badezimmertür, entdeckte ich die Gestalt meiner blondmähnigen Lehrerin, bekleidet mit einem kurzen graublauen Nachthemd. Ihre langen Beine zitterten in den Knien.

»Ich – ich bin zurückgekommen, James«, eröffnete mir Berenice unter Tränen.

Ich nickte stumm und breitete die Arme aus, damit sie mir um den Hals fallen konnte. Wenn sie sich beruhigt hat, dachte ich, lasse ich sie Kaffee machen. Berenice macht viel besseren Kaffee als ich …

5

»Es ist schwierig zu erklären, was den Maler Debierue ausmacht«, sagte ich beim Kaffee zu Berenice. »*No pido nunca a nadie* ist eine treffende Zusammenfassung der Regeln, nach denen er sein ganzes Leben lang gelebt hat. Direkt übersetzt bedeutet es: Niemals bitte ich niemanden um nichts.«

»Ich glaube, es ist das erste Mal, dass ich dich spanisch sprechen höre, James.«

»Vielleicht auch das letzte Mal. Ich hatte schon bald damit aufgehört, spanisch zu sprechen, nachdem wir von San Juan nach New York gezogen waren. Und sobald ich begriffen hatte, was sie dort von Puerto-Ricanern hielten, legte ich auch meinen spanischen Akzent ab. Aber das spanische *No pido nunca a nadie* klingt besser, weil die mehrfache Negation sich nicht aufhebt wie im Englischen. Und das ist die Geschichte von Debierues Leben: Eine doppelte Negation nach der anderen, bis er schließlich durch sein Bemühen, niemanden zu beeindrucken, jedermann beeindruckte.«

»Aber warum hast du aufgehört, Spanisch zu sprechen?«

»Ich nehme an, um mir selbst zu beweisen, dass ein Puerto-Ricaner nicht nur genauso viel taugt wie jeder andere, sondern eine verdammte Menge mehr. Außerdem hätte mein Vater es auch getan.«

»Aber dein Vater ist tot, hast du gesagt –«

»Richtig. Er starb, als ich zwölf war; aber genau genommen hatte ich nie einen Vater. Meine Eltern haben sich getrennt, bevor ich ein Jahr alt war. Sie haben sich nie scheiden lassen, denn sie waren katholisch. Meine Mutter hat eine halboffizielle Vereinbarung mit der Kirche getroffen, die ihnen ermöglichte, getrennt zu leben.

Finanzielle Probleme gab es nicht. Er hat uns bis zu seinem Tod unterstützt, und dann sind wir nach New York gezogen, meine Mutter und ich, mit dem Geld von der Versicherung und aus dem Erlös unseres Hauses in San Juan.«

»Aber ab und zu hast du ihn doch gesehen, oder?«

»Nein. Niemals. Nicht mehr nach ihrer Trennung – außer auf Fotos natürlich. Das hat es mir so schwer gemacht, Berenice. Was ich stattdessen hatte, war ein imaginärer Vater, ein Vater, den ich mir erfinden musste, und der ist das, was man *un hombre duro* nennen könnte – ein harter Mann.«

»Mit anderen Worten, James, du hast es dir absichtlich schwer gemacht.«

»So einfach ist das nicht. Ein Junge, der seinen Vater nicht um sich hat, entwickelt kein Über-Ich, und wenn du kein Über-Ich hast, musst du natürlich eins erfinden –«

»Das ist Quatsch. Über-Ich ist nur ein Jargonausdruck für Gewissen, und ein Gewissen hat jeder.«

»Wie du meinst, Berenice, allerdings würden Fromm und Rollo May dir da vehement widersprechen.«

»Aber du hast doch ein Gewissen.«

»Sicher. Zumindest intellektuell habe ich eins, wenn auch nicht emotional, denn ich war schlau genug, mir einen imaginären Vater zu erschaffen.«

»Manchmal verstehe ich dich nicht, James.«

»Weil du ein bisschen so wie die kleine, alte Lady in Hemingways *Tod am Nachmittag* bist.«

»Das hab ich nie gelesen. Das ist sein Buch über Stierkampf, nicht wahr?«

»Nein. Es ist ein Buch über Hemingway. Indem er vom Stierkampf erzählt, erzählt er von sich. In *Tod am Nachmittag* erfährt man eine Menge über Stierkampf, aber was man über Leben und Tod erfährt, das ist Hemingways Thema.«

»Und die kleine alte, Lady …?«

»Die kleine alte Lady in *Tod am Nachmittag* stellt dauernd unerhebliche Fragen. Infolgedessen erfährt sie weder über den Stierkampf noch über Ernest Hemingway besonders viel, und am Ende des Buches muss Hemingway sie sich vom Hals schaffen.«

»Ich bin aber keine kleine, alte Lady. Ich bin eine junge Frau und lernfähig. Und wenn ich dich besser verstehen möchte, sollte ich zuhören, wenn du über Kunst redest, denn das ist für dich eine Frage von Leben und Tod.«

»So könnte man es sagen.«

»Ich sage es so.«

»Möchtest du etwas über Jacques Debierue erfahren?«

»Aber gern!«

»Dann werde ich dir zunächst nur einen allgemeinen Überblick verschaffen und dir die näheren Hintergründe erläutern, wenn sich Gelegenheit dazu bietet. Ich sagte, ich werde zunächst ... wie ich sehe, hast du keine relevanten Fragen und hast beschlossen zu schweigen, bis du welche hast, richtig? Schön. Du wirst meine Begeisterung über die Gelegenheit, Jacques Debierue zu treffen, verstehen, wenn ich dir sage, dass ich – soweit ich weiß – alles gelesen habe, was je über ihn geschrieben wurde. Das ist ein weites Feld, aber der Blickwinkel ist begrenzt.

»Nur vier Kritiker, alles Europäer, haben seine Arbeit tatsächlich gesehen und darüber geschrieben. Ich werde der erste amerikanische Kritiker sein, der seine Bilder begutachten wird, und es werden neue Originalbilder sein, die noch niemand zuvor gesehen hat. Zum ersten Mal in meiner Laufbahn als Kritiker werde ich die neuesten nihilistisch-surrealistischen Gemälde des berühmtesten Malers der Welt zu sehen bekommen. Danach wird es mir möglich sein, meine Ansichten einzuordnen und sie mit denen jener Kritiker zu vergleichen, die über seine früheren Arbeiten geschrieben haben. Ich werde mir einen umfassenden Überblick über Debierues Entwicklung verschaffen können – möglicherweise auch über Rückschritte – und aus kunsthistorischer Sicht Unterstützung, oder nein, besser, noch keine Unterstützung erfahren. Es sind wunderbare Zufälle, die im Laufe der Entwicklung der zeitgenössischen Kunst zu Debierues Ruhm geführt haben. Sein stummer, von unten geführter Kampf gegen eine unglaubliche Erwartungshaltung erschien nach außen hin mühelos, aber das war er nicht. Die Masse steht allem Neuen immer erst ablehnend gegenüber, vor allem in der Kunst. Wie du weißt, gibt es hunderte von Büchern, voll mit interpretatorischen Ansichten über Impressionisten, Expressionisten, Suprematisten, Kubisten, Futuristen, Dadaisten und Surrealisten der frühen Jahre dieses Jahrhunderts. Alle bedeutenden Avantgardisten wurden detailliert untersucht, aber viele Maler fanden überhaupt keine Anerkennung. Es gab kleinere Bewegungen, die sich bildeten und wieder auflösten, ohne je Erwähnung zu finden. Wie viele das waren, weiß keiner.

»Während meines einjährigen Aufenthalts in Europa galt gerade diesen kleineren Bewegungen mein besonderes Interesse. Es war eine Gelegenheit, mir einen Namen zu machen, verstehst du. Wenn ich nur eine hätte ausmachen können, eine Bewegung, die fortbestand, über die ich hätte schreiben und die ich als eine wichtige, aber verkannte Bewegung in der Kunstgeschichte hätte etablieren können, dann hätte ich meine Karriere als Kunstkritiker sofort beginnen können, statt erst am City College in New York Kunstbetrachtungsseminare für gelangweilte Buchhalter abhalten zu müssen.

»In den Jahren vor und nach dem Ersten Weltkrieg brodelte es in Paris, was neue Entwicklungen in der Malerei betraf. Kaum ein Tag verging, ohne dass eine neue Gruppe gegründet, ein neues Manifest verfasst wurde, was wiederum Polemiken, Prügeleien und Auflösungen nach sich zog. Drei Maler trafen sich in einem Café, stritten bis Mitternacht freundschaftlich miteinander und beschlossen, ihre eigene kleine Splittergruppe zu bilden. Im Morgengrauen dann, nach einer Nacht mit reichlich Wein und reichlich Argumenten und einem neuen, auf einem Blatt Papier gekritzelten Manifest, hassten sie einander. Bleich vor Wut und Müdigkeit marschierten sie im Perlmuttglanz des Morgengrauens in ihre Ateliers, und das neue Manifest war bereits Altpapier, bevor man es verkündet hatte.

»Einige dieser kleineren Bewegungen hatten Bestand, sie überdauerten ein paar Tage oder Wochen und erzeugten kurzzeitig einen beachtlichen Presserummel; die meisten indessen lösten sich sang- und klanglos auf, weil sie keine Unterstützung fanden – oder ohne erkennbaren Grund. Die vom Glück begünstigten, bekannteren Bewegungen existierten immerhin so lange, dass sie genug Nachahmer beeinflussen konnten, um sich eine dauerhafte Nische in der Kunstgeschichte zu erobern. Der Kubismus zum Beispiel – eine Bezeichnung, die der lesenden Öffentlichkeit gefiel – war eine solche Bewegung. Natürlich war Paris in den zwanziger Jahren das Zentrum dieses Wirbelsturms, aber Streifzüge in neue, aufregende Ausdrucksformen der Malerei fanden keineswegs nur in Frankreich statt.

»Während meines einjährigen Aufenthalts in Frankreich, als ich erfolglos versuchte, handfeste Belege für diese kleinen Bewegungen aufzuspüren, erwiesen sich meine Abstecher nach Brüssel und nach Deutschland als noch nervenaufreibender. In Brüssel verbrachten die Brüder Grimm, Hal und Hans, die sich ›Die Grimmisten‹ nannten, Monate in dunklen Zechen, wo sie ausdrucksvoll geformte Kohlebrocken sammelten. Die stellten sie dann auf weißen Satinkissen als ›Naturskulpturen‹ aus. Doch innerhalb von zwei Tagen hatten frierende Belgier die ausgestellte Kohle geklaut und die Ausstellung wurde geschlossen. Die Belgier sind ein praktisch denkendes Volk, und 1919 hatten sie einen kalten Winter. Auf ihre Weise hatten die Brüder Grimm so die ›Gefundene Kunst‹ erfunden –«

»James, wenn du sagst, du hast kein Über-Ich oder Gewissen – soll das heißen, dass du niemals etwas Schlimmes getan hast, etwas, was du später bereut hast?«

»Doch – Einmal. An der Columbia University kannte ich einen Assistenzprofessor, einen Anthropologen, dessen Frau starb. Er ließ sie verbrennen und kaufte für fünfhundert Dollar eine schöne

Urne, um die Asche darin aufzubewahren. Die Urne stand immer zu Hause auf seinem Schreibtisch – als ein *Memento mori.* Anthropologen sind ja, wie du weißt, ziemlich versessen auf Rituale, Bestattungszeremonien – solche Dinge eben. Seine Frau starb an Tuberkulose. Seine erste Frau hatte ich nie kennen gelernt, aber die zweite; sie war Examenskandidatin bei ihm. Genau wie Frauen fühlen sich auch Männer meistens vom gleichen Typus angezogen, wenn sie wieder heiraten …«

»Das stimmt nicht! Ich hab noch nie jemand wie dich gekannt!«

»Aber du warst auch noch nie verheiratet, Berenice. Ich spreche von einem Witwer, der ein zweites Mal heiratete. Sein Name wird dir nichts sagen, aber er hieß Dr. Hank Goldhagen. Jedenfalls war seine zweite Frau, Claire, auch anfällig für Erkrankungen der Atemwege. Manchmal, wenn sie Streit hatten, deutete Hank auf die Urne und sagte: ›Meine erste Frau in der Urne dort ist mir eine bessere Frau und eine bessere Ehefrau gewesen, als du es mir bisher gewesen bist.‹«

»Wie kann man so was Schreckliches sagen!«

»Nicht wahr? Ich frage mich manchmal, was sie zu ihm gesagt hat, das ihn so provozieren konnte. Aber die Ehe hielt auch nicht lange. Nach einem Skiwochenende in New Hampshire bekam Claire eine Lungenentzündung, an der sie starb. Ich riet Hank, Claires Asche in die teure Urne, zur Asche seiner ersten Frau, zu geben, so konnte er Geld sparen.«

»Aber wieso …?«

»In der Urne war noch reichlich Platz. Wieso nicht? Wäre es vernünftiger gewesen, noch eine teure Urne zu kaufen? Und wenn er eine billigere gekauft hätte, wäre das für seine Freunde ein Hinweis darauf gewesen, dass er Claire weniger schätzte als seine erste Frau. Aber mein praktischer Vorschlag erwies sich als Schuss, der nach hinten losging. Nach einer Weile fing Hank an, nur noch auf die Urne zu starren und über die vermischte Asche der beiden Frauen zu grübeln, und schließlich drehte er durch. Und weil das meine Schuld war, fühlte ich mich wochenlang ganz niedergeschlagen.«

»Das ist keine wahre Geschichte, oder? Oder, James?«

»Nein, es ist keine wahre Geschichte. Ich habe sie erfunden, um dir eine Freude zu machen, denn anscheinend bist du eine kleine, alte Lady, die gern Geschichten hört.«

»Nein, bin ich nicht – und solche Geschichten mag ich überhaupt nicht!«

»Ich will dir weiter von Debierue erzählen, und ich verspreche dir, das ist interessanter als die Geschichte von Dr. Goldhagen und seinen zwei Frauen.«

»Entschuldige, dass ich dich unterbrochen habe. Darf ich dir noch eine Tasse Kaffee einschenken?«

»Darfst du. Ich will dir zunächst noch von der ›Skatologischen Schule‹ erzählen, die Willy Büttner im Berlin der Nachkriegsjahre ins Leben rief – es war die Phase der deutschen Politkunst. Die ›Skatologische Schule‹ hält wahrscheinlich den Europarekord in Kurzlebigkeit. In gerade mal acht Minuten hatte sie sich gegründet und wieder aufgelöst. Herr Büttner und seine drei trotzigen Mitaussteller wurden mitsamt ihrem schwachsinnigen Modell – das seine offenkundige Anwesenheit in allen Gemälden schlankweg bestritt – ins Gefängnis gesperrt. Die Bilder wurden konfisziert und nie wieder öffentlich gezeigt. Gerüchten zufolge landeten diese anscheinend pornografischen Gemälde in Görings Privatsammlung. Heute vermutet man sie in der Sowjetunion, aber genau weiß das niemand. Ich konnte keinen einzigen Menschen auftreiben, der die Bilder mit eigenen Augen gesehen hatte, wenngleich viele Leute von der Ausstellung wussten. Das war auch eines meiner frustrierenden Erlebnisse in Europa.

»Anfang der sechziger Jahre war die Fährte zu kalt, als dass man noch gültige, dokumentarische Belege hätte finden können. Ich kam zu spät. Die Wirtschaftskrise in Europa und der Zweite Weltkrieg hatten alles Material vernichtet. Ich habe immer noch das Gefühl, dass die Vernachlässigung der so genannten unbedeutenden Bewegungen durch die Kritik sich als unermesslicher Verlust für die Kunstgeschichte erweisen wird. Damals wie heute zählten die Kritiker nur eine sehr kleine Zahl von Malern zu den Repräsentanten ihrer jeweiligen Zeit. Und wir erinnern uns nur an die Namen derer, die zuerst ins Ziel kamen. Jeder Sportjournalist wird sich erinnern, dass Jesse Owens bei der Olympiade 1936 der schnellste Sprinter war, aber niemand erinnert sich mehr an den Zweiten und den Dritten, die nur Sekundenbruchteile nach ihm ins Ziel kamen.

»Deshalb grenzt es schon fast an ein Wunder, dass man Jacques Debierue überhaupt zur Kenntnis nahm. Wenn man die sonderbare Mischung aus Hoffnung und Desillusionierung bedenkt, die die zwanziger Jahre beherrschte, dann scheint er unter allen Malern jener Zeit der am wenigsten typische Kandidat für Ruhm und Ehre zu sein. Und er verhielt sich bewusst gleichgültig gegenüber der Presse.

»Von einem einzelnen Maler, einem echten Archetypen, kann man kaum sagen, er bilde eine Bewegung. Aber Debierue erhob sich über die Pariser Kunstwelt wie ein ausgestreckter Mittelfinger. Pariser Kritiker mussten zu ihrer Beschämung gestehen, dass keiner von ihnen genau wusste, wann seine Einzelausstellung eröffnet wurde. Was an Einzelheiten über die Entdeckung Debierues und über das wahre Ausmaß seines Einflusses auf andere Maler bekannt ist, hat August Hauptmann in seiner Monografie *Debierue* recht ausführlich untersucht. Es ist kein umfangreiches Buch, nicht für einen deutschen Wissenschaftler, dennoch ist es eine gut dokumentierte Studie über Debierues schöpferische Leistungen.

»Es gibt keine massenhaften Veröffentlichungen über Debierue, so wie es sie über Pablo Picasso gibt, aber ständig taucht sein Name in den Biografien und Autobiografien anderer berühmter moderner Maler auf – zumeist unter merkwürdigen Umständen. Die häufige Erwähnung seines Namens ist indes nicht überraschend. Bevor Debierue zur Welt der Malerei gehörte, lebte er von ihr. Weil er ihre Bilder rahmte, kannte er die meisten wichtigen Künstler der Kriegs- und Nachkriegsjahre persönlich, und er kannte sie gut.«

»Er war Bilderrahmer?«

»Zuerst, ja. Für Miró, de Chirico, Man Ray, Pierre Roy und viele andere Maler war es von Vorteil, ihn in seiner winzigen Werkstatt aufzusuchen. Er gab ihnen Kredit, und bevor sie mit ihrer Malerei Geld verdienten, brauchten sie nichts dringender als Kredit. Debierues Name findet in den Studien über jede bedeutende Nachkriegsentwicklung Erwähnung, weil er dabei war – und weil er alle Maler kannte, die eine Rolle spielten. Aber die einzige Gemeinsamkeit mit anderen Avantgardisten besteht darin, dass er zurecht als Vater des Nihilistischen Surrealismus anerkannt wurde – eine Bezeichnung übrigens, die Debierue für seine Arbeit nicht selbst geprägt hat.

»Der Schweizer Essayist und Kunstkritiker Franz Moricand hat diesen Ausdruck im Hinblick auf Debierues Kunst als Erster verwendet. Und als das Etikett einmal angebracht war, blieb es auch kleben. Erstmalig erschien der Begriff in Moricands Essay ›Stellt er nur?‹, der im *Mercure de France* abgedruckt wurde. Besonders erschöpfend war der Aufsatz nicht, aber den Ausdruck ›Nihilistischer Surrealismus‹ machten sich andere Kritiker rasch zu eigen. Das war der notwendige Brückenschlag, verstehst du, um die begriffliche und bildhafte Grenze zwischen Dada und Surrealismus deutlich zu markieren. Beide Richtungen hatten zu verschiedenen Zeiten versucht, Debierue für sich zu vereinnahmen, aber er gehörte nie zu einem der beiden Lager. Dada wie Surrealismus verfügen über einen soliden philosophischen Unterbau; Debierues Ansichten jedoch kennt niemand.

»Der Zufall ist ein wichtiger Faktor bei der Entdeckung und Anerkennung jedes Künstlers; was aber viele moderne Kritiker nicht einsehen, ist der Umstand, dass zahlreiche von Debierues Malerfreunden ihre Schulden bezahlten, indem sie die Leute in Debierues Ausstellung schickten. In seiner winzigen Werkstatt am Montmartre hatte er für junge Maler, deren Bilder sich ein paar Monate später für viel Geld verkauften, mal gegen Bezahlung, mal ganz umsonst Rahmen angefertigt. Die Amerikaner, die in ihren ›Narrenschiffen‹, wie Fitzgerald sie nennt, in der Zeit des Aufschwungs nach Frankreich kamen, hatten allesamt mehr als fünfzig Dollar in den Taschen. Sie kauften massenweise Bilder, und die Maler, die sie ihnen verkauften, vergaßen nicht, was sie Debierue schuldeten.

»Aber trotz Hauptmanns Monografie bleibt Debierues erste und einzige Ausstellung von einer Aura des Geheimnisvollen umgeben. Es wurden keine Einladungen versandt, und es gab weder Plakate noch Zeitungsanzeigen. Nicht einmal seinen Freunden gegenüber erwähnte er die Ausstellung. Eines Tages, und das genaue Datum ist immer noch unbekannt, erschien im Schaufenster seiner Rahmenwerkstatt eine kleine, handgeschriebene Karte: *Jacques Debierue. No. One. Nur nach Anmeldung.*«

»Warum schrieb er nicht das französische Nombre une?«

»Das ist eine gute Frage, Berenice. Aber die Antwort weiß niemand. Die Tatsache, dass er das englische *No. One* anstelle von Nombre une benutzte, hat Samuel Beckett vielleicht bei seiner Entscheidung beeinflusst, in französischer statt in englischer Sprache zu schreiben, wie der Literaturkritiker Leon Mindlin behauptet, vielleicht aber auch nicht. Aber alle Beteiligten sind übereinstimmend der Ansicht, dass es ein findiger Schachzug von Debierue gewesen sei, als die amerikanischen Touristen mit ihren beschränkten Französischkenntnissen in die Pariser Szene einfielen. Auf den Einfall, ein Bild mit einer Zahl zu betiteln, ist Debierue unbestreitbar als Erster gekommen. Rothko, der seine Gemälde zum Teil mit Ziffern betitelte, hat nur einmal, in einem privaten Gespräch, zugegeben, dass er in Debierues Schuld stehe. Das ist ein wichtiger Punkt, denn verschiedene Kunsthistoriker behaupten fälschlich, Rothko habe seine Bilder als Erster nummeriert. Debierue hat sich zu dieser Frage nie geäußert. Er hat auch das Bild nie kommentiert.

»Aber so viel steht fest: *No. One* kam nach Dada und vor dem Surrealismus und bildete somit eine Brücke zwischen den beiden großen Kunstrichtungen dieses Jahrhunderts. Und Debierues Nihilistischer Surrealismus wird sich im Laufe der Zeit vielleicht als die wichtigste der drei Bewegungen erweisen. Im Rückblick fällt es uns leicht zu begreifen, wie Debierue Herzen und Köpfe der verbliebenen Dadaisten erobern konnte, die ja Dada nach und nach, einer nach dem anderen, den Rücken kehrten und ihren hart erworbenen Ruhm an den aufblühenden Surrealismus verloren. Und jetzt wird auch klar, weshalb die Surrealisten so darauf aus waren, Debierue als einen der ihren zu reklamieren. Aber Debierue stand allein. Weder gab er zu noch bestritt er je, zu der einen oder anderen Gruppe zu gehören. Sein Werk sprach für ihn, wie ein Kunstwerk es immer tun sollte.

No. One wurde in einem kleinen, leeren Zimmer – früher war es eine Dienstmädchenkammer gewesen – eine Treppe über Debierues Werkstatt ausgestellt. Die Umgebung für das Bild wurde mit Bedacht geschaffen. Wer kam, um es zu sehen – Eintrittsgeld wurde nicht verlangt –, wurde vom Maler höchstpersönlich die paar Stufen hinaufgeführt und mit dem Bild allein gelassen.

»Hatte das Auge des Betrachters sich erst einmal an das trübe Tageslicht gewöhnt, das durch ein einziges, schmutziges Fenster hoch oben an der gegenüberliegenden Wand fiel, sah es nichts weiter als einen leeren, reich verzierten Bilderrahmen. Wenn man mit Hilfe eines Streichholzes oder eines Feuerzeugs genauer hinsah, entdeckte man, dass der vergoldete Rahmen mit dem barocken Rankenwerk einen Spalt oder Riss in der grau verputzten Wand umschloss. Das feine Drahtseil und der Nagel, der in die Wand geschlagen worden war, um Drahtseil samt Rahmen zu tragen, waren ebenfalls sichtbar. Trat man einige Schritte zurück, dann glich der Verlauf des Drahtseils innerhalb des Rahmens – am Scheitelpunkt, nämlich am Nagel, beschrieb das Seil einen Winkel von zirka zwanzig Grad – der Silhouette einer fernen Bergkette.«

Berenice seufzte. »Das verstehe ich nicht. Das Ganze ergibt keinen Sinn für mich.«

»Genau! Kein Sinn, aber auch kein Unsinn. Es war ein irrationales Werk in einer rationalen Umgebung. Debierues Nihilistischer Surrealismus ist – wie Dada und Surrealismus – irrational. Das ist der springende Punkt beim Dada und bei den meisten anderen Kunstrichtungen der Nachkriegszeit. Verzerrung, Irrationalität und ein völlig überraschendes Zusammenrücken von Objekten.«

»Was sagten die Rezensenten dazu?«

»Was die Rezensenten in den Zeitungen schrieben, ist nicht weiter von Belang, Berenice. Es gibt einen Unterschied zwischen Rezensenten und Kritikern, wie du wissen solltest. Der Rezensent behandelt die Kunst wie eine Ware. Er hat jede Woche über drei oder vier Ausstellungen zu berichten, und die kann er bestenfalls oberflächlich abhandeln. Den Kritiker hingegen interessieren ästhetische Aspekte; er möchte das Kunstwerk an seinem Platz im Plan der Dinge wissen, wenn nicht sogar als Verhaltensmuster deuten.«

»Okay. Was sagten die Kritiker zu *No. One?*«

»Eine ganze Menge. Aber die Kritik setzt bei der Struktur an, und dort endet sie auch oft, vor allem bei solchen Kritikern, die glauben, dass jedes Kunstwerk autotelisch sei. Autotelisch. Das bedeutet –«

»Ich weiß, was autotelisch bedeutet. Ich habe auf dem College Literaturkritik studiert und habe einen Abschluss in Englisch.«

»Okay. Was bedeutet es?«

»Es bedeutet, dass ein Kunstwerk sich aus sich selbst heraus erklärt.«

»Richtig. Und was bedeutet oder impliziert es weiter?«

»Nichts weiter. Nur, dass man ein Gedicht, oder was auch immer, allein für sich betrachten soll und nicht im Hinblick auf etwas anderes.«

»Das stimmt, aber es steckt noch mehr dahinter. Es bedeutet auch, dass der Künstler selbst nicht in die Kritik seines Werkes einbezogen werden soll. Und obwohl ich Strukturalist bin, glaube ich nicht, dass irgendein Kunstwerk – ob Gedicht, Gemälde oder

Roman – autotelisch ist. Die Persönlichkeit des Künstlers ist in jedem Kunstwerk gegenwärtig, und der Kritiker muss sie ebenso zutage fördern wie Struktur und Form. Nehmen wir nur einmal den Profi-Football –«

»Mit Vergnügen. Das finde ich interessanter als die Malerei.«

»Du vielleicht, aber ich will nur eine Analogie herstellen. Ein guter Kritiker ist wie ein guter Football-Kommentator im Fernsehen. Wir sehen dasselbe Spiel wie er, aber er macht es uns durchschaubar und offenbart uns die Struktur und das Muster des Spiels. Er erklärt uns misslungene und gelungene Aktionen. Er kann uns außerdem die nächsten Spielzüge voraussagen. Und weil er die Aufzeichnung augenblicklich zurückfahren kann, hat er die Möglichkeit, das Spiel in einzelne Abschnitte zu gliedern und uns diese Abschnitte in Zeitlupe noch einmal zu zeigen. Genau das machen wir auch in der Kunstkritik, wenn wir Detailvergrößerungen von Gemälden zeigen.«

»Aber deine Analogie erklärt nicht die Bedeutung der Persönlichkeit beim Football.«

»Doch. Das ist nämlich der Quarterback, er ist der eigentliche Spielmacher, ich meine, wenn er das Spiel an sich gerissen hat. Manchmal bestimmt auch der Coach das Spiel, der mit jedem Ersatzmann neu in das Spiel eingreift. Wenn nun der Kommentator den Coach und den Quarterback nicht kennt, wenn er nicht weiß, was sie früher gemacht haben, dann würde ich behaupten, dass seine Erklärungen zum Spielverlauf auf wackligen Beinen stehen und dass man auf seine Vorhersagen nicht viel geben kann. Kannst du mir folgen?«

»Ich kann dir folgen.«

»Gut. Dann dürfte es dir auch nicht schwer fallen zu verstehen, wieso *No. One* erfolgreich war. Immer nur eine Person durfte das Bild betrachten. Aber der Künstler setzte kein Zeitlimit. Manche Besucher kamen sofort wieder die Treppe herunter. Andere blieben eine Stunde oder länger, zum Leidwesen derer, die unten warteten. Der Durchschnittsbetrachter begnügte sich mit einer oberflächlichen

Besichtigung. Aber Hauptmann zufolge gab es viele, die mehrmals kamen.

»Ein alter spanischer Aristokrat besuchte Paris ein halbes Dutzend Mal, nur um noch einmal einen Blick auf *No. One* zu werfen. Ein Besucherbuch wurde nicht geführt, aber dass eine große Zahl von Leuten Debierues Laden besuchte, um das Bild zu betrachten, ist allgemein überliefert. Jeder Pariser Maler jener Zeit begab sich auf diese Wallfahrt und brachte für gewöhnlich auch ein paar Freunde mit. Und *No. One* wurde breit diskutiert.

»Sporadische Zeitungsberichte, die kritische Aufmerksamkeit, die Debierue in europäischen Kunstzeitschriften zuteil wurde, und die mündliche Debatte über das Bild lockten einen stetigen Strom von Besuchern in seine kleine Galerie, bis er am 25. Mai 1925 seine Werkstatt verkaufte, um sich ausschließlich der Malerei zu widmen. *No. One* war ein Bild, das natürlich zu unterschiedlichen und kontroversen Ansichten Anlass gab. So konnte der Riss innerhalb des Rahmens schon in der Wand gewesen sein, als Debierue den Rahmen darüberhängte – er konnte aber auch vom Künstler absichtlich hinzugefügt worden sein. Diese grundsätzliche, wenn auch subjektive Entscheidung musste jeder Kritiker selbst treffen. Die Schlussfolgerungen aus dieser allerersten Prämisse schufen zwei diametral entgegengesetzte Richtungen des interpretatorischen Kommentars. Der Widerstreit zwischen expliziter und impliziter Bedeutung sorgte für heftige Auseinandersetzungen in der Fachpresse. Um eine Meinung vertreten zu können, musste man das Bild selbst gesehen haben. Und so wurde die winzige Galerie zu einem Muss für ausländische Journalisten und Kunstgelehrte.

»Die meisten Autoren konzentrierten sich in ihren Kommentaren auf den Riss innerhalb des Rahmens. Aber es gab ein paar, die diesen Punkt für gegenstandslos hielten, weil der Riss sich nicht würde bewegen lassen, wenn man den Rahmen entfernte. Sie irrten. Ein Kritiker hat das zu erörtern, was da ist, nicht das, was anderswo sein könnte. Und Debierue zeigte das Bild nirgendwo mehr, nachdem er seinen Laden verkauft hatte. Schließlich einigte man sich – einschließlich derer, die das Bild eigentlich verabscheuten – darauf, dass der Riss den endgültigen und unausweichlichen Bruch zwischen der traditionellen akademischen Malerei und der neuen Kunst des 20. Jahrhunderts darstellte. Mit anderen Worten: *No. One* öffnete dem die Tür, was Harold Rosenberg später als ›die Tradition des Neuen‹ bezeichnete.

»Freud'sche Interpretationen mit den üblichen sexuellen Konnotationen waren gleichfalls populär, aber die tiefste Kluft klaffte zwischen Dadaisten und Surrealisten hinsichtlich der irrationalen Aspekte des Bildes. Die meisten Surrealisten (Buñuel war eine Ausnahme) vertraten die Meinung, Debierue sei zu weit gegangen; sie fanden, er habe einen ›Point of no Return‹ überschritten. Die Dadaisten, von denen sich viele über die Verwendung des vergoldeten Barockrahmens ärgerten, behaupteten, Debierue habe die Irrationalität nicht weit genug getrieben, um seine Aussage unwiderruflich sinnlos werden zu lassen. Aber keine der beiden Gruppen bestritt den machtvollen Einfluss, den *No. One* auf die zeitgenössische Malerei ausübte.

»1925 war der Surrealismus keine bedeutende Kunstrichtung mehr – wenngleich er in den dreißiger Jahren wiederbelebt und in den frühen Fünfzigern noch einmal verjüngt wurde. Und die übrig gebliebenen Dadaisten, diejenigen, die sich nicht André Breton angeschlossen hatten, waren weitgehend unorganisiert. Dennoch war Debierues Bild bis zum letzten Tag der Ausstellung eine große Attraktion. Und bei den Amerikanern war es derart populär, dass zwei verschiedene Reisebüros es bei ihren Studienreisen nach Paris ins Programm aufgenommen hatten.

»Als dann der Nihilistische Surrealismus erst einmal als unabhängige Kunstrichtung etabliert war, war Debierue als Vortragsredner gesucht. Solche Angebote lehnte er natürlich ab –«

»Wieso natürlich? Werden Vortragsredner denn nicht meistens bezahlt?«

»Doch, und man hätte ihn gut bezahlt. Aber ein Künstler begibt sich nicht in die Defensive. Doch genau das macht ein Vortragsredner. Von einem Kritiker erwartet man Vorträge. Fragen sind ihm willkommen, denn es ist sein Beruf, zu erklären, was ein Künstler tut. Der Künstler aber hat dergleichen nicht gelernt, und so kann er nur seine Position schwächen. Manche Maler ziehen heutzutage auf Vortragsreisen durchs Land und schleppen Magazine voller Dias von ihren Bildern mit sich herum, und sie sind ein beschämend unfähiger Haufen. Vermutlich ist es nicht leicht, das Geld abzulehnen, aber am Ende vernichten sie sich selbst und ihre Kunst. Für Lyriker, Schriftsteller und für Maler gilt gleichermaßen: Ein Kreativer hat seinen Platz nicht auf der Vortragsbühne.«

»Und auch nicht in der Leserbriefspalte im *New York Review of Books*.«

»Genau. Zumindest was Lyriker und Schriftsteller angeht. Ein Sachautor hat das Recht, Vorträge zu halten. Er setzt automatisch eine Debatte in Gang, wenn er ein Buch schreibt, und es ist sein gutes Recht, sich zu verteidigen. Aber das Werk eines Malers sagt, was es zu sagen hat, und der Kritiker interpretiert es für diejenigen, die es nicht deuten können.«

»Wenn das so ist, hast du sowohl dem Künstler als auch dem Publikum gegenüber eine Verantwortung.«

»Ich weiß. Davon spreche ich ja. Aber es ist auch eine Herausforderung, und deshalb finde ich die Aussicht, Debierue zu interviewen, so aufregend. Als Debierue sich anschickte, nach dem Verkauf seines Ladens und der Schließung der Ausstellung Paris zu verlassen, gab er einem Reporter vom *Paris Soir* ein Interview. Er sagte nichts über die Bilder, die er plante oder in Arbeit hatte – nur, dass die Bedeutung seiner Malerei sowohl für seine engen Freunde als auch für die breite Öffentlichkeit zu privat sei. Er habe beschlossen, erklärte er, seine zukünftige Arbeit weder der allgemeinen Öffentlichkeit noch einem Kunstkritiker zu zeigen, es sei denn, er halte ihn für qualifiziert genug, angemessen über seine Malerei zu schreiben. Mit anderen Worten: Dem qualifizierten Kritiker, wenn auch nicht der breiten Öffentlichkeit, stand seine Tür offen.

»Die Villa an der Riviera war ein anonymes Geschenk an den Künstler gewesen und er hatte es in dem Geist angenommen, in dem es sozusagen überreicht worden war. Ohne Bedingungen. Er war nicht vermögend, aber der Erlös aus dem Verkauf seines Ladens am Montmartre würde seine Kosten in den nächsten paar Monaten decken. Der Reporter vom *Paris Soir* stellte ihm sodann die nahe liegende Frage: ›Wenn Sie sich weigern, Ihre Bilder auszustellen oder zu verkaufen, wovon wollen Sie dann leben?‹

›Das‹, antwortete Debierue, ›ist meine Sorge nicht. Ein Künstler hat zu viel Arbeit, als dass er sich über solche Dinge den Kopf zerbrechen könnte.‹ Und mit seiner Geliebten am Arm stieg Debierue in ein Taxi und fuhr zum Bahnhof.

»Vielleicht war es die Naivität dieser Antwort, was unter den Malern, mit denen er bekannt oder befreundet war, große Besorgnis auslöste. Jedenfalls bildete sich schon einen Monat nach seiner Abreise von Paris in aller Hast eine Organisation mit Namen *Les Amis de Debierue*. Sie besteht heute noch.«

»Für T. S. Eliot gab es einen ähnlichen Verein, aber der hat sich inzwischen aufgelöst. Sein Ziel war es, Mr. Eliot von seinem Job als Bankangestellter zu erlösen.«

»Ich weiß. Aber Eliot hat dann einen Job bei einem Verlag angenommen. Debierue hat, soweit wir wissen, nie wieder einen Bilderrahmen angefertigt, außer für seine eigenen Bilder. *Les Amis* veranstalteten ihr erstes Spendensammelbankett in Paris, und durch ihre fortgesetzte Aktivität kam genug Geld zusammen, um dem Künstler ein kleines Jahresstipendium auszusetzen. Noch immer werden unter den Kunstliebhabern alljährlich Spenden gesammelt. Seit meinem Examen spende ich mindestens fünf Dollar im Jahr für *Les Amis de Debierue*.

»Während des Zweiten Weltkriegs ließen die Deutschen ihn in Ruhe. Dank zweier kritischer Artikel, die seinen Namen mit

Nietzsche in Verbindung gebracht hatten, betrachtete man ihn nicht als ›entarteten‹ französischen Maler. Anscheinend fanden sie auch keines seiner aktuellen Werke, das sie auf ›Mängel‹ hätten untersuchen können.

»Nach ihrer Befreiung verwandelte man die Riviera unverzüglich in ein Urlaubsgebiet für amerikanische Truppen, und bald besuchten die ersten Kunststudenten Debierue, die – jetzt in Uniform – auf dem College von ihm gelesen hatten. In ihren Briefen nach Hause berichteten sie von ihm, und nach kurzer Zeit organisierten amerikanische Kunstvereine eine wahre Flut an Kleidung, Lebensmitteln, Malbedarf und Geld, deren Ziel der Stützpunkt Debierues an der Riviera war. So hatte Debierue zwei Weltkriege und ein Dutzend ideologischer Schlachten überstanden.

»Die ersten drei Besprechungen der an der Riviera entstandenen Werke Debierues – mit einem Seitenblick auf den Symbolismus – sprechen für sich. ›Phantasie‹, die ›Indirekte Periode‹ und ›Regen‹ sind die Namen, die man seinen ersten drei Perioden gegeben hat; sie stammen von den ersten drei Kritikern, die seine Bilder begutachten durften. Die Vierte, die ›Cheironeske Periode‹, ist indes so hermetisch, dass sie einer weiteren Ausführung bedarf.«

Berenice nickte.

»Nur wenig wissenschaftliche Mühe wurde auf die Untersuchung dieser vier wichtigen Ansätze verwandt. An eingehenden Studien zu jeder dieser Perioden, sei es in Buchform oder als Monografie, ist nur wenig erschienen – im Gegensatz etwa zu dem, was zu Picassos Blauer oder Rosa Periode geschrieben worden ist. Das ist verständlich, denn die Öffentlichkeit hat diese Bilder nie gesehen. Ein etablierter Kritiker zieht es vor, das Original oder wenigstens ein Farbdia des Bildes zu betrachten, ehe er seine Schlüsse zieht. Wer einem Kritiker, der das Bild gesehen hat, widerspricht oder zustimmt, bewegt sich auf dünnem Eis. Jeder neue Artikel über Debierue erregte gleich bei seinem Erscheinen beträchtliches Aufsehen, aber man wagte es nicht, allein auf Grund von Beschreibungen ein ausführliches Urteil zu fällen.«

»Nun, das kann ich verstehen.«

»Gegen diese allgemeine Tendenz erschien Louis Galts Essay *Debierue: Die cheironeske Periode,* das im Sommer '58 im *Nonobjectivist* erschien. Es wurde in mehr als einem Dutzend Sprachen und ebenso vielen Kunstmagazinen nachgedruckt. Galt, musst du wissen, hatte den Ruf eines eingefleischten Puristen, was gegenstandsfreie Kunst betraf; deshalb veröffentlichte er seinen Aufsatz im *Nonobjectivist,* obwohl er für eine Veröffentlichung in *Art News* sicher das Zehnfache hätte kassieren können. In einem seiner Aufsätze war Galt sogar so weit gegangen, Mondrian als ›Verräter‹ zu beschimpfen, als der Holländer sich von seiner Schwarz-Weiß-Palette verabschiedete, um in seinen linearen Gemälden mit Farben zu experimentieren. Ich war in dieser Sache nicht seiner Meinung, dennoch formulierte er einige interessante Überlegungen. Doch angesichts der vielen fähigen Kritiker, die allesamt darauf brannten, Debierues nach dem Zweiten Weltkrieg entstandene Bilder zu sehen, betrachtete man es als eine Schande, dass er sich für einen Puristen entschieden hatte, der sich die neuen Arbeiten nicht vorurteilslos ansehen würde. Die Bezeichnung ›cheironesk‹ wurde als abwertender ›literarischer‹ Terminus angesehen. Susan Sontag etwa lehnte ihn aus tiefstem Herzen ab und sagte das auch in der *Partisan Review.* Galts Essay war, um fair zu bleiben, nicht despektierlich, aber Galt behauptete darin unverblümt, Debierue habe sich zurückentwickelt. Er behauptete, auf dem Dutzend Bilder, das Debierue ihm gezeigt habe, seien deutlich bizephale zentaurenähnliche Kreaturen sichtbar. Und dies zwang Galt zu der Schlussfolgerung, aus dem Meister sei ein Lehrer geworden, aber Didaktizismus habe keinen Platz in der zeitgenössischen Kunst. Natürlich eine puristische Ansicht.«

»Natürlich.« Berenice nickte.

»Jedenfalls – und hier begab er sich wahrhaftig auf dünnes Eis – nannte Galt diese Periode ›cheironesk‹, weil in der griechischen Mythologie der Zentaur Cheiron der Lehrer des Herkules und anderer griechischer Heroen gewesen war. Es war eine raffinierte Anspielung auf den Klassizismus, den Galt verabscheute und dessen Elemente er bei jedem modernen Maler als regressiv empfunden hätte. Debierue sagte natürlich gar nichts dazu.«

Berenice nickte und schloss die Augen.

»Galts kontroverses Essay erschien genau zum richtigen Zeitpunkt. Es weckte erneut das Interesse an dem alten Maler, und die bizephalen Zentaurengeschöpfe, wie Galt sie beschrieb, verliehen den neuen Werken eine – zumindest scheinbare – Ähnlichkeit mit dem abstrakten Expressionismus. Da war auch einiges Wunschdenken im Spiel. 1958 war kein aufregendes Bilderjahr. Abgesehen von einer Hand voll New Yorker Maler, den nach ihrem Händler benannten ›Sydney-Janis-Malern‹, befand sich die so genannte New Yorker Schule in einer Übergangsphase. Und Debierue war natürlich eine Art interessanter Nouveauté, allein deshalb, weil man ihn in den Jahren zuvor nur wenig zur Kenntnis genommen hatte.«

Berenice ließ das Kinn auf die Brust sinken. »Mhm.«

»Ein New Yorker Händler schickte Debierue ein Telegramm, ein Angebot über fünfzigtausend Dollar für irgendeines der cheironesken Bilder. Debierue reagierte darauf mit einem Antworttelegramm, das nur seinen Namen enthielt. Der Händler witterte Publicity und ließ sein Angebot und Debierues Antwort vergrößern und stellte das Foto ins Fenster seiner Galerie an der 57. Straße. Andere Händler, die ihm mit erhöhten Angeboten nacheiferten, bekamen keine Antwort.

»Wie ich es schaffen werde, weiß ich nicht, Berenice. Ich weiß nur, dass ich entschlossen bin, als erster Kritiker Debierues amerikanische Gemälde zu sehen, und ich habe bereits entschieden, sie als seine ›Amerikanische Periode‹ zu bezeichnen.«

Aber ich sprach nur zu mir selbst. Berenice war eingeschlafen, wie ich verärgert feststellte.

6

Jetzt, so im Schlaf, sah Berenice trotz ihrer Größe – und sie war eine große Frau! – geradezu zerbrechlich aus. Ihre unglaublich langen blonden Wimpern lagen auf den runden, geröteten Wangen, und das kindliche Gesicht, entspannt und ohne Make-up, ließ sie um Jahre jünger aussehen. Ihre schweren Brüste und der große, runde Hintern, der jetzt entblößt war, weil das dünne Nachthemd ihr weit über die Hüften gerutscht war, wirkten unpassend reif im Gegensatz zu ihrem unschuldigen Gesicht und dem zerzausten Alice-im-Wunderland-Haarschopf. Während ich sie durch zusammengekniffene Augenlider und mit gemischten Gefühlen betrachtete, formte sich genau in der Mitte zwischen ihren geschwungenen, leicht geöffneten Lippen eine zartes Speichelbläschen.

O ja, ich hatte Berenice mit meinem weitschweifigen Vortrag über Jacques Debierue in den Schlaf befördert. Ich musste gähnen und fragte mich, wie viel von Debierue sie begriffen haben mochte, ehe sie vollends eingeschlummert war. Sie war natürlich aufmerksam gewesen, wie immer, wenn ich mich mit ihr unterhielt, aber sie hatte keine einzige ernsthafte Frage gestellt. Nicht dass es darauf weiter angekommen wäre. Berenice brachte der Kunst – wie überhaupt allem, was an abstraktes Denken grenzte – nur ein minimales Interesse entgegen, und eine Zeit lang hatte ich den Verdacht gehegt, dass das geringe Interesse, das sie gelegentlich aufzubringen imstande war, auch noch großenteils gespielt war. Ein Versuch, mich zufrieden zu stellen.

Abgesehen von ihrer Anhänglichkeit, die sie mir als Person oder Persönlichkeit entgegenbrachte, und abgesehen von der Übereinstimmung unserer sexuellen Schwingungen, fragte ich mich manchmal, ob sie jemals etwas intellektuell angeregt habe. Für eine Frau, die Englisch studiert hatte und das Fach unterrichtete (wenn auch nur an einer High School), verstand sie bemerkenswert wenig vom Wesen der Literatur.

Dass sie besonders belesen wäre, konnte man auch nicht behaupten. Ihre literarischen Kenntnisse erwiesen sich bei meinen gelegentlichen Nachfragen entweder als mangelhaft, oder sie plapperte wie ein Papagei nach, was ihr aus den Englischseminaren am College im Gedächtnis haften geblieben war. Sie hatte ein gutes Gedächtnis für Inhaltsangaben und Personennamen, aber damit hatte es sich schon.

Ich schloss daraus, dass sie vermutlich eine schlechte Lehrerin war. Sie hatte einen so trägen und gutmütigen Charakter, dass es mit der Disziplin in ihrer Klasse nicht weit her sein konnte. Andererseits mochte sie in einer Stadt wie Duluth, wo die Teenager lauter höfliche angehende Republikaner waren, auf keine großen Probleme in Sachen Disziplin treffen. Doch Schüler einer New Yorker High School hätten eine sanftmütige Frau wie Berenice innerhalb von zehn Minuten sicherlich zum Heulen gebracht.

Aber woher wollte ich das eigentlich wissen? Ich wusste es nicht. In einer Machtposition rief sie bei Kindern vielleicht Angst, Schrecken und großes Zittern hervor. Sie sprach nie über ihre Arbeit, und nach allem, was ich wusste, konnte sie durchaus eine Grammatikexpertin und im Klassenzimmer eine echte Kanone sein.

Die Fassade einer verliebten Frau ist äußerst trügerisch.

Täuschte sie ihre Sentimentalität wie manches andere nur vor?

Einmal, als Timmy Fraser in der Red Pirate Lounge mit *My Funny Valentine* zu hören gewesen war – so, wie er das Lied klagend in die Länge zieht, dauert es zehn Minuten –, war sie in echte Tränen ausgebrochen. Eine Frau, die nicht merkt, welche Bosheit den Versen von Lorenz Hart aus dem Jahr 1930 innewohnt, hat keine Grütze, sondern nur Maisbrei im Kopf. Einmal hatte sie mir erzählt, dass sie über Madame Bovarys Selbstmord zwei Tage lang geweint habe. Nicht schlecht. Flaubert hatte sich die Tränen redlich verdient, aber sie hatte weder Ahnung von den Stilmitteln des Romans, noch analysierte sie, wie Flaubert ihre Gefühle gesteuert und sie dazu gebracht hatte, über den Tod dieser armen, kranken Frau zu weinen.

Ich wusste das und dachte darüber nach, um schließlich zu begreifen, dass ich sie kaum kannte und dass es unvernünftig war, von Berenice ein waches Interesse an Jacques Debierue zu erwarten. Berenice war meine Funny Valentine, genau das war sie, und ihr Kinn war auch ein bisschen schwach. Auf eine unbestimmte, abstrakte Weise liebte ich sie. Gleichzeitig wusste ich nicht recht, was ich mit ihr anstellen sollte. Sie hatte soeben als eine Art Resonanzboden fungiert, hatte mir geholfen, meine Erregung einzudämmen, aber jetzt war es zwei Uhr früh, und ich hatte einen arbeitsreichen Tag vor mir. Es gab viel zu tun. Wenn ich mich ihrer richtig bediente, konnte sie mir von Nutzen sein. Wäre es nicht hilfreich, eine schöne Frau im Schlepptau zu haben, wenn ich Debierue besuchte? Einer hinreißend schönen Frau würde er wohl kaum die Tür vor der Nase zuschlagen. Ein Franzose? Niemals …

Das Speichelbläschen blähte sich plötzlich auf, als sie ausatmete, und platzte lautlos. Berenice wimmerte kurz im Schlaf und bewegte sich hin und her, um eine bequemere Position auf dem Stuhl zu finden. Es war ein Wunder, dass sie auf diesem schmalen, mit Segeltuch bespannten Offiziersklappstuhl überhaupt schlafen konnte, noch dazu in dieser Haltung, die langen Beine untergeschlagen. Als mir auffiel, was ich da machte, nämlich vernünftige Überlegungen anstellen, hörte ich auf mit diesen vernünftigen Überlegungen und stieß Berenice meinen ausgestreckten Zeigefinger in den weichen, aber ziemlich flachen Bauch.

»Aufwachen, Publikum«, sagte ich nicht unfreundlich.

»Ich habe nicht geschlafen«, flunkerte sie. »Ich hab nur einen Moment die Augen zugemacht, damit sie sich ein bisschen ausruhen können.«

»Ich weiß. Ich habe vergessen, dich danach zu fragen – wo bist du in den letzten zwei Tagen gewesen?«

»Hier.« Ihre Augen weiteten sich. »Nur hier.«

»Heute nicht.«

»Ach, du meinst heute?«

»Ja. Heute.«

»Da war ich bei Gloria. Ehrlich, es machte mich so schwermütig, den ganzen Tag hier zu sitzen und auf dich zu warten, deshalb hab ich sie angerufen. Sie kam her und hat mich abgeholt.«

»Das dachte ich mir. Sie hat versucht, mich am Telefon auszuhorchen, als ich zurückkam. Ich hab an ihrem unechten Gekicher gemerkt, dass etwas nicht stimmte, aber ich wusste nicht, was. Wenn du nicht die Absicht hattest, nach Duluth zurückzufahren, wieso hast du dann dein Gepäck mitgenommen und mir diesen verrückten Brief geschrieben?«

»Ich hab versucht fortzugehen, wirklich und wahrhaftig, aber ich konnte es nicht!« Ihre Augen wurden feucht. »Ich möchte bei dir bleiben, James ... willst du mich denn nicht?«

Ich musste ihren Tränen zuvorkommen. Wieso können Frauen nicht lernen, ›Leb wohl‹ zu sagen wie ein Mann?

»Wir werden sehen, Baby, wir werden sehen. Lass uns jetzt ins Bett gehen. Wir reden morgen früh darüber – das heißt, heute früh.«

Berenice stand gehorsam auf, kreuzte die Arme vor der Brust und zog mit einer schwungvoll anmutigen Bewegung das kurze Nachthemd aus. Gar nicht mehr schläfrig, grinste sie mich verschlagen an und krabbelte auf das zerwühlte Bett, und dabei schwenkte sie ihren unglaublichen Hintern. Ich lächelte. Sie war amüsant, wenn sie versuchte, kokett zu sein, weil sie so groß war. Ich zog mich aus und kroch zu ihr ins Bett. Die Klimaanlage, die zu schwach war, um das Apartment ausreichend zu kühlen, rackerte sich ab – uh uh, uh uh, uh uh ... Normalerweise konnte ich das Geräusch überhören, aber jetzt störte es mich.

Ich war angespannt, ein bisschen high von vier Tassen schwarzem Kaffee und überdreht durch meine Fähigkeit, mich so mühelos an Debierues Karriere in all ihren Einzelheiten erinnern zu können. Drei, nein, vier Tage waren seit dem letzten Mal vergangen, doch seltsamerweise hatte ich keine Lust auf Sex. Wenn ich jetzt mit Berenice schliefe, würde ich etwas neu beginnen, unter das ich *Ende* geschrieben hatte – vielleicht war das der Grund. Das oder meine unklaren Gefühle gegenüber Berenice, während ich – wenn alles klappte – auf der Schwelle zu einer Zukunft stand, in der es keinen Platz für eine Frau gab, die ein Interesse an mir als Person hatte. Jede Beziehung zwischen Mann und Frau, die rein körperlicher oder persönlicher Natur ist, kann nur in die Katastrophe führen.

Es war eine Vorahnung, vielleicht eine Art Instinkt, der dem Selbstschutz diente und dem ich hätte folgen sollen. Aber um zwei Uhr morgens, den Kopf noch voller intellektueller Probleme, war ich physisch außerstande, genug rohe Kampflust aufzubringen, um Berenice samt ihrem Koffer die Treppe hinunterzuwerfen. Sie war liebevoll, allzu liebevoll.

Das unbestimmte Gefühl – oder was auch immer es sein mochte – einer nahenden Katastrophe ließ mich körperlich wie geistig in einem Zustand schlaffer Untätigkeit verharren. Berenice war darüber verblüfft, das weiß ich. Als keiner ihrer üblichen Tricks funktionierte, kletterte sie plötzlich über mich hinweg, stieg aus dem Bett und knipste die Stehlampe aus. Abgesehen von dem winzigen roten Licht an der Kaffeemaschine – kein rotes, unheilvoll starrendes Auge, sondern lediglich eine wirkungsvolle Erinnerung daran, dass wenigstens der Kaffee heiß war, wenn schon nicht ich – herrschte jetzt völlige Dunkelheit im Zimmer wie auch in meinen Gedanken. Wir hatten noch nie im Dunkeln miteinander geschlafen. Ich wusste nicht, wie Berenice es empfand, aber ein so merkwürdiger Einfall war mir im Leben noch nicht gekommen. Es ist zu unpersönlich, im Dunkeln Liebe zu machen. Da könnte die Partnerin irgendeine Frau sein, sogar jede beliebige.

Ich weiß nicht, wie sie meine Gedanken erraten hatte, aber der Trick funktionierte. Als Berenice den Kopf vor- und zurückschnellen ließ und erst meine Brust, dann meinen Bauch mit ihren langen Haaren peitschte, schwanden meine Zweifel. Und weil diese unsichtbare Frau sich in irgendeine Frau verwandelte und aufhörte, ein Problem mit Namen Berenice Hollis zu sein, wurde ich hart und bestieg sie mit wildem Verlangen. Wild nach meinen Maßstäben, denn für gewöhnlich verfahre ich beim Sex methodisch und weiß genau, was mir gefällt und was nicht. Von langen Haaren gegeißelt zu werden, das war auch für mich eine neue Erfahrung, und ich beschenkte Berenice dafür mit dem besten Ritt, den sie je erlebt hatte. Sie hatte ihren Höhepunkt, als ich in sie eindrang, dann den Zweiten, und den Letzten erreichten wir zusammen. Um nicht zu winseln (sie wusste, wie ich es hasste, wenn sie solche Tierlaute machte), biss sie mir so heftig in die Schulter, dass ihre Zähne tiefe Abdrücke in meiner Haut hinterließen.

Die Anspannung war verflogen, und in meiner Euphorie wurde der Gedanke, dieses große, wundervolle Weib nach Minnesota zurückzuschicken, unerträglich. Sie schaltete die Stehlampe wieder ein und wühlte in ihrem Koffer nach ihrem Duschzeug.

»Häng dein gelbes Leinenkostüm auf einen Bügel, Baby«, sagte ich, »damit sich die Knitterfalten aushängen.«

»Wieso?«, fragte sie, tat aber, was ich ihr gesagt hatte.

»Es hat keine Knitterfalten.«

»Weil ich möchte, dass du es morgen anziehst«, antwortete ich. »Ich nehme dich mit.«

»Wo fahren wir denn hin? Werden wir Spaß miteinander haben?«

»Wir besuchen Monsieur Debierue.« Ich seufzte. »Ich werde morgen noch einmal versuchen, es dir zu erklären – in ganz kurzen Sätzen.« Kaum brannte das Licht, war Berenice Hollis wieder ein Problem.

»Aber wir werden doch auch ein bisschen Fun haben, oder?«

»Klar«, erwiderte ich verdrossen. »Fun, Fun, Fun.«

Ich schloss die Augen, und sie ging ins Bad. Ich erinnere mich dunkel, dass ich mit einem warmen Waschlappen gewaschen wurde, aber bevor sie fertig war, schlief ich fest.

2.

Teil

1

Wenn es etwas wäre,
wäre es nicht erkennbar.

Das Apartment sah furchtbar aus – als ob ein kleiner Wirbelwind ein paar Minuten lang gewütet hätte –, aber Berenice war einfach wunderschön in ihrem gelben Leinenkostüm mit dem knappen Minirock. Auf meinen Wunsch trug sie Strümpfe, fein genug, um den Sienaton ihrer sonnengebräunten Beine zu akzentuieren. Ihr Rock war so kurz, dass, wenn sie sich setzte oder vorbeugte, die weißen Metallstrapse, die ihre Strümpfe hielten, so raffiniert hervorblitzten, dass sie sexy war wie eine Varga-Zeichnung.

Statt einer Bluse trug sie ein hauchzartes blaurotes Tuch um den Hals, dessen Enden sie kreuzweise unter die Revers ihrer kastig geschnittenen zweireihigen Jacke gesteckt hatte. Nur wenige Frauen hätten gewagt, ein Kostüm von so strengem Schnitt zu tragen, aber die klare Silhouette der Jacke betonten Berenice' üppige Rundungen. Mit Hilfe einer Knotenrolle hatte sie sich das Haar hochgesteckt, und die dunkelblonde, von der Sonne gesträhnte Fülle, die sich auf ihrem Kopf türmte, verlieh ihr zusammen mit den kindlichen Zügen einen engelhaften Ausdruck.

Ihr Lippenstift hatte, glaube ich, einen Hauch Orange zu viel, aber vielleicht war diese Spur Unvollkommenheit sozusagen der letzte Pinselstrich, der erforderlich war, um das Ganze so reizvoll erscheinen zu lassen.

Ich hatte mich rasiert und geduscht und meine Koteletten fein säuberlich mit einer Schere gestutzt, bevor Berenice für eine Stunde das Bad übernahm; trotzdem sah ich neben ihr geradezu verlottert aus in meinem ausgewaschenen, kurzärmeligen Overall – vor allem, als sie noch ein Paar weiße Handschuhe überstreifte. Für ein Jackett war es draußen zu heiß, also brauchte ich die vielen Taschen des Overalls, um all meine Utensilien unterzubringen.

Ich hatte drei Stifte, ein Notizbuch, meine Brieftasche und das Schlüsselbund, ein Taschentuch, zwei Schachteln Kool und mein geriffeltes Dunhill-Feuerzeug (einer der wenigen Luxusartikel, die ich mir gegönnt hatte, als ich ein regelmäßiges Dozentengehalt bezogen hatte), eine kleine Kodak Bantam in meiner rechten Hosentasche, ein bisschen Kleingeld, eine Taschenlupe in einem Lederetui, einen Nagelknipser und einen fünf Zentimeter großen Handschmeichler aus Jade. Abgesehen von der gut versteckten Bantam, in die ich einen Farbfilm eingelegt hatte, schleppte ich zu viel Mist mit mir herum, aber ich hatte mich daran gewöhnt und kam ohne das Zeug kaum noch aus.

Wir hatten lange geschlafen und in aller Ruhe gefrühstückt. Nach dem Anziehen hatte ich mir in meinem Notizbuch ein paar Fragen notiert; ich würde nicht nachblättern müssen, denn ich hatte sie mir während des Notierens eingeprägt. Das war ein alter Reportertrick, der bestens funktionierte, zudem nahm ich immer meine Polaroid-Kamera mit einem Schwarz-Weiß-Film sowie einen Ersatzfilm mit. Profis winken bei Dr. Edwin S. Lands Polaroidkamera geringschätzig ab, aber ich war ein Experte mit der Kamera und musste selten mehr als zwei Aufnahmen machen, bis ich das gewünschte Ergebnis erzielte. Außerdem wusste ich aus Erfahrung, dass die Leute ohne Widerspruch mit beinahe jedem Foto einverstanden sind, das sie gesehen haben, sich aber stets weigern, ein Foto zum Druck freizugeben, solange sie nicht alles gesehen haben, was auf dem Film ist.

Gegen halb zwei Uhr mittags waren wir startbereit. Ich ging vor Berenice die Treppe hinunter und hinaus in das gleißende, atemraubende Sonnenlicht Floridas. Die Luftfeuchtigkeit lag knapp unter neunzig Prozent, aber es herrschten noch keine dreißig Grad. Weiter südlich drohten Nimbuswolken, doch über Palm Beach war der Himmel klar und blau. Nicht immer regnet es in Süd-Florida, nur weil die Luftfeuchtigkeit die Hundert-Prozent-Marke erreicht, obwohl es das theoretisch müsste; weil wir aber auf den dunklen Himmel über Boynton Beach zufuhren, beschloss ich, das Stoffverdeck nicht aufzuklappen. Allerdings fühlte man sich auf den brennend heißen Kunstledersitzen im Wagen wie in einer Sauna.

Wir hatten kaum die Brücke nach West Palm hinter uns gelassen, als Berenice auf ein Dach in loderndem Orangegelb deutete und sagte: »Lass uns bei Howard Johnson's anhalten.«

»Warum? Wir haben erst vor einer Stunde gefrühstückt.«

»Ich muss für kleine Mädchen, darum.«

»Ich hab dir gesagt, du sollst pinkeln, bevor wir losfahren.«

»Hab ich ja, aber ich muss schon wieder.«

Es lag zum Teil an der Hitze, aber nicht nur, dass ich den Wagen ziemlich unsanft auf den Parkplatz lenkte. Dabei überlegte ich mir, dass es noch nicht zu spät war. Ich konnte immer noch ein Taxi rufen und Berenice wieder nach Hause schicken.

Aber dann, in einer Nische des Restaurants, das die Kühle einer Tropfsteinhöhle hatte, bestellte ich zwei Schoko-Eiscreme-Soda, wartete auf sie und auf Berenice und rauchte eine Kool. Der Service war der Saison entsprechend, und so war Berenice lange vor meiner Bestellung bei mir am Tisch. Sie nahm meine Zigarette vom Aschenbecher, inhalierte genüsslich und legte sie wieder genauso hin, wie sie sie vorgefunden hatte. Den Rauch behielt sie in der Lunge wie ein Sporttaucher, der versucht, den Unterwasserrekord im Luftanhalten zu brechen, bis sie schließlich den Rest ausstieß. Während meiner drei Tage allein in Miami war mir aufgefallen, dass ich dank Berenice' so genannter Versuche, das Rauchen aufzugeben, täglich drei Schachteln Zigaretten statt der gewohnten zwei in Rauch aufgehen ließ, da sie es lediglich aufgegeben hatte, selbst welche zu kaufen. Stattdessen bediente sie sich meiner Schachtel oder nahm tiefe Züge von der Zigarette, die ich gerade rauchte. Sie verabscheute Mentholzigaretten – das behauptete sie zumindest, aber anscheinend nicht genug, um ganz darauf zu verzichten.

»Wenn du eine Zigarette willst«, sagte ich und schob ihr das Päckchen hin, »dann nimm dir eine. Bei deinen Zügen bleibt mir am Ende zu wenig. Ich bin nun mal an eine bestimmte Dosis Nikotin gewöhnt und so wie du rauchst, bekomme ich die nicht. Also fühle ich mich betrogen, zünde mir deshalb noch eine an, nur um festzustellen, dass eine ganze Zigarette so kurz nach der Letzten zu viel ist. Also drücke ich sie aus und stecke sie zurück in die Packung. Aber wenn ich den Stummel später anzünde, weil ich wieder rauchen will, schmeckt er zu stark, und die normale Zigarettenlänge ist es auch wieder nicht. Und wenn ich den Stummel nach nur zwei Zügen wegwerfe, ist es Verschwendung, und –«

Berenice legte ihre kühle Hand auf meine. In den Winkeln ihrer unschuldigen kornblumenblauen Augen zeigten sich feine Fältchen. Ihr geschwungener Mund wurde schmal und ein kurzes Lächeln huschte über ihre Lippen.

»Was hast du, James?«

Ich zuckte die Achseln. »Ich weiß nicht. Ich habe mit der dritten Tasse Kaffee einen Upper geschluckt, und die Mischung aus Benzedrin und reichlich Kaffee führt dazu, dass ich zu viel rede. Wie ich letzte Nacht gesagt habe, Berenice: Das ist eine einzigartige Gelegenheit für mich. Und ich bin aufgeregt. Das ist alles.«

Sie schüttelte den Kopf.

Wieder erschien und verschwand ihr Lächeln so schnell, dass ich es fast nicht bemerkt hätte. »Nein, James, du hast mir letzte Nacht so viel über diesen Maler erzählt, dass ich ganz durcheinander war – ich sehe sozusagen den Wald vor lauter Bäumen nicht. Entweder hab ich was vergessen, oder du hast mir nicht alles erzählt.«

»Du bist eingeschlafen, Jesus noch mal!«

»Nein, bin ich nicht. Na schön, gegen Ende vielleicht. Aber was ich nicht begreife, ist: Wie kann dieser Maler, dieser Debierue, so berühmt sein, wenn kein Mensch je seine Bilder gesehen hat? Das ist doch absurd.«

»Was heißt das, kein Mensch hat je seine Bilder gesehen? Tausende von Leuten haben seine erste Ausstellung gesehen, und über sein späteres Werk haben Mazzeo, Charonne, Reinsberg und Galt geschrieben, nachdem sie alle seine Gemälde studiert haben. Und das sind einige der berühmtesten Kritiker dieses Jahrhunderts, Herrgott noch mal!«

Sie schüttelte den Kopf und spitzte die Lippen. »Die meine ich aber nicht, ich meine nicht einmal dich – das heißt, falls du wirklich zu sehen bekommst, was er seit seiner Ankunft in Florida gemalt hat. Ich meine das Publikum, die Leute, die scharenweise ins Museum strömen, wenn eine Van-Gogh-Ausstellung stattfindet, und die Van-Gogh-Reproduktionen aller Art kaufen. Ich hatte Dutzende von Van-Gogh-Bildern in Büchern und Zeitschriften gesehen, lange bevor ich eines seiner Originale zu Gesicht bekam. Das verstehe ich unter berühmt. Wie kann ich von Debierues Ruhm beeindruckt sein, wenn ich nie ein Bild von ihm gesehen habe und deshalb gar nicht selbst beurteilen kann, wie gut er ist?«

Unsere Eiscreme-Soda kamen. Ich wollte Berenice nicht verletzen, aber in ihrer Ignoranz zwang sie mich dazu.

»Schau, Baby, du bist gar nicht qualifiziert, das zu beurteilen. Jetzt sei still und trink dein schönes Eiscreme-Soda – braves Kind –, und ich will versuchen, es dir zu erklären. Hast du dich schon einmal mit Cetologie beschäftigt?«

»Ich weiß nicht. Was soll das sein?«

»Die wissenschaftliche Erforschung der Wale. Ein Cetologe ist ein Mann, der Wale studiert, und darauf kann er sein ganzes Leben verwenden, genauso wie ich mein bisheriges Leben darauf verwendet habe, Malerei zu studieren – und genauso wie die Kritiker, die über Debierue geschrieben haben. Nehmen wir nun an, du nimmst eine Ausgabe des *Scientific American* in die Hand und liest einen Artikel über Wale, den ein berühmter Cetologe verfasst hat –«

»Gibt es denn berühmte Cetologen?«

»Die gibt es sicher. Ich kann dir jetzt keine Namen herunterrasseln, weil das nicht mein Fachgebiet ist. Aber ich bin noch nicht fertig. Also – du liest den Artikel dieses Cetologen im *Scientific American,* und er sagt dir, der Pottwal sei eine Schwanzgeburt.«

»Was bedeutet das?«

»Das bedeutet, dass das Kleine im Unterschied zu anderen Säugetieren mit dem Schwanz voran geboren wird.«

»Woher weißt du das?«

»Ich lese viel. Aber es würde nichts ändern, wenn der Cetologe behauptete, es sei eine Kopfgeburt. Ich will auf Folgendes hinaus: Der Artikel stammt von einem Cetologen und steht im Scientific American, und du wirst dem Wort des Fachmanns glauben. Du wirst dir nicht selbst ein gottverdammtes Boot besorgen und auf allen sieben Scheißmeeren herumsegeln, bis du einen schwangeren Wal gefunden hast, oder? Bloß um dann nachzugucken, ob ein Wal nun mit dem Kopf oder mit dem Schwanz voran geboren wird.«

Berenice kicherte. »Du bist süß, wenn du ernst bist. Nein ... wahrscheinlich würde ich das nicht tun; aber ich denke mir, Kunst soll doch für alle da sein, nicht bloß für die Kritiker, von denen du gesprochen hast ...«

Ich legte meinen Löffel aus der Hand und wischte mir mit der Papierserviette den Mund ab. »Wale sind auch für alle da, Schätzchen. Aber nicht alle machen sich das Studium der Wale zur Lebensaufgabe. Das ist der große Unterschied, den du anscheinend nicht verstehst.«

»Also schön.« Sie zuckte die Achseln. »Ich habe trotzdem das Gefühl, es gibt da noch was, was du mir nicht erzählt hast.«

Ich grinste. »Gibt es auch. Dafür, dass Mr. Cassidy mir Debierues Adresse verraten hat, muss ich ihm auch einen Gefallen tun –«

»Dem Anwalt, der dir von Debierue erzählt hat?«

»Ja.« Ich nickte. »Und was ich dir jetzt erzähle, das ist eine vertrauliche Information, wie Cassidy es nennen würde. Es bleibt zwischen dir und mir und Mr. Cassidy und diesen Eiscreme-Soda.«

»Du kannst mir vertrauen, James«, sagte sie und ihr Gesichtsausdruck spiegelte Sanftmut. »Du kannst mir dein Leben anvertrauen.«

»Ich weiß. In gewisser Weise geht es dabei tatsächlich um mein Leben. Mr. Cassidy hat mir eine vertrauliche Information gegeben – er hat mir gesagt, wo Debierue wohnt –, und dafür muss ich ein Bild für ihn stehlen.«

»Ein Bild stehlen? Wieso kann er sich keins kaufen? Reich genug ist er.«

»Debierue verkauft keine Bilder. Das habe ich dir alles schon erklärt. Wenn Cassidy ein Bild bekommt – und wäre es auch gestohlen –, dann ist er der einzige Sammler auf der Welt, der eins hat, verstehst du?«

»Was wird ihm das nützen? Wenn ein Bild gestohlen ist, braucht Debierue nur die Polizei anzurufen, um es zurückzukriegen.«

»Debierue wird nicht wissen, dass Cassidy es hat, und auch niemand sonst – jedenfalls nicht, solange Debierue lebt. Wenn er tot ist, wird das Bild noch wertvoller sein.«

»Und wie willst du Debierue ein Bild stehlen, ohne dass er merkt, dass du es warst?«

»Das weiß ich noch nicht. Im Moment gehe ich nach meinem Gefühl. Es braucht kein Bild zu sein. Wenn er mit Ton arbeitet, kann ich mir ein Stück in die Tasche stecken, während du ihn ablenkst. Vielleicht liegen ein paar Zeichnungen herum. Mr. Cassidy wird auch mit einer Zeichnung zufrieden sein. Ja, er wird entzückt sein. Aber solange ich nicht weiß, was Debierue macht, weiß ich auch nicht, was ich tun werde.«

»Aber ich soll dir helfen?«

»Wenn du willst, ja. Er kann uns nicht beide zugleich im Auge behalten, und er ist ein alter Mann. Wenn sich also eine Gelegenheit ergibt – und es wird sich eine ergeben –, geb ich dir ein Zeichen, und dann schnappe ich mir etwas.«

»Das klingt furchtbar riskant, James, wie du davon sprichst. Außerdem – sobald wir gehen, wird er wissen, dass du es gestohlen hast. Was auch immer es ist.«

»Nein.« Ich schüttelte den Kopf. »Wissen wird er es nicht. Er wird vermuten, dass ich es gestohlen habe, aber er wird es nicht beweisen können. Ich werde alles abstreiten, wenn man mich beschuldigt. Aber so weit wird es nie kommen. Mr. Cassidy wird das Gemälde, das Stück Skulptur, die Zeichnung oder was auch immer so verstecken, dass nicht einmal Jesus Christus es finden würde. Verstehst du?«

»Ist dir klar, James«, sagte sie ziemlich streng, »dass deine Karriere zu Ende ist, sollte man dich je dabei erwischen, dass du jemandem ein Bild stiehlst?«

»Eigentlich nicht. Und im Fall Debierue schon gar nicht. Sein Werk gehört, wie du es vorhin im Zusammenhang mit van Gogh sagtest, der ganzen Welt; und wenn ich je deswegen vor Gericht gestellt würde – was aber nicht geschehen wird –, gäbe es für mich einen Verteidigungsfonds von Kunstliebhabern und Zeitschriften, Unterstützung, die einen Angeklagten von der White Panther Party blass aussehen lassen würde. Wie auch immer, das ist mein Plan – zusätzlich natürlich zu dem Interview, das ich irgendwie bekommen will.«

»Von einem Plan ist da nicht viel zu erkennen.«

»Stimmt. Aber jetzt, wo du weißt, was ich zu tun habe, fällt dir vielleicht etwas ein, wenn wir da sind. Wichtig ist: Nimm auf keinen Fall selbst etwas. Ich werde es tun, wenn der Augenblick günstig ist. Ich muss mein Interview haben, bevor irgendetwas anderes unternommen wird.«

»Ich verstehe.«

Der Regen erwischte uns noch, ehe wir Lake Worth erreichten. Es war ein Wolkenbruch, und ich konnte beim Fahren kaum etwas sehen. Wegen ihres Kostüms musste Berenice auf ihrer Seite das Fenster hochdrehen, aber mir war zu heiß, als dass ich auch meines hätte schließen mögen. Meine linke Schulter und mein Arm wurden nass, aber bei der Luftfeuchtigkeit wäre ich auch bei geschlossenem Fenster klitschnass geworden. Der Regen prasselte schließlich so heftig, dass ich in Lake Worth am Straßenrand halten und abwarten musste, bis er nachließ.

Berenice runzelte die Stirn. »Wie viel wiegt ein Walbaby bei der Geburt?«

»Eine Tonne. Und es ist über vier Meter lang.« Ich zündete eine Zigarette an und reichte sie ihr. Sie schüttelte den Kopf. Ich nahm einen tiefen Zug. »Eine Tonne«, erklärte ich feierlich, »entspricht zweitausend Pfund.«

»Ich weiß, wie viel eine Tonne ist!«, erwiderte sie wütend. »Du – du – du verdammter Intellektueller, du!«

Ich konnte mich nicht mehr beherrschen; ich musste lachen und verdarb mir damit den Witz.

2

Ich hätte sofort die State Road 7 nehmen können, gleich westlich von West Palm Beach, aber weil der alte zweispurige Highway hauptsächlich von Lastwagen benutzt wurde, die Richtung Hialeah – Miamis Hintertür – donnerten, blieb ich bis Boynton Beach auf dem U.S. 1, ehe ich nach einer Durchgangsstraße Aussschau hielt, um abzukürzen. Ich irrte ein paar Minuten durch die Gegend und fuhr einige Male dort im Kreis, wo man neue Teerstraßen für einen Unterbezirk mit dem absurden Namen Ocean Pine Terraces angelegt hatte (meilenweit vom Ozean entfernt, ohne Pinien, ohne Terrassen); aber als ich schließlich auf den State Highway kam, war er frisch asphaltiert und der Lastwagenverkehr erwies sich als nicht halb so schlimm, wie ich erwartet hatte.

Der Regen hatte glücklicherweise aufgehört.

Meine Übersichtskarte war zwar grob, aber deutlich genug, dennoch war ich, ehe ich mich versah, an Debierues Einfahrt vorbeigerauscht und stand vor dem Dixie-Drive-in-Kino. Eigentlich konnte man die mit Lehm und Kies bedeckte Privatstraße, die zu Debierues Haus führte, vom Highway aus nicht übersehen; sie lag etwa dreihundert Meter rechts vor der Einfahrt zum Autokino, aber ich hatte sie nicht bemerkt. Ich wendete mühsam in der Einfahrt des menschenleeren Kinogeländes. Diesmal, von der anderen Straßenseite aus, war es kein Problem, die Zufahrt auszumachen.

Dichtes Gamagras hatte die tiefen Wagenspuren der Zufahrt zurückerobert, auf der ich jetzt im ersten Gang dahinkroch. Der holprige, selten befahrene Pfad führte geradewegs etwa eine halbe Meile durch einen aufgeforsteten Kiefernbestand und umging anschließend in einer s-förmigen Schleife zwei stinkende Tümpel mit stehendem, schwarzem Sumpfwasser. Rechts der Zufahrt erstreckten sich verlassene Hühnergehege in die urwüchsige Vegetation, und entlang des teilweise eingedrückten Maschendrahts wuchs das Unkraut mannshoch. Das unbehandelte, verwitterte Holz der Hühnerställe präsentierte sich in einem schmutzigen Grau und die Dächer der Ställe waren fast alle eingestürzt. Die schmale Zufahrt endete an einem offenen Tor aus geschältem Kiefernholz. Ich ließ den Wagen in eine umzäunte, von wild wucherndem Gras bedeckte Fläche rollen, die aussah wie eine große braune Badematte, und kam vor der mit Fliegengittern geschützten Veranda des Hauses zum Stehen.

Paradoxerweise empfand ich Ehrfurcht beim ersten Anblick des alten Malers. Ich stellte den Motor ab, und während er noch vor sich hin knackte, saß ich da und starrte aus dem Wagen. Ich sage paradoxerweise, denn Debierue als Person war alles andere als ehrfurchteinflößend.

Er sah aus wie jeder x-beliebige der tausend – nein, buchstäblich zehntausend sonnengebräunten Pensionäre in Florida, die auf den Brücken sitzen und angeln, über Golfplätze und durch öffentliche Parks zuckeln oder sich auf den Shuffleboardplätzen der Altersheime versammeln. Er trug sogar ihre Uniform: Khaki-Baseballmütze mit grünem Schirm, Bermuda-Shorts aus weißem Jeansstoff, Zayre-Tennisschuhe aus hellblauem Segeltuch und das übliche weiße, am Kragen offene Polohemd mit kurzen Ärmeln. Auf die linke Brusttasche war der obligate kleine grüne Alligator gestickt, ein Emblem, das in Florida so verbreitet ist, dass jeder Komiker in Miami Beach einen Lacher erzielt, wenn er erzählt: »Neulich haben sie in den Everglades einen Alligator gefangen, der trug ein Hemd mit einem kleinen Männchen auf der Tasche …«

Doch anders als jene tausende von alten Männern, die sich in Erwartung eines angenehmen Todes in Florida zur Ruhe gesetzt hatten, Männer, die sich zuvor ihren ungewissen Ruhestand erworben hatten, indem sie Schuhgeschäfte geführt, Glühbirnenfabriken in

Amarillo geleitet, in Newark Kondome hergestellt hatten oder als profitlechzende Verkaufsmanager durch die zehn Staaten des Westens gehetzt waren, war Debierue dem strengsten aller Gebote gefolgt und folgte ihm immer noch: dem der Selbstdisziplin des Künstlers.

Die Ankunft eines fremden, mitgenommenen Kabrioletts auf seinem Hof schien Debierue nicht weiter zu beunruhigen; entspannt saß er auf einem grün bespannten Terrassenstuhl neben der Verandatür und genoss die Strahlen der Spätnachmittagssonne. Zu meiner Freude sah ich, dass er sich den weißen Bart wieder wachsen ließ (ein paar Jahre lang war er glatt rasiert gewesen), wenn er auch kürzer war und nicht mehr an den berühmten Bart Melvilles erinnerte, so wie noch auf den Fotos, die man in den zwanziger Jahren von dem jetzt alten Künstler gemacht hatte.

Physisch war Debierue ein Astheniker, langgliedrig, mit schmalem Körperbau und knochigen Knien und Ellbogen. Durch das fortgeschrittene Alter ließ er natürlich die Schultern fallen und unterhalb seines Gürtels wölbte sich ein melonenförmiges Bäuchlein. Seine bronzefarbene Haut, so runzlig sie war, verlieh dem alten Mann ein gesundes, beinahe robustes Aussehen. Die scharfen blauen Augen glänzten wach und klar, und auf der großen, scharf gezeichneten französischen Hakennase zeigten sich keine zarten roten Äderchen, wie man sie sonst von Pensionären in Florida kennt. Seine vollen, sinnlichen Lippen hatten die Form eines dicken, traubenfarbenen O – ein dunkler Kreis, umgeben von weißem Barthaar. Der starre Blick der blauen Augen, mit dem er meinen Blick erwiderte, war ohne Neugier, höflich, direkt und distanziert; aber während wir uns einen unbehaglichen Augenblick lang stumm musterten, entdeckte ich einen Ausdruck von Wachsamkeit in den scharfen, alten Augen.

Als Kritiker hatte ich schon früh gelernt, wie unklug es ist, dem ersten Eindruck allzu viel Gewicht oder Bedeutung beizumessen, aber unter diesem festen, unbeirrbaren Blick spürte, nein, wusste ich, dass ich es hier mit einem Giganten zu tun hatte, vor dem ich mich wie ein Eindringling, ja, wie ein Verbrecher fühlen musste.

Und wenn er in diesem ersten Augenblick stumm auf das Tor gedeutet hätte – ohne auch nur »Raus!« zu sagen –, wäre ich wortlos wieder abgefahren.

Aber so weit kam es nicht.

Berenice saß still da und hatte die Hände über ihrem Chamoislederbeutel im Schoß gefaltet, und so würde sie sitzenbleiben, bis ich aussteigen, um den Wagen herumgehen und ihr die Tür öffnen würde.

Ich war nicht eingeladen, ich war ein unerwarteter Besucher, und so war es meine Aufgabe, das Eis zu brechen, dass zwischen mir und Debierue lag. Voll banger Erwartung stieg ich aus und nickte höflich, während ich die Polaroid mit ihrer Tragschlinge an zwei Fingern hielt.

»Guten Tag, Monsieur Debierue«, sagte ich auf Französisch, bemüht, mit der tiefen Stimme eines Jean Gabin zu sprechen. »Endlich lernen wir uns kennen.«

Anscheinend hatte er seit einer Weile kein französisches Wort mehr gehört (und mein Französisch war gar nicht so übel). Debierue lächelte – und was für ein wundervolles, warmherziges Lächeln er hatte! Es war so sanftmütig, so aufrichtig, so viel sagend, dass sich mein Herz jäh verkrampfte. Es war ein Lächeln, das die Welt erschüttern konnte. Der vom Alter gezeichnete Mund, seine purpurnen Lippen waren schön, wenn Debierue lächelte. Es fehlten mehrere Zähne, oben wie unten, und die verbliebenen gaben dem großzügigen Mund den Ausdruck eines Halloween-Kürbisses. Aber der schnelle Wechsel des trübseligen und hoffnungslosen Ausdrucks in einen der jungenhaften und zügellosen Fröhlichkeit veränderte seine ganze Erscheinung. Die tiefen Furchen und abwärts verlaufenden Falten in seinem Gesicht verflochten sich zu aufstrebenden Arabesken. Als ich mich ihm näherte, erhob er sich steif von seinem Stuhl und drohte mir scherzhaft mit ausgestrecktem Zeigefinger.

»Ah, Monsieur Figueras! Sie haben sich den Bart abgenommen. Den müssen Sie sich aber schnell wieder wachsen lassen.«

Dass er mich so mit Namen begrüßte, trieb mir fast die Tränen in die Augen. Er drückte mir die Hand mit jenem europäischen auf und ab gehenden Händedruck. Seine langen, spatelförmigen Finger waren warm und trocken.

»Sie – Sie kennen mich?« Mein Erstaunen war keineswegs gespielt.

Er bedachte mich mit dem Ersten einer ganzen Serie von waschechten gallischen Achselzucken. »Sie oder ein anderer …«, sagte er geheimnisvoll. »Da ist es mir recht, dass Sie es sind. Ich bin natürlich mit Ihrer Arbeit vertraut, Monsieur Figueras.«

Ich schluckte wie ein vor Schüchternheit sprachloser Teenager und wusste vor lauter Verlegenheit nicht, was ich sagen sollte; dann bemerkte ich, dass er über meine Schulter hinweg zu Berenice blickte.

»Oh!«, sagte ich, lief hinüber zum Wagen und half Berenice beim Aussteigen. »Das ist meine Freundin, Monsieur Debierue, Mademoiselle Hollis.«

Berenice strafte mich mit Blicken, als ich ihren Namen wie ›Ollie‹ aussprach. »Hollis, Mr. Debierue«, betonte sie ihren Namen auf Englisch. »Berenice Hollis. Und es ist mir ein Vergnügen, Sie kennen zu lernen, Sir.«

Debierue küsste ihr die Hand, und ich hatte das Gefühl (wahrscheinlich war ich überempfindlich), dass ihre Anwesenheit ihn mit leichtem Unbehagen oder Widerwillen erfüllte. Er wusste nicht – und es gab keine Möglichkeit, ihn darüber aufzuklären, ohne dass es peinlich geworden wäre –, ob sie wirklich nur meine Freundin war oder meine Geliebte, meine Sekretärin oder womöglich eine gutbetuchte Kunstsammlerin. Ich beschloss, nichts weiter dazu zu sagen. An der Art, wie sie mich anschaute und von Zeit zu Zeit meinen Arm berührte, würde er erkennen, dass wir eine intime Beziehung miteinander hatten. Am besten beließ ich es dabei.

Das Englisch des Alten war ausreichend, trotz des starken Akzents; und während wir uns an diesem wunderschönen

Spätnachmittag im April auf Französisch unterhielten, machten wir uns die Mühe, das eine oder andere für Berenice zu übersetzen oder zu kommentieren.

»Ich bin einer dieser obskuren Journalisten, die sich anmaßen, Kunst zu kritisieren«, sagte ich bescheiden und mit nervösem Lächeln. Aber er schnitt mir mit erhobener Hand das Wort ab.

»Nein, nein, nein«, er schüttelte den Kopf, »nicht obskur, Monsieur Figueras. Ich kenne Ihre Arbeit gut. Ihr Artikel über diesen kalifornischen Maler …?« Er zog die Stirn kraus.

»Vint? Meinen Sie Ray Vint?«

»Ja, das war sein Name. Die kleine Fliege. Das war so drollig.« Er lachte leise und versonnen. »Haben Sie kein schlechtes Gewissen, Monsieur Figueras.« Er zuckte mit den Achseln. »Ein wahrer Künstler kann sich nicht bis in alle Ewigkeit verstecken, und wenn nicht Sie, dann wäre irgendwann ein anderer aufgetaucht. Jetzt kommen Sie, kommen Sie ins Haus. Sie kriegen von mir kalten Orangensaft, tiefgekühlt, Marke Minute Maid.«

Es schmeichelte mir, dass er meinen Namen und meine Arbeit – oder zumindest einen Artikel – kannte. Ich überlegte … ich hatte ihn sogar in englischer Sprache verfasst und er war meines Wissens nicht ins Französische übersetzt worden. Aber wieso erwähnte er ausgerechnet diesen Artikel über Vint? Ray Vint war ein abstrakter Maler, dessen Bilder sich nur schleppend verkauften – das aus einem Dutzend guter Gründe, auf die ich hier nicht weiter eingehen will. Dennoch war Vint ein ausgezeichneter Handwerker und konnte so viele Porträtaufträge bekommen, wie er wollte – mehr sogar, als er zu malen Lust hatte. Auf der anderen Seite brauchte er die Einnahmen aus der Porträtmalerei, um seine abstrakten Arbeiten realisieren zu können. Aber er hasste es, Porträts zu malen, und er hasste die Leute, die er malen musste und die ihm ihre schmeichelhaften Abbildungen mit großen Summen entgalten. Er rächte sich an seinen Auftraggebern, indem er ihnen eine Fliege auf den Körper malte.

In der mittelalterlichen Malerei und bis in die Zeit der Renaissance malte man eine Fliege auf den Leib des gekreuzigten Jesus: Auf seinem Leib war die Fliege ein Symbol der Erlösung, denn gemeinhin galt die Fliege als ein Sinnbild der Sünde, und Jesus war ohne Sünde. Die Fliege auf dem Körper eines normalen Menschen hingegen versinnbildlichte Sünde ohne Erlösung und bedeutete mit anderen Worten: »Dieser Mensch soll zur Hölle fahren!« Ray Vint versah jedes seiner Porträts mit einem derartigen Trompe-l'Œil.

Manchmal brauchten seine Auftraggeber mehrere Tage, bis sie die Fliege bemerkten, und wenn sie es taten, ahnten sie immer noch nicht, was sie bedeutete. Zumeist waren sie entzückt, wenn sie sie entdeckten. Die Fliege bot ihnen einen Aufhänger für die Konversation, wenn sie das Porträt ihren Gästen zeigten: »Fällt Ihnen an meinem Porträt etwas Ungewöhnliches auf?«

Wenn natürlich ein Maler die Fliege sah, musste er innerlich lachen, aber keiner verriet den Porträtbesitzern, was das Vint'sche Markenzeichen wirklich bedeutete. Als ich über ihn schrieb, war ich lange unschlüssig, ob ich seine symbolische Rache erwähnen sollte, weil ich ihm seinen Broterwerb nicht ruinieren wollte. Aber dann hatte ich mich letztlich doch dazu entschlossen, die Sache zur Sprache zu bringen, weil sie eine Facette seiner Persönlichkeit darstellte, die implizit auch etwas über die gefühlsarme Natur seiner abstrakten Gemälde aussagte.

Während wir – ich hatte Berenice beim Ellbogen genommen – Debierue ins Haus folgten, dachte ich plötzlich mit banger Sorge an die beiläufige Bemerkung und das kleine, leise Lachen des alten Malers. Ein leises Auflachen ist im Unterschied zu einem plötzlichen Lächeln oder einem ehrlichen Lachanfall nur schwer zu deuten. Ob freundlich oder unfreundlich, es werden so immer auf nervöse Art und Weise Zeichen gesetzt. Aber dass Debierue sich aus den unzähligen Aspekten meiner Arbeit einen ganz bestimmten, und zwar die Geschichte mit der Fliege herausgepickt hatte, lag mir schwer im Magen. Die Tatsache, dass er meinen Aufsatz über Vint gelesen hatte, konnte sich nachteilig für mich auswirken – nicht dass der Artikel schluderig gewesen wäre, ich schludere nicht bei meiner Arbeit, dennoch gehörte er nicht unbedingt zu den besten meiner Aufsätze, dazu gaben Vints Arbeiten einfach nicht genug her.

Da Debierue Galts Essay und seine aus der Luft gegriffene ›cheironeske‹ Interpretation nie kommentiert hatte, wusste auch niemand, was der alte Mann davon hielt, doch in der Folge waren namhaftere Autoren als ich abgewiesen worden, wenn sie ihn um ein Interview gebeten hatten. Nach Galts Essay hatte Debierue allen Grund, Kritikern zu misstrauen.

Zum Teufel mit Galt, dachte ich erbittert. Dann sah ich den vergoldeten Barockrahmen an der Wand.

»Das ist doch nicht etwa das berühmte *No. One,* oder?« Debierue spitzte die Lippen und zuckte mit den Schultern. »Es war es«, antwortete er leichthin und verschwand in der Küche.

Als ich das Bild näher betrachtete, wusste ich natürlich sofort, was er meinte. Es war kein Riss in der Wand hinter dem Rahmen. Der Rahmen aber, ohne den Riss und fern seiner ursprünglichen Umgebung, war nicht mehr das legendäre *No. One.* Dennoch brach ich fast in Jubel aus. Dies war etwas, von dem ich nie im Leben erwartet hätte, es einmal zu sehen. Berenice warf einen kurzen Blick auf den leeren Rahmen, setzte sich auf einen schlichten Holzstuhl und bat mich um eine Zigarette.

Ungeduldig schüttelte ich den Kopf. »Wir sollten erst um Erlaubnis bitten«, sagte ich.

Die Küche war durch einen Tresen vom Wohnraum getrennt, ein Esszimmer gab es nicht, und das Wohnzimmer war spartanisch möbliert. Vermutlich hatte der vermeintliche Hühnerzüchter, der das Haus gebaut hatte, beabsichtigt, die Veranda als Esszimmer zu nutzen; das war in Florida so üblich, und eine Durchreiche von der Küche zur Veranda bestätigte meine Annahme.

Abgesehen vom Barockrahmen waren die Wände kahl, und das Wohnzimmer war nüchtern-zweckmäßig mit Sears-Möbeln ausgestattet. Mr. Cassidy hatte ganz offensichtlich Kosten gespart, als er das Haus für seinen berühmten Gast eingerichtet hatte. Es gab weder eine Stereoanlage noch ein Radio, noch einen Fernsehapparat, und die strengen horizontalen Linien der Jalousien vor den Fenstern wurden nicht durch Vorhänge verdeckt. Das Mobiliar – zwei Holzstühle, ein Couchtisch mit Kunststoffplatte, ein zweisitziges Sofa aus schwarzem Kunstleder und eine Stehlampe –, zusammengestellt in einem engen Rechteck, wirkte in dem großen Wohnzimmer mit dem nackten Terrazzoboden nahezu verloren. Auf dem Couchtisch lagen eine Ausgabe des *Miami Herald* und das Hochglanzmagazin *Reálités*. Vor dem Tresen standen zwei hohe schwarze Hocker aus Schmiedeeisen. Entweder aß Debierue hier am Tresen oder er trug sein Essen nach draußen auf die Veranda und setzte sich damit an seinen Klapptisch.

Ich wusste, dass Mr. Cassidy ihm mein Kommen nicht angekündigt hatte; aber was sollte ich sagen, wenn der alte Maler mich nun fragte, wie ich ihn gefunden hatte? Mein plötzliches Auftauchen hatte ihn anscheinend nicht überrascht. Wenn er fragte, würde ich sagen, mein Redakteur habe es mir verraten und mich beauftragt herzufahren. Diese Gedanken gingen mir durch den Kopf, während Debierue den tiefgekühlten Orangensaft zubereitete. Er stellte einen Krug aus Aluminium auf den Tisch, öffnete die tiefgekühlte Dose mit einem elektrischen Dosenöffner und ging dann dreimal zum Spülbecken, um die leere Dose mit Leitungswasser zu füllen.

Er ging methodisch und mit großer Konzentration vor, und jedes Mal, wenn er das Wasser aus der Dose in den Krug goss, tat er es wie ein Chemiker, der ein Experiment vorbereitet. Mit einem langstieligen Löffel rührte er die Mischung um und gab uns ein Zeichen, wir mögen am Tresen Platz nehmen. Berenice und ich erklommen die Hocker, und er füllte drei Plastikgläser bis zum Rand. Ohne sein Glas anzurühren, schaute er über mich hinweg zu der Wand, wo *No. One* hing. »Dies ist die Neue Welt, Monsieur Figueras, und in den Wänden der Neuen Welt gibt es keine Risse.

Hier sind alle Beton-, Ziegel- und Stuckwände hurrikansicher. Dafür garantiert meine Versicherungspolice.«

Das könnte einen guten Anfangs- oder Schluss-Satz für meinen Artikel abgeben, dachte ich. Ich beugte mich nach vorn, bereit, herauszufinden, was er über die Neue Welt zu sagen hatte, als er mir mit einem Kopfschütteln zu verstehen gab, dass ich schweigen solle.

»Ich will Ihnen gegenüber damit nicht etwa andeuten, dass nur Monsieur Cassidy Ihnen den Weg hierher beschrieben haben könnte, Monsieur Figueras. Da Sie nun einmal hier sind, kommt es darauf nicht mehr an, und wir wissen beide, dass Monsieur Cassidy – wie die meisten Sammler – ein sonderbarer Mensch ist.«

Dankbar dafür, dass er dieses Thema so elegant umging, bat ich darum, rauchen zu dürfen. Debierue nahm eine Untertasse aus dem Schrank, stellte sie uns hin und wartete, bis ich Berenice Feuer gegeben und mir selbst eine Zigarette angezündet hatte, um dann fortzufahren. Als ich ihm auch eine Zigarette anbot, winkte er ab.

»Was soll ich sagen, Monsieur Figueras? Was könnte Sie davon abbringen, in Ihrer Zeitschrift über mich zu schreiben?«

»Ich fürchte, gar nichts. Sie geben mir das Gefühl, mich zu benehmen wie ein Schuft, aber –«

»Ich bedauere, dass Sie so empfinden. Aber einen Gefallen können Sie mir tun: Ist Ihr Eifer so groß, dass Sie in Ihrer Zeitschrift auch meine Anschrift abdrucken müssen? Wie alle Künstler brauche ich für meine Arbeit viel Ruhe und Privatsphäre. Ich muss jeden Tag mindestens vier Stunden arbeiten, und wenn ich dabei oft unterbrochen werden ...«

»Aber das ist doch beileibe kein Zugeständnis, Sir! Ich werde schreiben: ›Irgendwo in Florida‹. Ich weiß natürlich, was Sie empfinden. Galt hat sich mit seinem Essay Ihnen gegenüber verdammt unfair benommen, das weiß ich –«

»Woher?« Wieder dieses sanftmütige Lächeln.

»Ich kenne Galts Einstellung zur Kunst, daher weiß ich es. Er denkt eingleisig, ordnet alles, was er sieht, in ein höchst subjektives Muster ein – ob es hineinpasst oder nicht.«

»Ist nicht alle Kunst subjektiv?«

»Ja, schon.« Ich grinste. »Aber hat Braque nicht gesagt, das Subjekt sei nicht das Objekt?«

»Vielleicht. Ich weiß nicht, ob Braque das tatsächlich gesagt hat oder ob nicht irgendein cleverer, junger Mann – ein Mann wie Sie, Monsieur Figueras – gesagt hat, er habe es gesagt.«

»Ich – ich erinnere mich nicht«, erwiderte ich lahm, »woher das Zitat stammt, im Augenblick wenigstens nicht; aber er soll es gesagt haben. Und wenn nicht ... nun ... dieses Wortspiel hat eine subtile Bedeutung für die Kunst unserer Zeit. Meinen Sie nicht ...?«

»Der Ausdruck ›Bedeutung‹ kann nicht für sich in Anspruch nehmen, in jeder Kunstepoche bedeutsam zu sein.«

Ich zögerte. Er stellte mich auf die Probe. Ich hätte ohne Weiteres parieren können, wenn ich mich auf die theoretische Ebene der Entelechie begeben hätte, aber ich wollte nicht mit ihm streiten – also zuckte ich die Achseln und lächelte.

»Wenn Sie von Bedeutung sprechen«, sagte er, mein Lächeln erwidernd, »meinen Sie damit, dass die Aktion im Auge ihren Anfang nimmt?« In seinen Augenwinkeln zeigten sich Lachfältchen.

»Nicht unbedingt, Sir. Cartesianischer Dualismus als Ansatz der Ästhetik hat keinen intrinsischen Wert mehr – und das ist Galts Schwäche. Er hat sich niemals von den Anfängen seiner Ausbildung lösen können. Sich dem Summarischen zu verweigern, darin besteht die schwerste Aufgabe, der sich ein zeitgenössischer Kritiker stellen muss. Allein die Gegenwart zu sehen und dabei Vergangenheit und Zukunft außer Acht zu lassen, erfordert optische Meditation.« Unter der Kraft des festen Blickes seiner blauen Augen schoss mir das Blut ins Gesicht. »Ich will Galt nicht schlecht reden, Sir, oder den Eindruck erwecken, ich sei ein besserer Kritiker als er. Nur bin ich fünfundzwanzig Jahre jünger, und ich habe mehr zeitgenössische Kunst gesehen als er –«

»Seien Sie nicht so nervös, Monsieur Figueras. *?Debemos dar preferencia al hablar del español?*«

»Nein. Ich denke in Spanisch, wenn ich es spreche, und mir ist es lieber, in Englisch zu denken und Französisch zu sprechen –«

»Worüber redet ihr?«, erkundigte sich Berenice, während sie einen Schluck aus ihrem Glas nahm.

»Über den Unterschied zwischen Spanisch, Englisch und Französisch«, sagte ich.

»Ich hasse Spanisch«, erklärte Berenice augenzwinkernd. »Es enthält so viele Begriffe für Tapferkeit, dass man sich unwillkürlich fragt, wie es um die wahre Tapferkeit des spanischen Charakters bestellt ist.«

»Und das Französische, denke ich«, fügte Debierue hinzu, »enthält zu viele Begriffe für Liebe.«

Er streckte die Hand aus und strich mir übers Haar.

»Sie haben hübsche blonde Locken, und ihre Freundin sollte sich nicht über Sie lustig machen. Jetzt kommen Sie, trinken Sie Ihren Orangensaft.«

Die väterliche Berührung seiner Hand löste meine innere Anspannung, und ich begriff, dass der alte Maler versuchte, mir die Sache leichter zu machen. Jedenfalls hatte die Gelassenheit, mit der er mich und meine Professionalität akzeptiert hatte, meine Gewissensbisse vertrieben. Meine Ehrfurcht vor dem alten Maler schwand ebenfalls. Ich war immer noch sehr beeindruckt von ihm, hatte aber das Gefühl, dass unser Gespräch einen guten Verlauf nahm.

Jeder Autor, der in Gegenwart eines bedeutenden Menschen in Ehrfurcht erstarrt, verliert die Fähigkeit zur kritischen Reflexion. Ich respektierte Debierue indessen genug, um auf der Hut zu sein, wohl wissend, dass er alles andere als naiv war, dass er all die Jahre hindurch als Persönlichkeit nur überlebt hatte, weil er Journalisten gegenüber nicht nur eine ausgeprägte Gleichgültigkeit an den Tag gelegt, sondern auch ein ungerührtes, beinahe arrogantes Stillschweigen gewahrt hatte. Ich denke, Debierue begriff, dass ich auf seiner Seite stand und dass ich den Standpunkt des Künstlers immer dem des unsensiblen Publikums vorziehen würde. Er hatte meine Arbeiten gelesen und er erinnerte sich an meinen Namen. Ich konnte also davon ausgehen, dass er erkannt hatte, dass ich so unvoreingenommen war, wie ein Kunstkritiker es nur sein kann. Um seine Bilder zu sehen – was der Hauptgrund für meine Odyssee war –, war es wichtig, nun vollends sein Vertrauen zu gewinnen. Ich musste meine Streitlust im Zaum halten. Andererseits sollte ich meine Köder nicht nur auslegen, um lediglich einige sensationelle Ansichten über Kunst einzufangen, die ich dann als Neuigkeiten verbraten könnte.

»Ich bin neugierig und wüsste gern, weshalb Sie nach Florida gekommen sind, Monsieur Debierue.«

»Ich wäre beinahe nicht gekommen. Aber ich wollte ein wenig Sonne auf meine alten Knochen scheinen lassen. Als die Arbeit von fünfzig Jahren im Feuer vernichtet wurde … Sie wissen von dem Brand, nicht wahr?«

»Ja, Sir.«

»Ein überaus glücklicher Unfall. Er gab mir Gelegenheit zu einem Neubeginn. Ein Künstler in meinem Alter, der von vorn beginnen kann, ist ein glücklicher Mensch. Deshalb wandte ich mich der Neuen Welt zu, der Neuen Welt und einem neuen Anfang. Ich dachte zuerst, Tahiti sei die beste Wahl, aber dann wäre mein Name irgendwie mit Gauguin in Verbindung gebracht worden.« Er schüttelte traurig den Kopf. »Unweigerlich. Ein solcher Vergleich wäre nicht angemessen, aber man hätte ihn ganz sicher angestellt. Und vielleicht wäre auf dieser kleinen Insel jeden Tag ein Bus voll amerikanischer Touristen an meinem Atelier vorbeigefahren, die mich angestarrt hätten. Tahiti – nein. Dann dachte ich: Südamerika? Auf keinen Fall, da sind andauernd Unruhen. Und dann erschien mir Florida genau das Richtige zu sein. Ich kam allerdings nicht sofort hierher. Ich wusste von dem Krieg in Florida, und vom Krieg hatte ich für den Rest meines Lebens die Nase voll.«

»Vom Krieg?« Ich war verwirrt. »Sie meinen den Vietnamkrieg?«

»Nein, nein. Den Seminolenkrieg. Man weiß in Europa sehr wohl, dass der Stamm der Seminolen in Florida und Ihre Vereinigten Staaten im Krieg miteinander leben. Ist das nicht so?«

»Ja, vermutlich, aber nur in der Theorie. Die Seminolen sind in Wirklichkeit ein sehr kleines Volk. Und es ist kein richtiger Krieg. Man hat es seitens der Indianer nur versäumt, einen Friedensvertrag mit den Vereinigten Staaten zu unterzeichnen, das ist alles. Ab und zu flammt ein Rechtsstreit auf, sobald irgendein County in Florida versucht, ein Indianerkind zu zwingen, gegen seinen Willen zur Schule zu gehen – und das obwohl viele Indianer heutzutage freiwillig zur Schule gehen. Aber Schießereien gab es schon seit vielen Jahren nicht mehr. Die Seminolen haben begriffen, dass es ihnen ohne die Unterschrift unter einem Friedensvertrag besser geht als vielen anderen Stämmen.«

»Ja.« Er nickte. »Das habe ich auch von Monsieur Cassidy erfahren; aber zunächst habe ich einige Briefwechsel geführt, um mich zu vergewissern.« Er spitzte die Lippen und starrte auf den Tresen. »Jetzt werde ich also in Florida sterben. So viel weiß ich, und einem Franzosen fällt es nicht leicht, Frankreich im Wissen zu verlassen, dass er es niemals wiedersehen wird. Es gibt noch andere Länder auf der Welt, in denen ich willkommen gewesen wäre, Monsieur Figueras. Griechenland, Italien. Die Welt ist zu gut zu mir. Ich habe immer viele gute Freunde gehabt, sogar Freunde, die ich niemals gesehen habe. Sie schreiben mir Briefe, Briefe aus der ganzen Welt.«

Ich nickte verständnisvoll. Es war nur natürlich, dass Debierue von Fremden aus aller Welt Post erhielt, auch wenn es mir selbst nie in den Sinn gekommen war. Das Gleiche war Schopenhauer im Alter widerfahren, und er hatte sich über diese Briefe ebenso gefreut wie Debierue. Jeder wirklich radikale Künstler mit originellen Ideen wird, wenn er nur lange genug lebt, von der Welt für seine Entschiedenheit nicht nur akzeptiert, sondern bewundert, wenn nicht gar verehrt werden – selbst von Leuten, die im Grunde alles verabscheuen, wofür er steht.

Aber es gab einen großen Unterschied zwischen dem deutschen Philosophen und diesem alten französischen Maler: Schopenhauer hatte die Flut von Glückwünschen anlässlich seiner Geburtstage in seinen Siebzigern als wohlverdienten Tribut, als Bestätigung empfunden. Debierue hingegen zeigte sich zwar dankbar, aber auch verwundert und sogar beschämt über die Briefe, die er bekam.

»Aber ich bedaure nicht, dass ich nach Florida gekommen bin, Monsieur Figueras. Ihre Sonne ist gut für mich.«

»Und Ihre Arbeit? Ist es für Sie damit auch gut gelaufen?«

»Ein Künstler« – er sah mir in die Augen – »kann überall arbeiten. Ist es nicht so?«

Ich räusperte mich, um den Angriff zu wagen, den ich bis dahin vor mir hergeschoben hatte. »Monsieur Debierue, ich habe große Achtung vor Ihren Ansichten über Kunst und Privatsphäre. Allein schon die Tatsache, hier zu sitzen, mit Ihnen zu sprechen und Ihren frischen Orangensaft zu trinken –«

»Frisch aufgetaut«, korrigierte er. »– ist eine Ehre. Eine große Ehre. Mir ist Ihr Widerwille, Ihr Werk der Öffentlichkeit und den Kritikern zu zeigen, wohl bekannt, und ich kann es Ihnen nicht verdenken. Sie haben jedoch gelegentlich einigen herausragenden Kritikern gestattet, Ihre Arbeit zu begutachten und darüber zu schreiben. Sie sind, wenn ich recht informiert bin, erst seit wenigen Monaten in Florida, und ich weiß nicht, ob Sie schon Bilder fertig gestellt haben, die Sie einem amerikanischen Kritiker zeigen würden. Aber wenn es so sein sollte, dann würde ich es als eine Ehre betrachten –«

»Malen Sie, Monsieur Figueras?«

»Nein, Sir. Ich habe auf dem College genug Atelierkurse belegt, um zu wissen, dass ich niemals ein erfolgreicher Maler sein könnte. Mein Talent, sofern vorhanden, liegt im Schreiben, und ich bin eher ein Handwerker als ein Künstler, wie ich zu meinem Bedauern sagen muss. Aber als Kritiker bin ich wirklich ein ausgezeichneter Handwerker. Offen gestanden – mal abgesehen von der ganz persönlichen Freude, die ich empfände, dürfte ich Ihre Bilder betrachten – wäre ein von mir verfasster exklusiver, fundierter Beitrag in meiner Zeitschrift natürlich eine Feder an meinem Hut. Die Auflage des Magazins würde in die Höhe schnellen, und für mich wäre es der Anfang einer Reihe äußerst lukrativer Nebenaufträge anderer Zeitschriften. Sie wissen selbst, dass bereits ein einziges Foto irgendeines Ihrer Gemälde für die Kunstwelt eine Nachricht wäre, die uns beiden internationale Aufmerksamkeit bescheren würde –«

»Arbeiten Sie denn als Bildhauer? Oder machen Sie Collagen? Keramiken?«

»Nein, Sir.« Ich bemühte mich, meinen Verdruss nicht durchklingen zu lassen. »Nichts dergleichen. Ich bin völlig unbegabt für jegliche Arbeit mit den Händen.«

»Aber das verstehe ich nicht, Monsieur Figueras. Ihre kritischen Aufsätze zeigen große Sensibilität. Ich verstehe nicht, warum Sie nicht malen oder –«

»Das war mal mein wunder Punkt, aber darüber bin ich hinweg. Ich habe mich wirklich hart bemüht, aber ich zeichne einfach nicht gut genug – zu ungeschickt, schätze ich. Hätte ich nicht diese sprachliche Begabung, wäre es um meinen Lebensunterhalt vermutlich schlecht bestellt.«

»Ich müsste mal zur Toilette, Mr. Debierue«, sagte Berenice schüchtern und stieg vom Hocker.

»Natürlich.« Debierue kam hinter dem Tresen hervor und deutete den Gang hinunter. »Die Tür am Ende.«

Ich stieg ebenfalls vom Hocker und linste über Debierues Schulter hinweg den Gang hinunter. Berenice hatte zweifellos

Langeweile, aber ebenso zweifellos musste sie aufs Klo. Neben der Tür zum Badezimmer, die direkt geradeaus lag, sah man am Ende des kurzen Korridors zwei weitere Türen. Eine der beiden Türen, die einander gegenüberlagen, war mit einem Riegel und mit einem Vorhängeschloss gesichert. Hinter der verschlossenen Tür befand sich vermutlich Debierues Atelier.

Ich nahm die Polaroid-Kamera aus dem Lederetui und vergewisserte mich, dass eine neue Blitzlichtbirne in der Halterung steckte.

»Diese Kamera«, sagte ich, »ist so einfach zu bedienen, dass selbst ein achtjähriges Kind gute Resultate damit erzielen kann. Ganz einfach.« Ich lachte. »Aber bevor ich mit dem verdammten Ding umgehen konnte, habe ich zehn Rollen Film ruiniert. Lächerlich, ich weiß. Und beim Maschineschreiben, das ich ja auch lernen musste, habe ich mich genauso unbeholfen angestellt. Ich habe zweimal einen Schreibmaschinenkurs belegt, trotzdem bin ich außerstande, das Zehn-Finger-System anzuwenden.« Ich hielt meine Zeige- und Mittelfinger in die Höhe. »Ich muss mein ganzes Zeug mit diesen vier Fingern tippen. Vielleicht verstehen Sie jetzt, warum ich den Versuch zu malen aufgegeben habe. Es war so frustrierend, also habe ich es eingestellt, bevor ich irgendeinen emotionalen Schaden erleiden konnte.«

Er sah mich spöttisch an und strich sich mit dem langen Zeigefinger über seine Hakennase.

»Vermutlich klingt das ein bisschen töricht«, sagte ich entschuldigend.

»Nein, nein, nein. Ein Kritiker – jeder Kritiker – weckt meine Neugier, Monsieur Figueras.«

»Es ist eigentlich ganz einfach. Ich gelte als Experte oder zumindest als Sachkenner auf dem Gebiet ›*Kunst und Kind im Vorschulalter*‹. Dabei läuft es auf Folgendes hinaus: Der größte Teil der motorischen Fähigkeiten wird vor dem fünften Lebensjahr entwickelt. Ein Vorschulkind kann die Dinge nur lernen, indem es sie tut.

Und wenn man eine Mutter hat, die einem alles abnimmt – Kleinigkeiten wie das Binden von Schnürsenkeln, Zähne putzen, eigenständig essen und so weiter –, dann tut man diese Dinge eben nicht. Wenn man dann fünf oder sechs Jahre alt ist und alles selbst tun muss, in der Schule zum Beispiel, dann ist es zu spät, die Fingerfertigkeit und die motorische Beherrschung so zu vervollkommnen, wie es für einen künftigen Maler notwendig wäre. Übermäßig fürsorgliche Mütter, also Mütter, die ihren Kindern alles abnehmen, ersticken damit unwissentlich Ansätze von Talent im Keime.«

»Haben Sie je etwas über diese Theorie geschrieben?«

Ich nickte. »Ja. Ein kleines Buch mit dem Titel *Die Kunst und das Kind im Vorschulalter*, ich schicke Ihnen gern ein Exemplar. Es erklärt zum Teil, weshalb Menschen, die vom psychologischen Standpunkt betrachtet durchaus geeignet wären, Maler zu werden, so viele schlechte Bilder produzieren. Und das ist keine Theorie, es ist eine Tatsache. Ich erwähne darin auch einen Sachverhalt, der oftmals unter den Tisch fällt: Solche Menschen sind für die Welt als Künstler nicht verloren. Wenn man ihr Problem erkennt, lässt sich ihre schöpferische Kraft in künstlerische Bereiche lenken, die nicht so viel manuelles Geschick erfordern.«

»Zum Beispiel?« Debierue schien ernsthaft interessiert.

»Lyrik, das Komponieren elektronischer Musik oder Architektur. Addison Mizner, der mit einem spitzen Stock keine gerade Linie in den Sand zeichnen konnte, wurde in South Florida ein bedeutender Architekt. Seine Häuser in Palm Beach – sofern sie noch stehen – sind wundervolle Entwürfe, und sein Einfluss auf die Architektur in Florida war beträchtlich, vor allem hier an der Ostküste.«

Ich brach ab, bevor ich mich vollends verlor. Debierue ließ mich auflaufen – mich!– mit einem der ältesten Tricks, und ich fiel darauf herein wie der blutigste Anfänger. Für jemanden mit Interviewerfahrung ist es eine Kleinigkeit, die Interessen des Interviewers herauszukitzeln. Und dann braucht er nichts weiter zu tun, als den Interviewer immer weiter mit Fragen zu füttern, und am Ende hat der Interviewer ein Interview mit sich selbst! In seiner Naivität glücklich über das lange, angenehme Gespräch, verlässt der Reporter unbekümmert seinen Interviewpartner, nur um später, wenn er verdrossen vor seiner Maschine hockt, begreifen zu müssen, dass er nichts hat, worüber er schreiben könnte.

Die Toilettenspülung rauschte. Debierue wartete höflich darauf, dass ich weiterredete, aber ich ließ den Saft in meinem Glas kreisen, nippte ab und zu daran, bis Berenice wieder da war. Dann entschuldigte ich mich unter dem Vorwand, ich müsse ebenfalls die Toilette benutzen. Natürlich hatte ich die Kamera bei mir. Hastig öffnete ich die Tür auf der linken Seite des Korridors, die der verschlossenen Tür gegenüberlag. Ich machte sie leise hinter mir zu und sah mich schnell im Zimmer um. Wenn eines von Debierues Gemälden an der Wand hinge, würde ich es fotografieren. Aber an der Wand hing nur ein einziges Bild, ein billig gerahmter Massendruck von *Trail's End* – der alte Indianer auf seinem erschöpften Pferd. In den dreißiger Jahren konnte man eine Reproduktion von *Trail's End* in fast jedem amerikanischen Kleinbürger-Haushalt finden, aber ich hätte nie erwartet, eine in Debierues Schlafzimmer zu entdecken. Entweder hatte Cassidy ihm das Bild aus Gehässigkeit an die Wand gehängt oder der Hühnerzüchter hatte es dort zurückgelassen. Gleichwohl blieb mir unerfindlich, wie Debierue das kitschige Bild ertragen konnte – es sei denn, ihn amüsierte der Sarkasmus, der diesem Druck innewohnte. Natürlich, wahrscheinlich war genau das der Grund.

Ansonsten bot das Schlafzimmer ein nüchternes Bild. Ein Hollywoodbett mit apfelgrünem Bettzeug – keine Tagesdecke –, eine hohe Kommode aus unbehandeltem Kiefernholz, ein schmiedeeiserner Nachttisch mit weiß gefliester Platte und ein Charles-Eames-Stuhl aus rotem Plastik neben dem Bett, das war das ganze Mobiliar. Es gab eine Lampe an der Decke, aber keine Nachttischlampe. Debierue war in seinem Alltagsleben ebenso nihilistisch und stoisch wie in seiner Kunst; dennoch empfand ich plötzlich große Sympathie für den alten Maler. Es war eine Schande, fand ich, dass dieser große Mann im Alter so wenig komfortabel leben musste. Nach allem hier hielt ich es für überflüssig, die Schiebetür des Wandschranks oder die Kommodenschubladen zu öffnen und seine Kleider zu durchwühlen.

Ich ging ins Bad und pinkelte nervös ins Becken; dann drehte ich den Wasserhahn am Waschbecken auf und wusch mir die Hände. Ich öffnete das Spiegelschränkchen, um zu sehen, welche Medikamente er dort aufbewahrte. Sollte er an irgendeiner Krankheit leiden, würden seine Medikamente diesbezüglich einen stichhaltigen Hinweis liefern, und es lohnte sich vielleicht, darüber zu schreiben. Abgesehen von Elixophyllin (einem schleimlösenden Mittel, das Leuten mit Asthma, Lungenemphysem oder Bronchitis die Atmung erleichtert) und drei Stücken Emulave (ein Syndet für Leute mit sehr trockener Haut – und dass der Maler trockene Haut hatte, war mir aufgefallen) befand sich im Schränkchen nichts Außergewöhnliches. Ein Rasierer mit Perlmuttgriff, eine Tasse mit Rasierseife und Pinsel, eine blaugrüne Flasche Scope-Mundwasser, eine halb leere Tube Zahnpasta der Marke Stripe, eine Dr.-West-Zahnbürste aus grünem Plastik, ein geöffnetes 100er-Fläschchen Bayer-Aspirin, bei dem der Wattepfropf fehlte – das war alles. Nicht einmal ein Kamm war vorhanden, aber Debierues kahler Schädel war so glatt wie eine geschälte Mandel, und so brauchte er auch keinen Kamm. Was Badezimmerschränke in amerikanischen Badezimmern betraf, war dieser hier – von denen in Motelzimmern abgesehen – der am spärlichsten bestückte, den ich je gesehen hatte.

Ich kehrte ins Wohnzimmer zurück und hörte, wie Berenice gerade sagte: »Fühlen Sie sich nicht einsam, Mr. Debierue, so ganz allein hier draußen?«

Lächelnd tätschelte er ihre Hand und schüttelte den Kopf.

»Einsam zu sein liegt in der Natur des Künstlers«, antwortete ich an seiner statt. »Aber der Maler hat seine Arbeit und das ist Ausgleich genug.«

»Ich weiß«, sagte Berenice. »Aber dieses Haus liegt im absoluten Nirgendwo. Sie sollten sich ein Auto kaufen, Mr. Debierue; dann könnten Sie abends nach Dania fahren und sich ein Jai-Alai-Spiel ansehen oder so was.«

»Nein, nein«, protestierte er und tätschelte immer noch ihre Hand. »Ich bin zu alt, um noch Auto fahren zu lernen.«

»Oder Sie könnten Stunden geben«, sagte Berenice eifrig. »Es gäbe sicherlich eine Menge Schüler, die gern mit Ihnen im Atelier arbeiten würden. Und ich wette, sie würden mit dem Auto von überallher kommen.« Sie wandte sich zu mir. »Nicht wahr, James?«

Debierue lachte, und ich lachte mit, obwohl mich eher Berenice' drolliges Gesicht amüsierte, das sich halb erbost, halb verblüfft zeigte, weil wir über sie lachten. Für jeden anderen Maler dieses Formats – für Picasso beispielsweise – wäre der Vorschlag, dass ein Schüler mit dem Meister arbeiten könnte, durchaus erwägenswert. Aber im Falle Debierues, der seine Arbeit niemandem zeigte, war die Idee absurd.

Debierue hatte mich im Gespräch geschickt auf ein Nebengleis geschoben. Es wurde Zeit, wieder zum Wesentlichen zurückzukehren. Zärtlich legte ich Berenice den Arm um die Taille und drückte sie zum Zeichen, dass sie den Mund halten solle. »Sie haben vorhin meine Frage nicht beantwortet, Monsieur Debierue«, sagte ich nüchtern. »Sie sind sehr nett zu mir – zu uns beiden –, obwohl wir in Ihre Privatsphäre eingedrungen sind. Aber ich würde gern sehen, woran Sie derzeit arbeiten –«

Er seufzte. »Ich bedaure, Monsieur Figueras. Sie haben Ihren Besuch ganz umsonst gemacht. Sehen Sie«, sagte er achselzuckend, »ich habe nichts, was ich Ihnen zeigen könnte.«

»Gar nichts? Nicht einmal eine Zeichnung?«

Seine Mundwinkel verzogen sich mürrisch. »Ich habe einige Arbeiten, ja. Aber was ich in Florida gemacht habe, verdient nicht Ihre Aufmerksamkeit.«

»Warum lassen Sie mich das nicht selbst beurteilen?«

Sein angedeutetes Lächeln wirkte angestrengt und müde, aber dann strafften sich seine Züge zu einer Maske unverkennbarer Würde. Seine Stimme senkte sich zu einem rauen Flüstern. »Der Künstler allein fällt das endgültige Urteil über sein Werk, Monsieur Figueras.«

Ich wurde rot. »Bitte verstehen Sie mich nicht falsch«, sagte ich hastig. »Ich habe es nicht so gemeint, wie es geklungen hat. Ich wollte nur damit sagen, dass ich nicht die Absicht habe, Ihre Arbeit zu beurteilen oder mich wie auch immer darüber zu äußern. Ich würde nur gern selbst entscheiden, ob ich die Sachen sehen möchte oder nicht. Und ich möchte es. Es wäre mir eine Ehre.«

»Nein. Tut mir Leid, aber ich muss das ablehnen. Sie sind Kritiker, und Sie können nicht anders. Ein Bild zu sehen bedeutet für Sie, es zu beurteilen. Aber ich will Ihr Urteil nicht. Ich male für Debierue. Debierue gefällt mir oder er missfällt mir. Und wenn ein junger Mann wie Sie zu mir sagt: ›Ah, Monsieur Debierue, ein Hauch von Terrakotta hier in dieser Ecke und das visuelle Gewicht wäre größer …‹ oder ›Die taktile Textur gefällt mir durchaus, aber ich finde, da ist ein Loch in der Gesamtkomposition …‹« Er lachte trocken. »Ich muss nein sagen, Monsieur Figueras.«

»Sie sehen mich sprachlos, Sir«, entgegnete ich. »Ich weiß, dass es Kritiker gibt, wie Sie sie beschreiben, doch mit denen habe ich nichts gemein.« Mein Gesicht glühte, aber meine Stimme klang beherrscht.

»Vor der Kunst Debierues ist ein Einzelner eine Menschenmenge. Ich. Debierue. Zwei Leute sind ein lärmendes Publikum. Aber ein Betrachter mit Schreibzeug, ein Kritiker, kommt mehreren tausend Betrachtern gleich. Der Surrealismus braucht Ihre rationalen Erklärungen nicht, Monsieur Figueras. Und Debierue malt keine bizephalen Zentauren.«

»Er wird dir seine Bilder nicht zeigen, nicht wahr?«, vermutete Berenice mit einem Blick in mein Gesicht. Ich schüttelte den Kopf.

»Vielleicht«, sie drehte sich langsam um und sah Debierue schüchtern an, »zeigen Sie ja mir die Bilder, Mr. Debierue?«

Er trat ein paar Schritte zurück und betrachtete bewundernd ihre Figur. »Sie haben ein breites Becken, meine Liebe. Sie werden mühelos viele schöne Babys bekommen.«

»Das bedeutet auch für mich ein Nein, nicht wahr?«

»Was sonst?« Achselzuckend zündete ich mir eine Zigarette an.

Wie zu vermuten war, hatte sich Debierue über Galts Kritik geärgert. Ich hätte ihn anbetteln können, aber dieser Gedanke war mir zuwider. Wenn er die Sache so sah, hatte es ohnedies keinen Sinn, sie weiter zu verfolgen. In gewisser Hinsicht hatte er Recht, was mich betraf. Es wäre mir unmöglich gewesen, seine Arbeiten anzusehen, ohne sie zu beurteilen. Und selbst wenn ich – ganz gleich, was ich wirklich davon hielte – nichts Abwertendes darüber geäußert hätte, so wäre doch zweifellos irgendein Hinweis auf meine Gefühle – pro oder kontra – meinem Gesicht abzulesen gewesen. Wenn er wirklich glaubte, seine Bilder seien der Betrachtung nicht wert (obwohl er als Kritiker längst nicht so kompetent war wie ich), dann blieb mir jetzt nichts weiter übrig, als ihn beim Wort zu nehmen. Mir war zum Heulen zumute. Dies war eine der größten Enttäuschungen meines Lebens.

»Dann vielleicht ein andermal, Monsieur Debierue«, sagte ich.

»Ja, vielleicht.« Nachdenklich strich er sich über die Hakennase und musterte mein Gesicht. Nicht unhöflich, aber ernst. Er blickte den Flur hinunter, zu seinem verschlossenen Atelier, sah mich wieder an, lächelte Berenice zu und zupfte sich versonnen an der Unterlippe. Vermutlich hatte er erwartet, dass ich versuchen würde, ihn mit weiteren, komplizierten Argumenten zu überzeugen, und nun wusste er nicht, ob er dankbar oder enttäuscht sein sollte, nachdem mein Protest ausgeblieben war.

»Sagen Sie mir eines, Monsieur Figueras. Man bezeichnet mich als nihilistischen Surrealisten, aber ich habe nie begriffen, warum. Sehen Sie mein kleines Haus hier etwa in großer Unordnung?«

»Nein, Sir.« Ich sah mich um. »Im Gegenteil.«

Für einen Künstler war das fehlende Durcheinander ganz ungewöhnlich; Künstler als solche sind ein unordentlicher Haufen. Sie sammeln Dinge. Ein altes Brett mit konzentrisch verzwirbelter Maserung, ein Stein von auffälliger Form, Drahtgeflechte, Muscheln – alles, was in ihren Augen interessante Farben oder Formen aufweist. Ein Holzklotz zum Beispiel kann über die Jahre eine dicke Patina aus Staub ansetzen, bevor ein Bildhauer schließlich die Form im Objekt entdeckt und sie als Skulptur herausarbeitet. Maler sind in den meisten Fällen noch unordentlicher als Bildhauer. Sie hängen Zeichnungen hierhin und dorthin. Überall sind Skizzenblöcke wahllos verstreut, und sie stopfen ihre Räume mit den unterschiedlichsten Bilderstützen und wertlosem Krempel voll. Sie brauchen Dinge zur visuellen Stimulation und für mögliche Ideen. Und dieses Durcheinander beschränkt sich keineswegs nur auf ihre Ateliers; meistens breitet es sich aus in ihr alltägliches Lebensumfeld, sogar bis hinein in Küche und Badezimmer.

Und ein Surrealist wie Debierue, dessen Feld die Nebeneinanderstellung des Seltsamen war, würde in seiner Atelierwohnung eine befremdliche Mischung unterschiedlichster Objekte benötigen, um seinem Unterbewusstsein die erforderlichen Anstöße zu geben. Andererseits war Debierue eine Ausnahmeerscheinung unter den Malern. Meine Erfahrungen mit den Lebensgewohnheiten anderer Maler konnte ich auf ihn kaum übertragen. Außerdem hatte ich ja sein Atelier noch nicht von innen gesehen …

»Wie Sie sehen, bin ich ein ordentlicher, reinlicher alter Mann. Das war immer so, auch als ich noch jung war. Es kann also sein, dass ich am Ende gar kein Surrealist bin. Ist es nicht so?« Die Lachfältchen rings um seine blauen Augen vertieften sich, als er schmunzelte.

»Der Begriff ›Surrealist‹ ist ein relativer«, erwiderte ich freundlich. »Eine zweckmäßige Etikettierung. ›Superrealist‹ oder ›Subrealist‹ täten es auch. ›Dada‹ war zunächst auch eine Bezeichnung für alles

Mögliche. Aber das Motto ›Dada schmerzt‹ hatte – sofern es tatsächlich befolgt oder durch gestalterischen Ausdruck mit Leben erfüllt wurde – eine wichtige Bedeutung für mich, hat es heute eigentlich immer noch. ›Surrealismus‹ hingegen habe ich immer als unzutreffende Bezeichnung empfunden.«

»Debierue mag überhaupt keine Etikettierungen. Debierue ist Debierue. Marcel Duchamp habe ich immer sehr bewundert, und auch er mochte keine Etikettierungen. Erinnern Sie sich, was Duchamp tat, als ein junger Autor ihn um die Erlaubnis bat, seine Biografie zu schreiben?«

»Nein, Sir.«

»Als Duchamp nach seinen sehr persönlichen Dingen befragt wurde, sagte er nichts. Er brauchte auch nicht nachzudenken. Er kippte den Inhalt sämtlicher Schreibtischschubladen auf den Boden und ging aus dem Zimmer.«

»Ein existentieller Akt.« Die Geschichte hatte ich noch nicht gehört.

»Schon wieder eine Etikettierung, Monsieur Figueras?« Debierue schnalzte mit der Zunge. »Nun liegt also allerlei Kram auf dem Boden, Kleinigkeiten, die sich im Laufe der Jahre ohne vernünftigen Grund im Schreibtisch angesammelt haben. Fotos, kleine Notizen, die man schreibt oder von anderen erhält. Alte Briefe von Freunden, Feinden, Damen. Und dann – wie sagt man auf Englisch? – doodles, diese kleinen Bleistiftkritzeleien. Und hübsch abgestempelte Briefmarken, die vielleicht nur deshalb aufgehoben wurden, weil sie exotisch sind. Schnipsel von Theaterkarten.« Er zuckte die Achseln.

»Das klingt ganz nach meinem Schreibtisch in New York«, warf ich ein.

»Aber es war Duchamps Biografie. Der clevere, junge Mann sammelte alles vom Fußboden auf und ging seiner Wege. Er klebte das ganze Zeug in ein großes Buch, nannte es *Die Biografie des Marcel Duchamp* und verkaufte es für einen Haufen Dollar an einen reichen texanischen Juden.«

»Komisch, dass ich davon nie gehört habe. Ich dachte, ich wüsste praktisch alles über Duchamp, was es zu wissen gibt …«

»Das dachte auch der junge Mann, der mit dem Kram aus Duchamps Schreibtisch eine Biografie verfasste.«

»Trotzdem«, sagte ich. »Ich würde nur zu gern einen Blick in dieses Buch werfen. Jedes Fitzelchen Information über Duchamp ist wichtig, weil es hilft, seine Kunst zu verstehen.«

Der Maler zuckte die Achseln. »Es gibt kein solches Buch. Es ist eine apokryphe Geschichte – ich habe sie erfunden und vor vielen Jahren über eine Hand voll Freunde verbreiten lassen, um zu sehen, was passieren würde. Und weil man Duchamp die Geschichte hätte zutrauen können, wurde sie von vielen geglaubt. Sie waren ja auch bereit, sie zu glauben. Aber beliebige Brocken eines Künstlerlebens sagen weder etwas aus über den Künstler als Menschen noch über sein Werk. Die Vision des wahren Künstlers entspringt hier.« Er tippte sich an die Stirn.

Debierues Gesicht war jetzt ausdruckslos, und ich hätte nicht sagen können, ob er es ernst meinte, mich auf den Arm nehmen wollte oder feindselig wurde. Er wandte sich Berenice zu und lächelte sie an. Dann umfasste er ihre rechte Hand mit seinen beiden Händen und sprach in Englisch weiter. »Wenn ein Mann Frau und Kinder hat, kann man der Familie vielleicht eine kurze Biografie hinterlassen, eine Aufzeichnung, die ihnen hilft, sich an ihn zu erinnern … aber der alte Debierue hat keine Frau, keine Kinder, keine lebenden Verwandten, die ein solches Buch haben wollten. Der wahre Künstler, meine Liebe, hat zu viel Verantwortungsbewusstsein, um zu heiraten und eine Familie zu gründen.«

»Auch zu viel Verantwortungsbewusstsein, um sich zu verlieben?«, fragte Berenice.

»Nein. Liebe braucht er.«

Ich räusperte mich.

»Die ganze Welt ist die Familie des Künstlers, Monsieur Debierue. Es gibt tausende von Kunstliebhabern überall auf der Welt, die gern Ihre Biografie lesen würden. Die Leute, die Ihnen schreiben, zum Beispiel; das weiß ich. Und die, die –«

Er berührte meinen Arm. »Lassen Sie uns Freunde sein. Es ist nicht freundlich, mit derart ernsten Mienen über eine solche Nichtigkeit zu sprechen. Es ist spät geworden, und Sie werden bitte beide zum Essen bleiben.«

»Vielen Dank, wir bleiben gern.« Er hatte das Thema abrupt gewechselt; aber je länger ich blieb, desto größer war meine Chance, noch etwas über den alten Mann herauszufinden. Oder?

»Gut!« Er rieb sich die trockenen Hände, ein raspelndes Geräusch. »Dann will ich zuerst meinen Backofen auf 220 Grad vorheizen. Eine gedruckte Speisekarte kann ich Ihnen nicht bieten, aber Sie können wählen. Es gibt Fertiggerichte. Truthahn. Sehr gut. Salisbury-Steak. Auch sehr gut. Oder vielleicht sagt Ihnen das Mexican Patio Dinner am meisten zu, Monsieur Figueras? Mit Enchiladas, Tamales, spanischem Reis und gebackenen Bohnen?«

»Nein«, meinte ich. »Ich glaube, ich nehme Truthahn.«

»Ich möchte lieber Salisbury-Steak«, sagte Berenice.

»Und ich helfe Ihnen beim –«

»Nein. Debierue nimmt auch Truthahn!« Er lächelte fröhlich und wandte sich seinem Herd zu. Dann besann er sich anders, wechselte die Richtung und ging zur Anrichte. Dort nahm er eine Schachtel mit gelbem Plastikbesteck heraus. In der Schublade lagen vier Platzdeckchen aus klebrigem gelbem Gummi. Er reichte Berenice die Deckchen und die Schachtel mit dem Besteck und bat sie, den Klapptisch auf der Veranda herzurichten.

Bis jetzt, dachte ich enttäuscht und beobachtete ihn mürrisch bei seinem regen Wirtschaften, habe ich abgesehen von Klatsch mit geringem Neuigkeitswert herzlich wenig an interessanten Informationen aus dem alten Maler herausholen können. Wenn überhaupt, hatte er mehr über mich erfahren als ich über ihn. Er hatte sich geweigert, mir seine Arbeit zu zeigen, und kaum hatte er angefangen, den Deckel zu lüften, hatte er ihn auch wieder zugeschlagen, den

Deckel einer Truhe, in der sich womöglich faszinierendes Material befand. Er war ein rätselhafter alter Mann, ja, und ich hätte nicht zu sagen vermocht, ob es einer gewissen Senilität geschuldet war (aber nein, das war es nicht), dass er mich zurückwies, oder ob er irgendeinen geheimen Zweck verfolgte, oder was …

Während Debierue vor sich hin werkelte und die äußere Verpackung von den Aluminiumschalen der Fertiggerichte entfernte, die er zuvor aus dem Gefrierfach des purpurroten Kentone-Kühlschranks genommen hatte, sang er in brüchigem Falsett ein monotones französisches Lied. Mochte er seine Bedeutung auch noch so sehr herunterspielen – aus falscher Bescheidenheit oder aus anderen Gründen –, er war nun mal *der* herausragende nihilistische Surrealist auf diesem Planeten. Und das war der Grund, weshalb ich mit ihm nicht weiterkam. Ich versuchte, mit ihm zu reden, als sei er ein normaler Mensch. Jeder Künstler, der sich drei Viertel seines Lebens von der Welt abschottet, ist entweder Surrealist oder verrückt. Aber Debierue war so vernünftig wie nur irgendein Maler, den ich je kennen gelernt hatte. Selbst die Tatsache, dass er bestritt, Surrealist zu sein, betonte die Tatsache, dass er einer war. Was sonst hätte er sein können? Das war das Rationale in der zielstrebigen Irrationalität des Surrealismus. Der Schlüssel. Aber der Schlüssel wozu?

Wie konnte ein Mensch nur so abgeschieden leben wie er – ohne Telefon, ohne Fernsehen, ohne Radio – endlose Monate lang, ohne dabei überzuschnappen? Selbst Albert Schweitzer hatte eine Orgel mitgenommen und sich in seinem selbst gewählten afrikanischen Exil wenigstens mit kranken schwarzen Schmarotzern umgeben …

Das verzweifelte Brüten verhalf meinem prosaischen Geist zu einer der besten, originellsten Ideen, die ich je gehabt hatte – eine Idee, so einfach und direkt, dass sie mir beinahe wieder entglitten wäre. Noch hatte sie keine genaue Gestalt angenommen, aber ich ließ sie nicht entwischen. Berenice stellte drei mit Stoff bespannte Klappstühle an den Tisch auf der Veranda. Als sie wieder ins Wohnzimmer kam, packte ich sie am Handgelenk.

»Ich werde gleich etwas Seltsames tun«, flüsterte ich.

»Aber was auch passiert, du lässt dir nichts anmerken. Verstanden?«

Sie nickte und ihre blauen Augen weiteten sich. Debierue kam aus der Küche und tippte auf meine Armbanduhr. »Manchmal überhöre ich die Zeitschaltuhr am Backofen. Achten Sie bitte für uns auf die Zeit. Und wenn Sie in fünfunddreißig Minuten ›Jetzt!‹ sagen, dann ist unser Essen fertig.« Er strahlte Berenice an. »So einfach. Diese Fertiggerichte für den Backofen sind für Hausfrauen eine noch bessere Erfindung als der Backofen selbst. Stimmt's, meine Liebe?«

»Oh, unbedingt«, antwortete Berenice fröhlich.

»Hören Sie, Monsieur Debierue«, sagte ich und nahm meine Polaroid vom Tresen. »Ich weiß, es ist viel verlangt, zumindest aus Ihrer Sicht, aber ich habe hier diese Polaroid-Kamera, bei der Sie das Resultat nach ungefähr zehn Sekunden sehen können. Während wir auf das Essen warten, möchte ich gern ein paar Aufnahmen von Ihnen machen, und Sie können alle zerreißen, bis wir eine zustande bringen, mit der Sie einverstanden sind. Okay?«

»In nur zehn Sekunden? Ein Bild?«

»Genau. Hier im Haus vielleicht fünfzehn, für zusätzliche Schärfe und Kontrast.«

Er runzelte leicht die Stirn und befingerte seinen weißen Bart. »Mein Bart ist nicht gestutzt ...«

»Bei einem Foto ist das egal. Auf einem Schwarz-Weiß-Foto sieht man das nicht«, behauptete ich leichtsinnig.

Er zögerte. In seinen Augen zeigte sich Wachsamkeit, aber er selbst schien bereits zu schwanken. »Sollte ich mir eine Krawatte umbinden?«

»Nein, nicht für ein informelles Foto«, sagte ich, bevor er es sich anders überlegen konnte. Ich nahm ihn beim Arm und führte ihn vor den Couchtisch. Dort schnappte ich mir den *Miami Herald*, schlug den Anzeigenteil auf und drückte ihm die Zeitung in die Hände.

»So. Breiten Sie die Zeitung einfach aus und tun Sie so, als würden Sie lesen. Wenn Sie wollen, können Sie lächeln, aber Sie müssen nicht.«

Ein wenig befangen folgte er meinen einfachen Anweisungen. Ich justierte die Schärfe und stellte den Regler auf ›dunkel‹, dann bat ich ihn, die Arme ein wenig sinken zu lassen, um sicherzugehen, dass sein Gesicht und sein Bart nicht verdeckt waren. Die Seitenüberschriften des *Miami Herald* waren im Sucher deutlich zu erkennen. Ich trat vor und berührte seine Hand.

»So«, ermahnte ich ihn, »bitte nicht bewegen, und sehen Sie mich nicht an. Ich mache die Aufnahme von dort hinten.«

Dies war der letzte Moment, um die Chance, die ich mir ausgerechnet hatte, beim Schopfe zu packen, und mehr als eine Chance hatte ich nicht. Ich hustete laut, um das leise Klicken meines Dunhill-Feuerzeugs zu übertönen, und zündete dann von unten die Zeitung an. Einen Augenblick später, nachdem ich mich einige Schritte nach hinten bewegt hatte, spähte ich durch den Sucher. Das Timing war perfekt. Das Blitzlicht leuchtete auf und als ich den Auslöser betätigt hatte, dauerte es nur den Bruchteil einer Sekunde, bis sich die lodernden Flammen durch die Zeitung gefressen hatten und Debierue das Ganze mit einem verblüfften Aufschrei fallen ließ. Berenice, die alles mit weit aufgerissenen Augen und mit der Hand vor dem Mund beobachtet hatte, sprang kreischend nach vorn und fing an, auf der brennenden Zeitung herumzutrampeln. Ich half ihr, und nach wenigen Augenblicken hatten wir die Flammen auf dem Terrazzoboden ausgetreten.

Ich hatte eine wütende Reaktion von Debierue erwartet, aber er war nur verwirrt. »Warum haben Sie die Zeitung angezündet?«, fragte er sanftmütig. »Ich verstehe das nicht.« Er blickte ratlos umher, als die verkohlten Papierfetzen von einer leichten Brise, die durch die offenen Holzlamellen der Tür kam, über seinen sauberen Boden geweht wurden.

Ich grinste und hob meinen Zeigefinger. »Warten Sie. Geben Sie mir zehn Sekunden, dann zeige ich Ihnen das Bild.«

Ich war ganz zittrig vor Aufregung, aber ich hielt die Zeit genau ein und zog anschließend den Papierstreifen heraus, der den Entwicklungsprozess in Gang setzte; statt nur zu schätzen, beobachtete ich den Sekundenzeiger meiner Uhr und ließ exakt zwölf Sekunden vergehen, damit der Entwickler seine Arbeit tun konnte.

Neugierig wie ein Kind rückte der alte Maler mir auf den Pelz, als ich schließlich die Rückwand der Kamera aufklappte, um das Bild herauszunehmen. Als ich das Foto mit der belichteten Seite nach oben auf den Tresen legte, ließ mich ein unerwarteter Jubelschrei aus Debierues Mund schier zusammenfahren.

»Nicht anfassen!«, entfuhr es mir im scharfen Ton, und ich schob das Bild zur Seite, außerhalb der Reichweite seiner ungeduldigen Finger. »Ich muss es erst fixieren.« Ich richtete das Foto am Rand des Tresens aus und strich achtmal in präziser Linie mit dem klebrigen Fixierstift darüber. Es war das beste, das brillanteste Foto, das ich je geschossen hatte.

Genau in der Mitte sah man den alten Mann mit seinem weisen, schönen, ansteckenden Lächeln. Er schien die Anzeigen im *Herald* zu studieren, als sei er der sorgloseste Mensch auf der Welt. Seine Miene war heiter, gelassen und die tiefen Furchen in seinem Gesicht hoben sich klar und scharf ab, als wären sie mit Tusche gezogen. Als ich den Auslöser betätigt hatte, war er völlig ahnungslos gewesen, dass die Zeitung bereits lichterloh brannte; doch niemand würde das beim Anblick dieses Fotos auch nur vermuten. Die ganze untere Hälfte der Zeitung stand in Flammen. Kein professionelles Fotomodell hätte wissentlich mit einer brennenden Zeitung posieren können, ohne dass sich zumindest ein Hauch von Angst im Gesicht gezeigt hätte. Doch der alte Mann, dessen dürre Beine unterhalb der Flammen zu sehen waren, wirkte mit seinem sanften, unschuldigen Gesicht und dem wundervollen Lächeln, das sich durch den flaumigen weißen Bart stahl, so entspannt, als hätte er einen geruhsamen Abend in einem türkischen Bad verbracht.

Debierue verfolgte aufmerksam, wie ich das Foto fixierte, gleichzeitig wollte er voller Ungeduld immer wieder danach greifen. Schützend hielt ich den Arm davor, damit es trocknen konnte.

»Lassen Sie mich doch sehen«, bettelte er wie ein Kind.

»Wenn Sie es jetzt anfassen«, erklärte ich geduldig, »kommen Ihre Fingerabdrücke auf das Bild, und es ist ruiniert.«

»Also schön, Monsieur Figueras«, sagte er gutmütig.

»Ich will dieses Foto. Es ist die großartigste Surréalité, die ich je gesehen habe!«

Seine Überschwang war so groß wie meiner. »Sie werden es schon bekommen!«, antwortete ich fröhlich. »Ja, wenn ich wieder in New York bin, schicke ich Ihnen fünfzig Repros von diesem Bild, wenn Sie wollen, und eins an jeden Freund in Ihrer Adresskartei.«

3

Als Debierue mir die Erlaubnis gegeben hatte, das Bild zu behalten und zu publizieren, lief ich hinaus zu meinem Wagen und holte eines der standardisierten Lizenzformulare unserer Zeitschrift aus dem Handschuhfach. Das hektografierte Formular (bei auflagenstarken Zeitschriften ist es gedruckt) enthält eine simple Vereinbarung zwischen der betreffenden Person und dem Magazin, durch die eine Veröffentlichung legalisiert und eine Partei vor der anderen geschützt wird. Der unterzeichnete Vertrag für die Veröffentlichung eines Fotos enthält keine versteckten Hintertürchen. Debierue konnte selbstverständlich Englisch lesen, doch die verschlungenen juristischen Formulierungen machten es notwendig, dass ich ihm das verfluchte Ding ausführlich erläuterte, bevor er bereit war, es zu unterschreiben. Debierue war weder dumm noch starrsinnig, er glaubte naiverweise, dass ein mündliches Okay seinerseits genügen müsse.

Durch diese Diskussion waren unsere Fertiggerichte in Vergessenheit geraten. Ich hatte nicht mehr daran gedacht, auf die Uhr zu sehen, und es war Berenice, die das leise Summen in der Küche hörte und als Alarm der Zeitschaltuhr am Backofen erkannte.

Es war beinahe angenehm auf der durch Fliegengitter geschützten Veranda. Eine leichte Brise war aufgekommen und obwohl der sanfte Wind Hitze mit sich brachte, war es recht behaglich, als wir uns im Licht der heranbrechenden Dämmerung an den mit Kerzen geschmückten Klapptisch setzten, um die miserablen Fertiggerichte Marke Billig zu verspeisen.

Das schwarze Hausmädchen, das jeden Mittwoch kam, um Debierues Wäsche zu waschen und die groben Putzarbeiten zu erledigen, besorgte diese Fertiggerichte. Sie brachte ihm auch alle anderen Lebensmittel, die er die Woche über benötigte. Mit der billigen Tiefkühlkost sparte sie wahrscheinlich Geld, das sie dann in die eigene Tasche steckte. Ich äußerte diesen Verdacht natürlich nicht, unterhielt mich aber mit Debierue über Markenprodukte und wie man sich von ihnen täuschen ließ, und notierte schließlich eine Reihe von Tiefkühlprodukten, auf deren Qualität er sich verlassen konnte. Er bildete sich ein, Tiefkühlkost sei irgendwie besser als frische Ware. Berenice begann halbherzig, ihn vom Gegenteil überzeugen zu wollen, doch als sie mein Kopfschütteln sah, lenkte sie das Gespräch auf einheimische Weine. Debierue misstraute den kalifornischen Weinen, aber ich setzte ihm die Namen einiger Produzenten aus dem Napa Valley auf die Liste mit der Tiefkühlkost, woraufhin er versprach, sie auszuprobieren. Neben Leitungswasser trank er nur tiefgekühlten Orangensaft, weil französischer Wein zu teuer war.

Die Gold Coast und die Gegend etwa zwanzig Meilen landeinwärts – von Jupiter bis hinunter nach Key Largo – ist tropisches Land, nicht subtropisches, wie manche Leute irrtümlich glauben. Das tropische Wetter wird durch den warmen Golfstrom verursacht, der weniger als sechs Meilen vor der Küste verläuft. Das Wetter in Miami unterscheidet sich so kaum von dem in Saigon. In Debierues Haus war es unangenehm schwül; es lag auf einer Anhöhe und hatte – wenn man so wollte – einen Sumpf und die Everglades zum Hinterhof. Als ich das faserige Truthahngericht hinuntergewürgt hatte, war mein Mund wie ausgedörrt; ich konnte gar nicht genug trinken, um meine Kehle zu befeuchten. Während ich mir ein weiteres Glas Orangensaft eingoss (mein Viertes), spürte ich, wie sich in dem alten Mann eine gewisse Unruhe oder Ungeduld regte. Als erfahrener Dinnergast habe ich einen Instinkt dafür entwickelt, ab wann man nicht länger willkommen ist.

Das Grünblau des Himmels hatte sich allmählich zu einem Enzianblau verdunkelt, doch es war gerade mal halb sieben, also selbst für Debierue zu früh, um ins Bett zu gehen. Auch Berenice, die nicht sonderlich aufmerksam war, bemerkte, dass der alte Maler unruhig wurde. Sie zwinkerte mir über den Tisch hinweg zu, tippte sich viel sagend auf das Handgelenk und zuckte kurz mit den Achseln. Ich nickte und schob meinen Stuhl zurück.

»Es war ein Genuss, Monsieur Debierue, dieses Essen bei Kerzenlicht«, log ich höflich. »Aber ich habe heute Abend noch eine Verabredung in Palm Beach, und deshalb müssen wir jetzt aufbrechen.«

»Selbstverständlich.« Er stand auf. »Aber bitte bleiben Sie noch einen Augenblick sitzen. Wissen Sie, ich hätte mich schon vor einer Weile fertig machen müssen. Ich muss heute Abend ins Kino. Ich muss jeden Abend ins Kino«, fügte er der Vollständigkeit halber hinzu. »Und jetzt muss ich mich umziehen.«

»Ins Kino?«, fragte ich verdattert.

Seine Miene hellte sich auf und fröhlich rieb er sich die Hände. »O ja. Vielleicht haben Sie es ja nicht gesehen – das Dixie-Drive-in-Kino ...« Er deutete in die Richtung, in der das Autokino ungefähr liegen musste.

»Heute Abend gibt es drei Spielfilme, zwei mit den Bowery Boys und einen Werwolf-Film. Und vor den Spielfilmen zeigen sie zwei, manchmal sogar drei Zeichentrickfilme. Der erste Spielfilm heute Abend heißt *The Bowery Boys Meet Frankenstein* – ein ganz besonderer Leckerbissen, finden Sie nicht? Und wenn Sie mich freundlicherweise hinfahren könnten –«

»Aber sicher doch«, antwortete ich eifrig. »Ich nehme Sie gerne im Wagen mit.«

»Meine Unwissenheit ...« Die Erinnerung ließ Debierue schmunzeln. »Das war schon amüsant. Als ich neu hier war, ging ich eines Abends spazieren und sah, wie die Autos ins Dixie-Drive-in fuhren. Ich kannte die amerikanischen Sitten noch nicht und glaubte, man müsse ein Auto haben, um die Filme zu sehen. Ein Autokino hatte ich zuvor noch nie gesehen, und ich sagte mir: ›Warum schaust du nicht, ob dich der Geschäftsführer auch so hineinlässt?‹ Also sprach ich den Geschäftsführer an, Monsieur Albert Price. Er sorgte dafür, dass ich hineinkam, und gab mir eine goldene Senioren-Jahreskarte.« Debierue zerrte seine Brieftasche aus der Gesäßtasche und nahm die Karte heraus, mit der er fünfzehn Prozent Rabatt auf Kinokarten bekam. Stolz zeigte er sie uns. Sie war auf den Namen Eugene V. Debs ausgestellt.

»Das ist aber schön«, sagte Berenice lächelnd.

»Monsieur Price ist ein sehr netter Mann.« Debierue schob die Karte sorgfältig wieder in seine dünne kalbslederne Brieftasche. »Es gibt sehr gute Plätze vor der Snackbar. Eltern, die mit dem Auto kommen, schicken ihre Kinder manchmal auf diese Plätze; außerdem sind sie für Zuschauer gedacht, die kein Auto haben, wie Monsieur Price mir erklärt hat. Rechts von diesen Plätzen gibt es eine verzinkte Rutschbahn und eine kleine Schaukel – das Kiddyland – für die Kinder, die keine Lust mehr haben, auf die Leinwand zu starren. Ich mag Kinder – ich bin Franzose –, aber die Kleinen machen mir zu viel Krach, wenn sie nach den Zeichentrickfilmen im Kiddyland spielen. Die Einrichtung ist gut für die Eltern, die mit eigenen Lautsprechern im Auto sitzen, aber nicht für mich. Der Lärm wird mir zu viel. Monsieur Price und ich sind inzwischen gute Freunde geworden, und er reserviert mir jeden Abend einen Platz mit eigenen Kopfhörern. So höre ich nur mehr den Film und nicht die Kinder.«

Ich musste lächeln. »Verstehen Sie denn amerikanisches Englisch, so wie es die Bowery Boys sprechen?«

»Nein, nicht immer«, antwortete er ernst. »Aber das macht nichts. Diese Bowery Boys sind so wunderbare Komödianten – surrealistische Schauspieler, finden Sie nicht? Einen mag ich besonders – Monsieur Huntz Hall. Er ist sehr drollig. An einem Abend in der vorigen Woche gab es drei Filme mit dem bourgeoisen Ehepaar, Papa und Mama Kettle. Die mag ich sehr, und John Wayne auch.« Er schüttelte die Finger, als hätte er sich am heißen Herd verbrannt. »Oho! Er ist ein harter Bursche, finden Sie nicht?«

»Ja, Sir, das ist er ganz bestimmt. Aber Sie überraschen mich immer wieder, Monsieur Debierue. Ich wusste gar nicht, dass Sie ein Kinofan sind.«

»Es macht Spaß, abends ins Kino zu gehen.« Er zuckte die Achseln. »Ich mag auch die Eistüten, die es dort gibt. Grape Snow. Mögen Sie die Sorte, Monsieur Figueras?«

»Habe ich lange nicht mehr gegessen.«

»Sehr gut. Fünfzehn Cent an der Snackbar.«

»Es ist ein ziemlich weiter Weg, den Sie da jeden Abend zurücklegen, Monsieur Debierue. Und wenn Sie diese alten Filme alle noch nicht kennen, warum kaufen Sie sich dann keinen Fernsehapparat? Im Fernsehen gibt's jeden Abend mindestens ein halbes Dutzend Filme, und –«

»Nein«, unterbrach er mich freundlich, »das ist kein guter Rat. Monsieur Price hat mir bereits erklärt, dass das Fernsehen schädlich für die Augen ist. Von dem kleinen Bildschirm, sagt er, bekommt man nach ein oder zwei Stunden schlimme Kopfschmerzen.«

Ich wollte widersprechen, doch dann besann ich mich und zündete mir stattdessen eine Zigarette an. Debierue entschuldigte sich und verschwand in seinem Schlafzimmer. Ich drückte die Zigarette in den klebrigen Überresten der künstlichen Cranberrysauce in meiner Aluschale aus. Mein Mund war zu trocken, um zu rauchen.

»Hast du irgendwelche Tranquilizer dabei?«

»Nein, aber ich habe Ritalin, glaube ich.« Berenice löste die Kordel an ihrem Beutel und wühlte nach ihrer Pillendose.

»Okay, und dann gib mir noch zwei Excedrin, wenn du schon mal dabei bist«, sagte ich.

»Gegen Kopfschmerzen habe ich nur Bufferin –«

Ich nahm zwei Bufferin und die winzige Ritalin-Pille und spülte alle drei mit dem Rest meines Orangensafts hinunter.

»Wie es aussieht, klappt die Sache hier doch noch«, sagte ich leise.

»Was meinst du damit?«

»Was, glaubst du, meine ich wohl?«

Sie starrte mich mit jenem verständnislosen, leeren Blick an, der mich jedesmal zur Raserei brachte. »Ich weiß es nicht.«

»Schon gut. Wir reden später darüber.«

Nach wenigen Minuten war Debierue wieder da – im ›Kino-Dress‹. Das kurzärmelige Polohemd hatte er gegen ein langärmeliges Oberhemd ausgetauscht, das am Kragen und an den Manschetten zugeknöpft war, dazu trug er eine lange weiße Hose aus fester Baumwolle. Seine Hosenaufschläge steckten in den Socken und gehalten wurde das Ganze mit Fahrradklammern. Zusammen mit den Tennisschuhen und der marineblauen Baskenmütze sah er aus wie das älteste lebende Mitglied eines exklusiven Tennisclubs. In der Linken hielt er ein Paar Iron-Boy-Arbeitshandschuhe aus Baumwolle. Eine seltsame Aufmachung, aber eine praktische Uniform für jemanden, der entschlossen war, sechs Stunden lang in einem mit Stechmücken verseuchten Freiluftkino zu sitzen.

Debierue schloss die Haustür ab und ließ den Schlüssel in einen Tontopf mit einer durstigen Azalee fallen, dann folgte er uns zum Auto. Berenice saß in der Mitte, und während ich vorsichtig die grasüberwucherte Zufahrt hinunterfuhr, um auf den Highway zu gelangen, unterhielten sich die beiden über Stechmücken und deren Bekämpfung. Sein geliebter Monsieur Price hatte einen LKW mit großem Rauchwerfer, der nicht nur vor Beginn der Vorstellung seine Runde über das Kinogelände machte, sondern auch in den Pausen zwischen den Filmen. Debierue konnte dennoch auf die Handschuhe nicht verzichten, weil die Mücken auf dem Heimweg so wütend über ihn herfielen. Berenice erzählte ihm von einem Insektenspray namens Festrol, das sie ihm empfehlen könne und das abstoßend auf Mücken wirke. Und ich fand die Banalität ihrer Unterhaltung abstoßend. Doch Debierue war in Gedanken bereits im Kino und so war es zu spät, ihm noch ein paar abschließende Fragen zu seiner Malerei zu stellen.

Ich hielt in der Kinoeinfahrt, kurz vor dem Kartenhäuschen, und winkte den Wagen hinter mir vorbei. Dann gab ich dem Alten meine Visitenkarte mit der New Yorker Redaktionsadresse und Telefonnummer und schob zum Abschied noch den Hinweis ein, dass er mich jederzeit auf meine Kosten anrufen könne, sollte er es sich anders überlegen und mir seine Bilder doch noch zeigen wollen. Er nickte ungeduldig und ließ die Karte in seiner Brusttasche verschwinden, ohne einen Blick darauf zu werfen. Wir schüttelten uns kurz die Hände, Berenice gab ihm einen flüchtigen Kuss auf den Bart, dann stieg er aus. Als ich den Wagen gewendet hatte, war er bereits im Dunkel des Kinos verschwunden. Musik und das irrwitzige Gelächter von Woody Woodpecker schallten jäh durch die Nacht, als ich auf den Highway zurückfuhr. Berenice seufzte.

»Was ist?«

»Oh, ich hab nur nachgedacht«, sagte sie. »Wir haben ihn so lange aufgehalten, jetzt muss er bis zur Pause warten, bis er seine Grape-Snow-Eistüte bekommt.«

»Ja. Das ist hart.«

4

Ich bog in Debierues Zufahrt ein, hielt an und schaltete die Scheinwerfer aus. Bevor Berenice den Mund aufmachen konnte, drehte ich mich zu ihr um und sagte:

»Bevor du etwas sagst, will ich dir etwas sagen. Wenn du dann noch Fragen hast, kannst du sie stellen. Ich fahre jetzt zu Debierue und werde einen Blick auf seine Bilder werfen. Er hat davon gesprochen, welche gemalt zu haben, und jetzt, wo ich weiß, dass Bilder in seinem Atelier sind, kann ich nicht zurückfahren, ohne Mr. Cassidy etwas mitzubringen.«

»Wieso nicht? Er weiß doch nicht, dass es dort welche gibt.«

»Ich habe eine Vereinbarung mit ihm getroffen. Selbst wenn ich mich dazu entschließen sollte, nichts mitzunehmen – was ich bezweifle –, muss ich die Bilder wenigstens mit eigenen Augen sehen. Wenn du das nicht verstehst, verstehst du mich überhaupt nicht.«

»Ich versteh's ja, aber es ist gefährlich –«

»Solange Debierue im Kino sitzt, kann nichts passieren. Er hat den Schlüssel in den Blumentopf auf der Veranda fallen lassen. Das hast du doch auch gesehen, oder?«

»Aber das Atelier ist abgeschlossen und –«

»Ich will dich nicht noch tiefer in die Sache hineinziehen, trotzdem möchte ich, dass du für den Fall der Fälle hier oben an der Straße stehen bleibst. Es könnte sein, dass Debierue über den Schlüssel nachdenkt und zurückkommt. Ich glaube zwar nicht, dass er es tut, aber sollte er tatsächlich kommen, rennst du einfach die Zufahrt runter und warnst mich. Dann sehen wir zu, dass wir verschwinden. Okay?«

»Ich kann doch nicht ganz allein hier draußen im Dunkeln stehen! Ich habe Angst, außerdem sind hier so viele Mücken – ich will lieber mit dir mitkommen!«

»Wir verschwenden unsere Zeit. Wenn ich hier einen Einbruch begehe, ist das eine Sache, aber bei dir als Lehrerin ist es etwas völlig anderes. Es gibt keinen Grund, Angst zu haben. Das mit den Mücken tut mir Leid. Aber wenn du wirklich Angst hast, fahre ich dich die Straße hinunter zu einer Tankstelle. Da kannst du dich auf dem Damenklo einschließen, bis ich dich abhole.«

»Aber ich will mich nicht im –«

»Dann steig jetzt aus. Ich will diese Sache hinter mich bringen.«

»Gib mir deine Zigaretten.«

Ich reichte ihr die halb leere Schachtel, nicht die volle, und sie stieg resigniert aus. »Wie lange bleibst du?«

»Ich weiß nicht. Das kommt ganz darauf an, wie viele Bilder ich mir ansehen muss.«

»Tu's nicht, James. Bitte, tu's nicht.«

»Warum nicht, Herrgott noch mal?«

»Weil Debierue es nicht will, darum!«

»Das ist kein Grund.«

»Ich – ich bin vielleicht nicht mehr hier, wenn du zurückkommst, James.«

»Gut! Wenn das so ist, kann ich wenigstens sagen, dass du heute Abend überhaupt nicht bei mir warst, also kriegst du auch keine Schwierigkeiten, sollte man mich erwischen.«

Ohne Licht lenkte ich den Wagen behutsam die Zufahrt hinunter. Als rechts und links die Kiefern auftauchten und ich die erste Biegung hinter mir gelassen hatte, schaltete ich sofort die Scheinwerfer an. Es gab eigentlich keinen Grund, Berenice nicht mitzunehmen, außer dass ich sie nicht dabeihaben wollte – mit anderen Worten: Es gab keinen vernünftigen Grund. Das hatte schon etwas Bemitleidenswertes gehabt – sie, im hohen Gras, ganz allein am Straßenrand. Vielleicht hatte ich befürchtet, sie wäre mir im Weg oder würde die ganze Zeit reden. Irgendetwas ... Vielleicht aber auch ein Wink meines Unterbewusstseins, das mich vor dem warnen wollte, was ich womöglich vorfinden würde. Als ich vor dem Haus anhielt, erwog ich für einen kurzen Augenblick, sie zu holen. Aber dann stieg ich aus. Die Scheinwerfer ließ ich an.

Weil die Luft vom Regen buchstäblich ausgewaschen war, schienen die wenigen Sterne Lichtjahre weiter entfernt im All zu schweben als gewöhnlich. Der Mond stand noch nicht am Himmel und die Nacht war tintenschwarz. Aus dem Sumpf hinter dem Haus ertönte das Gebrüll eines einsamen, liebeskranken Alligatorbullen.

Das hier war ein so jämmerlicher, abgelegener Wohnort für einen Künstler; ich war geradezu dankbar, dass der alte Maler etwas hatte, wohin er abends gehen konnte – also nicht nur, weil man dann so leicht ins Haus einbrechen konnte. Wenn ich hier draußen hätte leben müssen, dann hätte ich mich ebenfalls darauf gefreut, die Bowery Boys und drei bunte Zeichentrickfilme zu sehen. Das Versteckspiel mit dem Schlüssel war offenbar eine Angewohnheit Debierues, sozusagen eine Vorkehrung, um zu verhindern, dass er ihn verlor, wenn er abends zum Kino und wieder nach Hause wanderte. Ich bezweifelte, dass er auf den Gedanken käme, ich könnte zu seinem leeren Haus zurückkehren, um mir mit dem Schlüssel unrechtmäßig Zugang zu verschaffen. Aber sicher konnte ich natürlich nicht sein. Mein Gewissen plagte mich nicht sonderlich. Mein Schuldbewusstsein war so groß wie das eines gewohnheitsmäßigen Einbrechers. Ein Einbrecher muss seinen Lebensunterhalt sichern, und um zu stehlen, muss er in verschlossene Häuser eindringen, in dem die Dinge verwahrt werden, die er stehlen will. Ich würde dem alten Maler keinen großen Schaden zufügen. Für jedes Bild, das ich nehmen würde – und ich wollte auf jeden Fall nur ein einziges nehmen –, könnte er sich ein neues malen. Darüber hinaus wären meine visuellen Eindrücke von seinem restlichen Werk und ein paar Fotos, die ich schießen könnte, das Einzige, was ich mitnähme. Es gab keinen Grund für Gewissensbisse.

Deshalb kann ich mir bis heute nicht erklären, weshalb mein Mund so trocken war, weshalb mir das Blut in den Adern stockte, weshalb sich mein Magen verkrampfte und weshalb meine Atemfrequenz spürbar anstieg. Diese Anzeichen von Panik waren lächerlich. Der alte Mann saß im Autokino, mit übergestülpten Kopfhörern, und selbst wenn er mich in seinem Haus erwischte, könnte er schlimmstenfalls sein Entsetzen zum Ausdruck bringen. Körperlich war er mir nicht gewachsen und er würde mich kaum bei der Polizei anzeigen. Aber als Einbrecher war ich ein Amateur. Ich war noch nie in ein fremdes Haus eingedrungen, und so nahm ich an, dass meine Unruhe von der melodramatischen Vorstellung herrührte, es handele sich hier um ein romantisches Abenteuer. Doch als ich die Haustür aufgeschlossen hatte und sie nach innen aufgehen ließ, musste ich meinen ganzen Mut zusammennehmen, bevor ich in der Lage war, meine Hand auszustrecken und das Licht drinnen anzuschalten.

Der Lichtschein, der durch das Fenster nach draußen fiel, reichte aus, um die wenigen Meter bis zu meinem Wagen zu beleuchten. Wieder am Auto, schaltete ich die Scheinwerfer aus und ging, ein Montiereisen und einen Hammer aus meinem Kofferraum in der Hand, zurück zum Haus. Wie sich jedoch herausstellen sollte, waren diese Werkzeuge überflüssig.

Das Einzige, was mir den Zugang zum Atelier verwehrte, war der Riegel mit dem schweren Yale-Schloss an der Tür. War diese Vorrichtung aufgebrochen, würde Debierue auf jeden Fall vermuten, dass ich zurückgekommen sei. Doch wenn der Maler schon befürchtete, seinen Hausschlüssel zu verlieren, dann erschien es ziemlich unwahrscheinlich, dass er den Schlüssel für das Vorhängeschloss an seiner Ateliertür mit ins Kino nahm. Ich begab mich auf die Suche, machte überall das Licht an und durchstöberte zuerst die Küche – ohne Erfolg –, um mich dann dem Schlafzimmer zuzuwenden. Zwei Schlüssel, zwei identische Schlüssel an einem kurzen, verzwirbelten Stück Kupferdraht lagen offen auf der Kommode.

Ich öffnete damit das Vorhängeschloss, drückte die Tür des Ateliers auf und legte eine ganze Reihe von Schaltern an der Wand um. An der Decke waren ein Dutzend Leuchtstoffröhren in parallelen Reihen zu je drei Stück (zwei in Blauweiß und eine in Gelb) angebracht. In diesem kalten Licht fielen mir zuerst die frisch zugemauerten Stellen auf, wo früher zwei Fenster gewesen waren; man sah es deutlich, obwohl die Wände jüngst einen Anstrich mit Ölfarbe erhalten hatten.

Ich blinzelte, um meine Augen an das grelle Deckenlicht zu gewöhnen, und schloss die Tür hinter mir. Mein pochendes Herz war vorbereitet auf einen Ansturm des Ungewöhnlichen, des Einzigartigen, auf das Wunderbare in der Bildenden Kunst – aber statt Wein und Fisch fand ich nicht einmal Wasser und Brot vor.

Dort waren Leinwände, mindestens zwei Dutzend, und all diese jungfräulichen Leinwände hatten dasselbe Format: 24 mal 30 Zoll. Sie waren in weißen Plastikregalen gestapelt, die an der Westwand des Ateliers standen. Die Plastikregale waren von jener Sorte, wie man sie oft in Geschäften für Künstlerbedarf findet. Ich prüfte jede einzelne dieser strahlend weißen Leinwände. Nicht eine zeigte auch nur einen Hauch von Farbe oder Holzkohle.

Und dort war auch ein neuer Schreibtisch aus dunkelgrauem Metall, der in der Südwestecke des Ateliers stand, dahinter ein passender Stuhl mit hellgrauem Kunstlederpolster. Auf dem Tisch befanden sich ein Marmeladenglas, das mit frisch gespitzten Bleistiften und Kugelschreibern gefüllt war, ein viereckiger gläserner Briefbeschwerer, unter dem (durch das Glas leicht vergrößert) einige Briefe lagen, und ein wunderschöner Schreibtischkalender (einer dieser italienischen Kunstalmanache in brillanten Farben, hergestellt von Alfieri & Lacroix, Milano). Ohne Schamgefühl las ich die beiden Briefe unter dem Briefbeschwerer. Im Ersten, einem Schreiben von einem Pariser Ausschnittdienst, wurde Debierue mitgeteilt, dass sein Name zweimal im Vorwort zu einem neuen kunstgeschichtlichen Sammelband genannt worden sei; da aber der Bildband ziemlich teuer sei, habe der Geschäftsführer an den Verlag geschrieben und ein Belegexemplar für Debierue erbeten. Er werde es schicken, sobald – und falls – er es bekomme. Beigefügt war ein Ausschnitt aus dem *Paris Soir,* die Rezension einer Man-Ray-Retrospektive; zusammen mit einem Dutzend anderer Künstler tauchte Debierue in einer Liste mit Dadaisten auf, die Man Ray in den zwanziger Jahren gekannt hatten.

Der zweite Brief war Debierues Antwort an den Geschäftsführer des Ausschnittdienstes. In seiner engen, nach links geneigten Schrift, mit kursiven Buchstaben, so mikroskopisch klein, dass er sie mit Hilfe des Vergrößerungsglases des Briefbeschwerers zu Papier gebracht haben musste, wies er den Geschäftsführer lediglich an, ihm das Buch nicht zuzuschicken, sollte er, der Geschäftsführer, ein Belegexemplar bekommen; er wies ihn ferner an, kein Exemplar zu kaufen, sollte ein Belegexemplar nicht zur Verfügung stehen. Der Brief endete – ohne jede Schlussfloskel – mit Debierues Unterschrift, bei der die winzigen Kleinbuchstaben vom ersten ›e‹ bis zum letzten ›e‹ des Namens allesamt vom ›D‹ umschlossen waren.

Debierue hatte eine einzigartige Unterschrift. Ich faltete den Brief zusammen und steckte ihn in die Brusttasche meines Overalls.

Im Anschluss inspizierte ich die unverschlossenen Schreibtischschubladen, fand aber nichts von Interesse, abgesehen von einem Album mit Zeitungsausschnitten. Das Album aus grauer Pappe und mit einem Format von 25 mal 30 Zentimeter war nicht einmal halb voll, und die eingeklebten Ausschnitte datierten samt und sonders aus den letzten achtzehn Monaten. Die älteren Zeitungsausschnitte enthielten Berichte über den Brand, dem seine Villa zum Opfer gefallen war; es waren ähnlich lautende Artikel aus vielen verschiedenen Zeitungen. In den neueren Ausschnitten wurde er nur kurz erwähnt – so wie im Bericht über die Man-Ray-Ausstellung. In den übrigen Schubladen fand ich das, was man erwarten konnte: Büromaterial und Papier, Briefmarken, Klebstoff, Schnellhefter mit Schriftkram – allenfalls ungewöhnlich wegen der peinlichen Ordnung, die man in Schreibtischschubladen gemeinhin nicht erwartet.

Neben dem Schreibtisch stand ein Bücherregal aus imitiertem Walnussholz. Die beiden Fächer enthielten etwa dreißig Bücher, die meisten davon Taschenbücher: fünf *policiers,* französischsprachige Kriminalromane aus der Série Noire, drei von Simenon und zwei von Chester Himes, Pascals *Pensées, Von Caligari bis Hitler, Godard on Godard,* eine signierte Ausgabe von Samuel Becketts *Proust* sowie etliche Taschenbuchromane von französischen Autoren, deren Namen ich noch nie gehört hatte. Die gebundenen Bücher waren alle ziemlich abgegriffen. Dann waren da noch zwei Wörterbücher, Französisch-Englisch und Französisch-Deutsch, beide im Bibliotheksformat, eine zerfledderte Ausgabe von *Heidi* (in deutscher Sprache), eine zweibändige Ausgabe von Schopenhauers *Welt als Wille und Vorstellung* (ebenfalls in deutscher Sprache), *Les Fleurs du Mal* und ein signiertes Exemplar von August Hauptmanns *Debierue.* Ich widerstand der Versuchung, mir den signierten *Proust* von Beckett einzustecken, das einzige Buch in der kleinen Bibliothek, das mich reizte, und notierte mir stattdessen die Titel der Bücher.

Abgesehen von den Büchern stieß ich noch auf mehrere akkurate Stapel von Kunstzeitschriften, einschließlich *Fine Arts: The Americas* – alles aufgereiht an der Wand, chronologisch geordnet, die neuesten Nummern zuoberst. Ich überlegte kurz, ob ich die Magazine nach Zeichnungen durchblättern sollte, aber angesichts seines ausgeprägten Ordnungssinns erschien die Vorstellung, Debierue würde seine Skizzen in Kunstzeitschriften verstecken, absurd.

In der Mitte des Ateliers stand ein Arbeitstisch aus Ahorn (in Möbelkatalogen nennt man den Stil dieses Tisches ›Early American Harvest‹), und auf diesem Tisch standen beziehungsweise lagen in geradezu pedantischer Anordnung ein Krug aus Terrakotta mit mehreren neuen Kamelhaarpinseln verschiedener Länge und Breite, vier Bündel mit Kohlestiften, mit Gummibändern zusammengehalten wie Reisigbündel, vier Literdosen Leinöl und vier Literdosen Terpentin, alle ungeöffnet, und eine lange Reihe von großen Tuben, Ölfarbe in fast allen Tönen und Schattierungen des Spektrums.

Insgesamt waren es an die hundert Tuben Ölfarbe und drei Tuben Zinkweiß. Keine einzige Tube war geöffnet oder eingedrückt. Auf dem Tisch befanden sich ferner eine quadratische Platte aus Klarglas von etwa 30 mal 30 Zentimetern, eine Palette aus gebeizter Eiche, ein Paar weiße Handschuhe (Größe 9 1/2), ein zwölf Zoll langes Messinglineal, ein Palettenmesser, eine ungeöffnete Schachtel Buntstifte und ein flacher Stapel sauberer weißer Lappen. Da waren noch mehr unbenutzte Malutensilien dieser Art; aber der niederschmetternde Eindruck, den dieser so säuberlich aufgeräumte Tisch machte, war der einer Auslage im Schaufenster eines Ladens für Künstlerbedarf.

Neben dem Tisch standen eine Staffelei in Lyrenform und ein hoher, weiß emaillierter Küchenhocker aus Stahlrohr. Auf der Staffelei war eine unberührte Leinwand in der Größe 24 mal 30 Zoll. Verwirrt und mit einem leichten Gefühl der Übelkeit setzte ich mich auf den Hocker, starrte auf die Leinwand und zündete mir eine Zigarette an. Ein einzelnes Silberfädchen, der Abseilfaden einer Spinne, schimmerte im grellen Licht der Leuchtstoffröhren, das den Raum durchflutete; es spannte sich von der rechten Ecke der Leinwand bis hinunter zum Fußboden. Von der Spinne, die diesen Weg genommen hatte, war nichts mehr zu sehen.

Ich war wie betäubt und außerstande, einen klaren Gedanken zu fassen.

Mir war weder zum Lachen noch zum Weinen zumute. Minutenlang war ich unfähig, zusammenhängend zu denken, bis die Zigarette mir die Finger verbrannte, und selbst in diesem Augenblick, so erinnere ich mich, starrte ich darauf, ein, zwei Sekunden, bevor ich sie auf den Boden warf.

Bis heute sehe ich Debierues aseptisch und verloren daliegendes Atelier so klar vor mir, als säße ich noch immer auf jenem harten Stahlrohr-Hocker. Ich hatte etwas erwartet, aber nicht nichts. Ich hatte fast alles erwartet, aber nicht nichts.

Darauf vorbereitet, etwas zu sehen, etwas zu verstehen, konnte mein Verstand meine Bereitschaft zur Wahrnehmung nicht ohne weiteres negieren und diesen Ansatz von Vorbereitung auf einen malerischen Akt, der sich ihm hier bot, einfach hinnehmen.

Dieses Nichts war nur bedingt nichts, ein Nichts von so abgrundtiefer Verzweiflung, dass ich mich keineswegs aus meiner Verantwortung gegenüber der Ästhetik stehlen konnte – ein hoffnungsloses Nichts, ein Nicht-Nichts – und zugleich hatte ich hier den Beweis für absolute Hingabe an künstlerischen Ausdruck vor Augen, einen Beweis, der in seinen Folgen so unumstößlich weitreichend war, dass mein Verstand – zumindest anfänglich – sich weigerte, diesen Beweis anzuerkennen.

Ich musste dem auf den Grund gehen.

Die synekdochische Beziehung zwischen Raum und Person war nicht zu leugnen. Ein Maler hat ein Atelier: Debierue hatte ein Atelier: Debierue war ein Maler.

Hier durchlebte Debierue tagein, tagaus, zu allem entschlossen, die fruchtlose Phase der Vorbereitung auf ein Bild, das er nie malen würde, wartete auf ästhetische Abenteuer, die er nie würde bestehen müssen. Warten, das unglaublich geduldige Warten darauf, dass eine Vorstellung Gestalt annehmen würde, eine einzige Vorstellung, die sich auf die präparierte Leinwand würde übertragen lassen – aber dazu kam es nie. Niemals.

Debierue behauptete, er arbeite vier Stunden täglich, was so viel bedeutete wie auf diesem Hocker sitzen, die leere Leinwand anstarren und auf eine Idee warten, von acht bis zwölf, jeden Tag, sieben Tage die Woche – jeden einzelnen Tag! Genau in diesem Augenblick wusste ich, allen veröffentlichten, dokumentierten, gegenteiligen Beweisen zum Trotz, dass er nicht bloß an einer so genannten Durststrecke litt, einer vorübergehenden Unfähigkeit zu malen, die mit seiner Ankunft in Florida begonnen hatte. Ohne jeden weiteren Nachweis (meine Augen waren Zeugen genug, zusammen mit der mir eigenen bewährten Intuition des Kritikers) wusste ich, dass Jacques Debierue noch nie eine plastische Idee gehabt, dass er in seinem ganzen Leben noch kein einziges Bild gemalt hatte!

Debierue war ein Sklave der Hoffnung. Er hatte sich nie mit seiner Unfähigkeit zu malen abfinden können, sondern unterwarf sich sklavisch dem Versuch zu malen und dem täglichen Scheitern. Nach jedem Tag des Scheiterns war er vernichtet, um am nächsten Tag wiedergeboren zu werden – und jeder Tag brachte eine neue Chance, eine neue Gelegenheit. Woher nur nahm er die Willenskraft, sich tagtäglich dem eigenen Tod zu stellen, sich tagtäglich der vergeblichen Hoffnung zu unterwerfen? Er hatte sein Leben dem Nichts gewidmet.

Selbst die primitivste Agnosie beim Menschen kann nicht vollständig im Negativen verharren – das hatte ich immer geglaubt. Formen und das Spektrum der Farben, die Geräusche, die ein Mensch mit dem Mund macht, tausende visuelle und akustische Reize bemächtigen sich unserer Sinne, Tag für Tag, von Augenblick zu Augenblick, wir nehmen sie wahr, bewusst oder unbewusst. Und all diese sinnlichen Wahrnehmungen – natürlich auch die des Tastsinns – verlangen nach künstlerischer Interpretation. In Kenntnis dieser einfachen, grundlegenden Wahrheit wusste ich auch, dass Debierue, ein intelligenter, empfindsamer Mensch, im Laufe unzähliger Jahre, die er vor einer leeren Leinwand zugebracht hatte, hunderte, nein buchstäblich tausende von Ideen für Bilder gehabt haben musste. Aber diese Ideen fanden keinen Ausdruck, blieben in seinem Kopf gefangen, ihre grafische Präsenz wurde ihnen vorenthalten, weil er es nicht wagte, seine Ideen freizusetzen. Er fürchtete sich davor, es darauf ankommen zu lassen, und er scheute das Risiko – ein sehr reales Risiko – zu scheitern. Seine Angst vor dem Scheitern hatte nichts damit zu tun, was andere von seinem Werk halten mochten. Er fürchtete sich davor, was er, Debierue, der Künstler, von seinem vollendeten Werk halten würde. In dem Augenblick, da ein Künstler sich ausdrückt und scheitert, in dem

Augenblick, da er sich durch eine Handlung einem Akt der Selbstdarstellung hingibt und erkennt, dass es ihm nicht gelingt, nicht gelingen kann und dass er niemals in der Lage sein wird, das auf die Leinwand zu bannen, was er so lebhaft vor seinem geistigen Auge sieht, in diesem Augenblick wird er unwiderruflich wissen, dass er als Künstler gestrandet ist.

Warum also sollte er malen? Ja, wie könnte er malen? Wie viele Male hatte Debierue sich wohl vorgebeugt, die Hand zaghaft nach der glänzenden Leinwand vor sich ausgestreckt, ein bröckelndes Stück Zeichenkohle in den zitternden Fingern? – und dabei das vollendete, gefirnisste, schimmernde Meisterstück an der Museumswand seines fiebernden Geistes leuchten sehen? – um im allerletzten Moment doch noch innezuhalten, die Spitze des Kohlestiftes nur wenige Millimeter von der jungfräulichen Leinwand entfernt?

»Neinneinnein! Noch nicht!«

Und die panische Nervenbotschaft raste – die Synapsen überspringend – den Bewegungsnerv seines ausgestreckten Arms hinunter, bis die zitternde Hand rechtzeitig, stets im allerletzten Augenblick, zurückzuckte. Und die jungfräuliche Leinwand, für einen weiteren Tag gerettet, blieb unberührt.

Wieder war ein Tag, wieder war ein Vormittag der nicht erprobten, nicht genutzten Fähigkeiten gemeistert, aber wie erheblich war das? Was spielte überhaupt noch eine Rolle, in der Mitte des Tages, jetzt, da er die Ausführung dieser kraftlosen Idee, die ihm heute gekommen war, zurückgestellt, hinausgezögert, aufgeschoben hatte, wenn sich doch morgen eine viel bessere Idee Bahn brechen würde? Solange er sich heute nicht bewies, dass er das Bild in seiner Vorstellung malen oder dass er es nicht malen konnte, so lange blieb auch ein süßer Trost. Und Hoffnung.

Das Vertrauen auf seine unerprobten Fertigkeiten bildete ein Kontinuum.

Warum nicht? Versuchte er es denn nicht? Doch. War er kein engagierter Künstler? Doch. Versäumte er es je, sich an seinen täglichen Arbeitsplan zu halten? Nie. Gab er sich nicht stetig Mühe? In hingebungsvoller, schmerzlicher, geistiger Konzentration? In der Qual des Schaffensprozesses? Ja, ja, und nochmals: Ja.

Und wer konnte es schon wissen? Wer? Vielleicht würde der Tag bald kommen, vielleicht schon morgen!? Der glorreiche Tag, wenn sich eine Idee Zutritt verschaffte, so machtvoll, so gewaltig in Ausmaß und Konzeption, dass er den farbgetränkten Pinsel nicht länger von der Leinwand würde zurückhalten können! Dann würde er endlich zuschlagen, und ein Meisterwerk würde erschaffen, geboren, entbunden – ein Bild, das fortan und für immer in den Herzen der Menschen leben würde!

Unser ganzes Leben hindurch schützen wir uns vor zahllosen schmerzhaften Wahrheiten, indem wir uns einen blinden Fleck bewahren – indem wir ignorieren, was am äußersten Rand unseres Gesichtsfeldes unsere Aufmerksamkeit zu erregen sucht, indem wir uns ein wenig kurzsichtig stellen und einen Tick zu schnell die einfachsten Antworten akzeptieren, indem wir das helle Licht, das ständig auf uns herabstrahlt, nur blinzelnd wahrnehmen. Emerson hat einmal geschrieben, dass selbst ein Leichnam schön sein kann, wenn nur genügend Licht darauf fällt.

Aber das ist alles Scheiße.

Zu viel Licht bedeutet unerträgliche Wahrheit, und ein Zuviel vom Licht der Erkenntnis zerstört die Augen des Menschen und stürzt ihn in heillose Blindheit. Der Blinde aber riecht nur die Scheiße seines eigenen Lebens und die Geräusche in seinen Ohren sind nichts als kakophone Entstellungen. Ohne das Sehen, ohne Visionen ist die schreckliche Schönheit des Lebens unwiderruflich dahin. Dahin!

Und als ich an Debierues verloren gegangene Visionen dachte, die niemals auf der Leinwand erscheinen und mein Auge erfreuen würden, rannen mir heiße Tränen über die Wangen.

3.

Teil

1

Wenn etwas erkennbar wäre,
wäre es nicht mitteilbar.

Ich nahm mir Zeit. Was zu tun war, musste richtig getan werden oder gar nicht. Zwar sorgte ich mich unvermindert um Berenice, die ängstlich am Rande des Highways auf mich wartete, doch ich steckte bereits mittendrin in der Sache, und in sofern wäre es fahrlässig gewesen, etwas zu überstürzen. Ich hätte riskiert, Wichtiges zu übersehen.

Zuerst suchte ich in der Küche nach Bindfaden und Packpapier, fand aber nichts. Da waren alte Zeitungen, aber eine Leinwand einzuwickeln und das Ganze anschließend nicht zu verschnüren, das hätte nicht funktioniert. Unter der Spüle stieß ich auf mehrere große Einkaufstüten aus braunem Papier; eine davon nahm ich mit ins Atelier, um das Material, das ich brauchen würde, darin zu verstauen. Ich zog ein sauberes Laken aus dem Wäscheschrank in der Diele und schlug eine der neuen Leinwände aus dem Plastikregal darin ein. Dann füllte ich die braune Tüte: eine Dose Terpentin, eine Dose Leinöl, einige Kamelhaarpinsel und ein halbes Dutzend Tuben Ölfarben. Aus Kadmiumrot, Chromgelb, Preußichblau und Zinkweiß, so wusste ich, kann man Farben nahezu aller Schattierungen mischen (so viel hatte ich in meinem ersten Kurs in Ölmalerei immerhin gelernt; das Mischen der Grundfarben gehörte zu dem Wenigen, was uns der tyrannische Lehrer beigebracht hatte). Ich nahm noch eine Tube gebranntes Siena und eine Tube Rußschwarz, weil diese Farben zum Abmischen von Hauttönen nützlich waren – sollte ich mich entscheiden, Personen in dem Bild unterzubringen. (Eine kompositorische Idee gab es zu diesem Zeitpunkt noch nicht, nur vage Vorstellungen, die wie vielfarbige Wolken vor meinem inneren Auge schwebten.) Das Palettenmesser war ebenfalls von

Nutzen, also steckte ich es in die Tüte. Anders die teure Palette – sie war recht außergewöhnlich und konnte identifiziert werden; sollte man mich erwischen, dann bitte nicht mit der Palette in meinem Besitz.

Das Material hätte ich natürlich überall kaufen können, einschließlich der präparierten Leinwand, aber ich brauchte Debierues Material für den Fall, dass die Authentizität des Bildes je in Frage gestellt wurde. Da Mr. Cassidy alles für Debierue bezahlt hatte, dürfte er detaillierte Rechnungen über diese Artikel haben. Rex Art verfügte mit Sicherheit ebenfalls über Unterlagen. Meine Gedanken überschlugen sich, aber mein Kopf war klar genug, um zu begreifen, wie eingehend man das Gemälde begutachten würde, sollte es jemals gemalt und ausgestellt werden.

Ich verstaute die Leinwand, die Tüte mit den Malutensilien, den Hammer und das Montiereisen im Kofferraum meines Wagens und kehrte noch einmal ins Atelier zurück.

Das Feuer bereitete mir Probleme. Terpentin ist zwar leicht entflammbar, sogar feuergefährlich, dennoch hatte ich Mühe, es zu entzünden und erst recht, es am Brennen zu halten. Am Ende musste ich die Überreste des *Miami Herald* zu Hilfe nehmen, jede einzelne Seite zu einer Kugel zerknüllen und teilweise mit dem Terpentin tränken, ehe ich unter dem Early-American-Harvest-Tisch ein loderndes Feuer entfachen konnte.

Aber einmal entfacht, brannte das Feuer ganz wunderbar. Den Inhalt der letzten Dose Terpentin verteilte ich größtenteils über der Tür, den Rest ließ ich in die Flammen unter dem Tisch tröpfeln. Anschließend warf ich die Leinwände ins Feuer und machte mich dann aus dem Staub. Da das Feuer Sauerstoff benötigte, ließ ich die Ateliertür und die Haustür offen. Ob das Haus niederbrannte oder nicht, darauf kam es nicht an. Wichtig war ein völlig ausgebranntes, verkohltes Atelier. Es sollten keinerlei Hinweise auf mögliche Gemälde zurückbleiben, und zum Glück brannten die mit einer Schicht Bleiweiß präparierten Leinwände wie Zunder.

Zufrieden schaltete ich das Licht in Küche und Wohnzimmer aus und ging zu meinem Wagen. Als ich an besagter Stelle auf dem Highway hielt, war Berenice verschwunden. Ich rief zweimal ihren Namen, und für einen Augenblick geriet ich in Panik. War sie per Anhalter zurück nach Palm Beach gefahren? Wenn sie den Daumen rausstreckte, würde jeder Lastwagenfahrer, der sie sah, sofort anhalten. Ich beruhigte mich erst wieder, als ich mich in sie hineinversetzte, und so bog ich links ab, Richtung Kino, und nicht rechts, Richtung Palm Beach, und gabelte sie auf dem Kiesweg der Einfahrt auf, in der Nähe der gut beleuchteten Überdachung am Eingang.

»Was hast du so lange gemacht?« Es lag kein Vorwurf in ihrer Stimme. Berenice war mächtig erleichtert, mich zu sehen, und heilfroh, wieder im Wagen zu sitzen. »Ich dachte schon, du kommst überhaupt nicht mehr zurück.«

»Tut mir Leid. Es hat sich länger hingezogen, als geplant.«

»Und hast du ein Bild gestoh... genommen?«

»Ja.«

»Und wie waren sie – die Bilder?«

»Ich fahre jetzt auf den U.S. 1. Auf der 7 sind mir zu viele Lastwagen.«

»Was glaubst du, wie lange wird es dauern, bis er das Bild vermisst?«

»Ich muss nach New York, Berenice. Heute Abend noch. Sobald wir zurück sind, werde ich packen – du hast ja praktisch noch nicht ausgepackt –, und dann setzte ich dich am Flughafen ab. Wenn du willst, kannst du auch noch ein paar Tage hierbleiben. Die Miete ist bis Ende des Monats bezahlt. Also ...«

»Wenn du nach New York fährst, fahre ich auch.«

»Wie das denn? Du hast doch deinen Vertrag mit der Schule und musst wieder arbeiten, oder? Außerdem habe ich viel zu tun und keine Zeit für dich. Als Erstes muss ich den Artikel über Debierue schreiben, und der Termin ist verdammt knapp. Dann muss ich mir eine Bleibe suchen. Der Typ, der meine Bude gemietet hat, kann noch einen Monat beanspruchen, verstehst du. Ich bin so gut wie pleite, ich werde mir Geld borgen müssen –«

»Geld ist kein Problem, James. Ich habe fast fünfhundert Dollar in Reiseschecks und mehr als fünftausend auf dem Sparbuch. Ich komme mit nach New York.«

»Okay«, sagte ich resigniert. »Aber dann musst du mich beim Fahren unterstützen.«

»Vorsicht!«, kreischte sie. »Bei dem Wagen da ist nur ein Scheinwerfer an!«

»So war das nicht gemeint. Ich meine, du sollst mich am Steuer ablösen, damit wir schneller da sind.«

»Ich weiß, was du meinst. Aber du hättest den Wagen auch für ein Motorrad halten können. Wir können uns alle zwei Stunden abwechseln.«

»Nein. Wir wechseln, wenn ich müde bin.«

»Okay. Und wie kommst du an deine zwanzig Dollar?«

»Welche zwanzig Dollar?«

»Die Vorauszahlung an die Stromgesellschaft. Wenn wir heute Abend abreisen, kannst du den Strom nicht mehr abstellen lassen und deine zwanzig Dollar kriegst du auch nicht.«

»Jesus noch mal, keine Ahnung. Die Vermieterin kann das regeln und mir das Geld später schicken. Die ziehen doch sowieso das ab, was ich verbraucht habe. Bitte, Berenice, ich versuche nachzudenken. Mir geht so viel durch den Kopf, da interessiert mich der Haushaltsscheiß herzlich wenig und außerdem treiben mich deine verdammten Gedankensprünge auf die Palme.«

»Tut mir Leid.«

»Mir auch. Es tut uns beiden Leid, aber jetzt halt den Mund.«

»Ja. Ich werde nichts mehr sagen.«

»Genau! Ich bitte darum!«

Berenice schluckte, schloss ihren üppigen Mund und schmollte. Sie blickte stur geradeaus durch die Windschutzscheibe und drehte ihre Handschuhe im Schoß. Ich hatte sie angebrüllt, aber mich in meiner Erregung irgendwie hinreißen lassen, sie mit nach New York zu nehmen. Doch das war das Letzte, was ich wollte. Es würde zwei oder drei Tage dauern, den Artikel über Debierue zu schreiben – und dann war da noch das Bild für Mr. Cassidy. Damit konnte ich niemand anderen beauftragen, obwohl ich in New York ein Dutzend Maler kannte, die mir alles auf die Leinwand gebracht hätten, wonach ich verlangt hätte – und das Resultat wäre stets eine professionelle Arbeit gewesen.

Aber ich konnte niemandem vertrauen. Das musste ich selbst erledigen und es musste in Debierues amerikanische Periode passen. In diesem Augenblick hatte ich den Titel für meinen Aufsatz: *Debierue – Die Periode seiner amerikanischen Ernte*. Das war um vieles besser als der Titel zuvor. *Amerikanische Ernte* – da hatte mich wohl der Landhaustisch in seinem Atelier inspiriert – würde meiner Phantasie auf die Sprünge helfen, assoziative Ideen zu entwickeln.

Blieben nur noch Berenice und das Problem, was ich mit ihr anfangen sollte – aber war es nicht besser, sie bei mir zu haben, anstatt sie laufen zu lassen, damit sie dann aus deiner Zeitung oder aus den Nachrichten von dem Brand erfuhr? Wie schnell würde die Neuigkeit wohl an die Öffentlichkeit dringen? Würde Debierue Mr. Cassidy anrufen und ihm davon erzählen? Das hing vermutlich vom Ausmaß des Brandes ab, aber Cassidy wäre der Einzige, mit dem Debierue Kontakt aufnehmen könnte, und was den Anwalt betraf, konnte ich darauf vertrauen, dass er die richtige Entscheidung treffen werde. Vielleicht würde er die Presse informieren, vielleicht auch nicht. Aber zuerst würde er wissen wollen, ob es mir vor Ausbruch des Feuers gelungen sei, ein Bild für ihn zu entwenden. Selbst wenn Cassidy mich in Verdacht hätte, den Brand gelegt zu haben, sicher sein konnte er nicht, und es würde ihn einen Dreck kümmern, welche anderen Bilder im Feuer zerstört wurden, Hauptsache, er hatte sein Bild.

Mir blieben noch drei Stunden, vielleicht sogar vier, um Kontakt mit Cassidy aufzunehmen, bevor Debierue das Feuer entdecken und Cassidy anrufen würde.

Und Berenice? Am besten, sie blieb bei mir. Zumindest vorläufig. Waren wir erst einmal in New York, konnte ich sie für ein paar Tage in einem Hotel unterbringen, bis ich erledigt hatte, was zu tun war, und dann könnten wir uns auf irgendeinen Kompromiss einigen. Der beste Kompromiss – über die Einzelheiten konnte ich mir später Gedanken machen – bestünde darin, dass sie nach Duluth zurückkehrte und bis zu den Sommerferien an ihrer Schule unterrichtete. Auf diese Weise könnten wir herausfinden, was wir tatsächlich füreinander empfanden – mit einer gewissen Distanz und ohne dass die Leidenschaft dazwischenfunkte –, und sollten wir beide fühlen, dass wir einander liebten, dass unsere Affäre auf mehr basierte als auf körperlicher Anziehungskraft, nun, dann könnte man sich auf eine Form des Zusammenseins einigen, wenn wir uns während der Sommerferien in New York oder anderswo träfen.

Das war ein Vorschlag, den ich ihr schmackhaft machen könnte, doch bis ich dazu kam, sollte sie von mir aus bei mir bleiben. Es hätte einer stundenlangen Auseinandersetzung bedurft, um sie loszuwerden, und ich konnte meine Zeit nicht auf Streitigkeiten verwenden, wenn ich doch meinen ganzen Verstand zusammennehmen musste, um mich auf das Eine zu konzentrieren: auf Debierue, seine Malerei in der *Periode seiner amerikanischen Ernte* und auf das, was ich darüber schreiben wollte.

Ich fuhr über die Lake Worth Bridge zur A1A, um vom Südende der Insel nach Palm Beach zu kommen. Berenice rutschte plötzlich unruhig auf ihrem Sitz hin und her.

»Weißt du, dass wir inzwischen seit mehr als einer Viertelstunde unterwegs sind und du noch kein einziges Wort gesagt hast?«

»Dreh dein Fenster einen Spaltbreit herunter, Schatz«, sagte ich, »dann kriegen wir ein bisschen frische Luft.«

»Oh!« Sie kurbelte ihr Fenster ein wenig herunter. »Du bist der grässlichste Mann, den ich in meinem ganzen Leben kennen gelernt habe, und das würde ich dir auch sagen, wenn ich dich nicht so lieben würde!«

Da wir die Sachen im Kühlschrank und die Konserven und anderen Lebensmittel auf den Regalen zurückließen, dauerte das Packen nicht lange. Meine saubere Wäsche legte ich in den kleinen Koffer, die schmutzige Kleidung, die den größten Teil meiner Habe ausmachte, stopfte ich zu meinen Anzügen, Hosen und Jacketts in den großen Koffer. Während Berenice sich umsah, ob wir auch nichts vergessen hatten, schleppte ich mein Gepäck und die Schreibmaschine zum Wagen und verstaute alles auf dem Rücksitz.

Bevor ich Berenice' Gepäck holte, klingelte ich bei der Vermieterin, gab ihr die Quittung über die zwanzig Dollar Anzahlung, die ich bei der Stromgesellschaft geleistet hatte, und sagte ihr, sie solle mit dem Rest des Geldes jemanden für die Reinigung des Apartments anheuern. Als sie sich beschwerte, dass diese geringe Summe nicht ausreiche, um eine Putzfrau zu bezahlen, erklärte ich, sie müsse mir die Miete, die ich im Voraus bezahlt hatte, nicht zurückerstatten, sondern solle sie für die Reinigung verwenden. Daraufhin meinte sie: »Hoffentlich haben Sie eine angenehme Heimreise nach New York, Mr. Figueras. Vielleicht schicken Sie mir mal 'ne Karte aus Spanish Harlem.«

Sie war ein richtiger Drachen, doch ich tat ihre Abschiedsworte mit einem Achselzucken ab und ging ins Apartment, um Berenice samt Gepäck zu holen.

Bei der Filiale der Western Union in Riviera Beach machte ich Halt, um zwei Telegramme abzuschicken. Das Erste war an meinen Redakteur in New York gerichtet – eine leichte Übung:

HALTET MIR PLATZ FREI 5000 WOERTER FUER ARTIKEL UEBER DEBIERUE BIN UNTERWEGS NACH NY

FIGUERAS

Dieses Telegramm brächte Tom Russell in Rage, aber er würde mir den Platz freihalten oder etwas anderes aus dem fertigen Satz werfen, wenn er dafür einen Beitrag über Debierue bekäme. Die Tatsache, dass ich einen Artikel über den alten Maler geschrieben hatte, träfe Tom völlig unvorbereitet und er würde sich fragen, ob er mir glauben solle oder nicht; andererseits würde er es nicht wagen, mir nicht zu glauben. Ich gab der Telegrafistin sowohl seine Privatadresse auf Long Island als auch die New Yorker Anschrift des Magazins und bat mir aus, dass man die Nachricht telefonisch durchgebe, bevor das Telegramm zugestellt werde. Das Mädchen versicherte mir, dass er die Nachricht noch vor Mitternacht erhalten werde; damit konnte ich sicher sein, dass Tom eine schlaflose Nacht hatte. Nun, die hatte ich auch.

Das Telegramm an Joseph Cassidy, der in seinem Royal Palm Towers um diese Tageszeit nur zwanzig Autominuten von mir entfernt war, stellte eine größere Herausforderung dar. Die ersten drei Entwürfe warf ich weg. Schließlich schickte ich das Folgende als Nachtbrief, der frühestens um acht Uhr früh zugestellt würde:

NOTFALL STOPP MUSS DRINGEND INS REDAKTIONSBUERO NACH NY STOPP WERDE VON DORT SCHREIBEN UND BILD SCHICKEN STOPP

FIGUERAS

Diese Formulierung war doppeldeutig, aber das lag in meiner Absicht. Er könnte den Worten nicht mit Sicherheit entnehmen, ob ich die Absicht hatte, ihm zu schreiben und ihn über den so genannten Notfall aufzuklären, oder ob ich beabsichtigte, ihm Debierues Bild aus New York zuzuschicken. Zumindest würde ein solches Telegramm ihm Zurückhaltung gegenüber der Presse auferlegen, was seine Äußerungen über Debierue und den Brand betraf, denn dass er etwas verlautbaren musste, war mir klar. Da Debierue wusste, dass er für den Brand nicht verantwortlich war (wobei meine Verantwortung ihm weniger klar sein dürfte), würde er auf jeden Fall mit Cassidy Kontakt aufnehmen. Falls er den Verdacht hegte, irgendwelche Vandalen hätten den Brand gelegt, hätte er wahrscheinlich Angst, länger an diesem einsamen Ort zu wohnen, auch wenn der Rest des Hauses womöglich nur leicht beschädigt war.

Berenice, glücklich darüber, dass sie ihren Kopf durchgesetzt hatte und mit nach New York kam, blieb im Wagen sitzen, als ich die Telegramme aufgab. Auf unserer Fahrt summte oder sang sie Teile aus Songs von Rodgers & Hart, doch darüber hinaus beschränkte sich ihre Konversation auf den gelegentlichen Hinweis, ich solle das Abblendlicht oder das Fernlicht einschalten. Da ich völlig mit der Frage beschäftigt war, was ich schreiben und wie ich es schreiben würde, brauchte ich diese Hinweise, vor allem während der ermüdenden Fahrt auf dem schnurgeraden Sunshine Parkway.

Was die Raststätten entlang des Parkways betraf, sah eine aus wie die andere, jeweils eine Tankstelle an der Ein- und Ausfahrt, dazwischen, wie bei einem Sandwich, ein Dobbs-House-Restaurant; zudem waren sie unregelmäßig verteilt, so dass man nicht generell an jeder Zweiten Rast machen konnte (manchmal lagen nur achtundzwanzig, dann aber wieder sechzig Meilen zwischen der einen und der anderen Raststätte). Folglich musste jedes Mal – in der Regel zugunsten eines Stopps – eine Entscheidung getroffen werden. Berenice ging immer zweimal zum Klo: einmal, wenn wir angekommen waren, und dann noch einmal, nachdem wir eine Tasse Kaffee getrunken hatten.

Ich sagte nichts zu diesen Verzögerungen (als Mann hätte ich überall am Highway anhalten können, aber einer Lehrerin aus dem Mittelwesten etwas Derartiges vorzuschlagen, wäre Wahnsinn gewesen), außerdem erwiesen sich diese Pausen bald als nützlich.

Wenn ich bei einer Tasse Kaffee, mein Notizbuch vor mir, am Tresen saß, konnte ich Ordnung in meine vagabundierenden Gedanken über Debierue und seine Bilder aus der Periode seiner amerikanischen Ernte bringen, konnte bei jedem Stopp meine Einfälle zu Papier bringen, behielt die klugen, verabschiedete mich von den weniger klugen und allmählich wuchs das komplizierte, aber in sich stimmige Gefüge meines Artikels.

Zwischen den Raststätten Fort Pierce und Yeehaw Junction durfte Berenice fahren. Doch ich stellte fest, dass ich am Steuer besser nachdenken konnte, und mit dem Versprechen, sie könne den ganzen Vormittag lang fahren, wenn ich schliefe, überredete ich sie, die Plätze zu tauschen, den Kopf lieber an meine Schulter zu legen und zu schlafen. Gegen Morgen wurde es frisch, und als Berenice gegen neun auf die breite Durchgangsstraße fuhr, die in das Zentrum von Valdosta führte, dämmerte es mir, dass wir die Fahrt unterbrechen mussten.

Wenn ich den Artikel über Debierue nicht jetzt schriebe, solange meine Ideen noch frisch waren, würde er auf der langen Strecke nach New York in meinem Kopf noch einhundert Metamorphosen erfahren. Bis dahin aber wäre ich hundemüde, konfus und außerstande, irgendetwas zu Papier zu bringen. Es gab ein paar Querverweise – Daten, Namen und so weiter –, die in New York zu prüfen waren, aber den Aufsatz konnte ich jetzt schon schreiben und die entsprechenden Stellen freilassen. Abgesehen davon würde Tom Russell das Ding lesen wollen, sobald ich in der Stadt war. Und ich musste noch ein Bild malen, bevor ich den Artikel schrieb. Stünde es erst einmal vor mir (wie immer es aussehen mochte), wäre es eine Kleinigkeit, das Gemälde zu beschreiben; die so genannten anderen Ernte-Bilder könnte ich dann irgendwie daraus entwickeln.

»Berenice«, sagte ich, »wir machen hier in Valdosta eine längere Pause. Wir gehen nicht in ein Motel, sondern in ein richtiges Hotel in Downtown, falls es hier so was gibt. In einem Hotel haben wir

Zimmerservice, und wir können zwei Zimmer mieten, eins für dich und –«

»Wieso zwei Zimmer? Warum kann ich nicht –?«

»Ich weiß, du meinst es gut, mein Schatz, und du bist auch verdammt leise, wenn ich arbeite; aber du weißt auch, wie's mir auf die Nerven geht, wenn du auf Zehenspitzen umherschleichst, während ich versuche zu schreiben. Wenn ich arbeite, habe ich keine Zeit, mich mit dir zu beschäftigen, und wenn ich erst mal loslege, arbeite ich so lange, bis ich zumindest einen anständigen Rohentwurf zu Papier gebracht habe. Schlaf dich aus, nimm ein schönes Bad – in Motels gibt's nur Duschen, weißt du –, und heute Nachmittag könntest du ins Kino gehen. Und am Abend, wenn ich einigermaßen vorangekommen bin, gehen wir essen.«

»Solltest du nicht zuerst ein paar Stunden schlafen? Ich bin ab und zu mal eingenickt, aber du hast kein Auge zugetan.«

»Ich nehme zwei Benzedrin. Ich fürchte, wenn ich schlafe, sind anschließend meine ganzen Einfälle weg.«

Ausnahmsweise zeigte sich Berenice vernünftigen Argumenten gegenüber aufgeschlossen. In der Innenstadt hielten wir vor dem ziemlich lädierten Schutzdach am Eingang eines sechsstöckigen Backsteinbaus, eines Hotels namens Valdosta Arms. Ich fragte den steinalten schwarzen Portier, ob das Hotel eine Garage habe.

»Ja, Sir«, antwortete er. »Wenn Sie einchecken wollen, fahren Sie um die Ecke, da ist die Tiefgarage. Ich schick Ihnen einen Hoteldiener runter, der Ihnen mit dem Gepäck hilft.«

Ich beugte mich weit über Berenice und reichte dem Alten zwei Vierteldollar.

»Wenn Sie hier aussteigen wollen, bring ich Ihnen den Wagen runter«, meinte er beflissen.

»Nein.« Ich schüttelte den Kopf. »Ich möchte immer wissen, wo mein Wagen steht.«

Er humpelte zum Haustelefon neben der gläsernen Drehtür, noch bevor Berenice den Gang eingelegt hatte.

Für mich war es wichtig zu wissen, wo der Wagen stand, weil ich umgehend Leinwand und Material holen wollte, wenn Berenice erst einmal in ihrem Zimmer war.

Der Hoteldiener wartete mit einem Gepäckkarren; wir folgten ihm zum Personallift und fuhren nach oben in die Lobby.

»Zwei Einzelzimmer, bitte«, sagte ich zu dem Mann an der Rezeption, einem gelangweilten Zeitgenossen mittleren Alters, dessen Augen nicht einmal Berenice zum Leuchten brachte.

»Haben Sie reserviert, Sir?«

»Nein.«

»Okay. Ich kann Ihnen in der zweiten Etage zwei Zimmer mit einer Verbindungstür gebe, wenn Sie wollen.«

»Prima«, sagte Berenice.

»Nein.« Ich lächelte und schüttelte den Kopf. »Zwei getrennte Zimmer wären besser. Ich muss etwas auf der Maschine tippen, und wir sind die ganze Nacht gefahren, es könnte sie in ihrem Schlaf stören.«

»Dann 510 und 505.« Das müde Pokerface wandte sich Berenice zu. »Da trennt Sie nur der Flur, Miss.«

Ich unterschrieb die Anmeldung, und während Berenice ihre noch ausfüllte, ging ich hinüber zum Zeitungsstand und suchte im Ständer nach ihrer Lieblingsillustrierten. Als ich sie nicht fand, fragte ich die Frau hinter der Glastheke, ob die *Cosmopolitan* ausverkauft sei. Pikiert verzog sie die Lippen, langte unter die Theke und legte mir schweigend ein Heft auf die Glasplatte. Ich gab ihr einen Dollar, und sie betätigte die Registrierkasse (wer Illustrierte ›unterm Ladentisch‹ kauft, muss ein bisschen mehr bezahlen). Dann ging ich zum Aufzug, wo Berenice und der Hoteldiener warteten, und gemeinsam fuhren wir hinauf zu unseren Zimmern.

Nachdem ich dem Hoteldiener ein Trinkgeld gegeben und die Tür geschlossen hatte, zog ich zunächst meinen Overall aus. Den entrüsteten, wenn auch verstohlenen Blicken zufolge, die ich in der Lobby nicht nur von der Zeitungsfrau, sondern auch vom Hoteldiener und von zwei Männern in blauen Anzügen und schmalen Krawatten geerntet hatte (der Mann an der Rezeption hätte sich wohl nicht einmal überrascht gezeigt, wenn ich in Unterhosen vor ihm gestanden hätte), waren Herren in Overalls im Zentrum von Valdosta nicht gelitten. Und ich wollte nicht, dass die Leute mich anstarrten, wenn ich in die Garage hinunterging, um meine Malutensilien zu holen. Ich zog eine graue Hose und ein weißes Seidenhemd an, dazu eine Krawatte aus weißem Brokat und ein limonenfarbenes Sportsakko – die einzigen nicht zerknitterten Sachen, die ich noch hatte.

Ich fuhr mit dem Personallift in die Garage und wieder hinauf und war in weniger als fünf Minuten zurück in meinem Zimmer. Es war heiß und stickig im Raum und so zog mich bis auf die Unterhose aus, drehte den Regler der Klimaanlage auf ›kalt‹, nahm die Leinwand und stellte sie auf einen Stuhl mit gerader, hoher Rückenlehne. Auf dem Couchtisch stand ein flacher, großer Aschenbecher aus grüner Keramik. Genau das Richtige, um die Leinwand zu stabilisieren, damit sie nicht umkippte, darüber hinaus konnte er mir als improvisierte Palette dienen. Ich nahm die Farbtuben, quetschte jeweils einen Klecks Rot, Gelb, Blau und Weiß in den Aschenbecher, öffnete die Terpentin- und Leinöldosen, legte die Pinsel in einer Reihe auf den Couchtisch und starrte auf die Leinwand. Nach einer Viertelstunde holte ich mir den zweiten Stuhl mit gerader Rückenlehne, der hinter dem Schreibtisch stand, setzte mich darauf und starrte wieder auf die leere Leinwand.

Nach zwanzig Minuten unausgesetzten Starrens auf die weiße Fläche begann ich zu frösteln. Ich stellte den Umkehrregler der Klimaanlage auf ›heiß‹ und hatte nach einer Viertelstunde das Gefühl, ich würde geröstet. Schweißperlen bedeckten meine Stirn und der Schweiß aus meinen nassen Achselhöhlen lief in feuchtkalten Strömen an meinen Seiten hinunter. Ich stellte die Klimaanlage ab und versuchte, das Fenster zu öffnen. Die riesige Klimaanlage beanspruchte die untere Hälfte des Fensters, die obere Hälfte war zugenagelt. Doch an der Decke hing ein Ventilator und der Schalter funktionierte noch. Die etwa sechzig Zentimeter langen Flügel des Ventilators begannen, sich zitternd-träge unterhalb der hohen Decke zu bewegen. Im Zimmer war es immer noch stickig, also schloss ich die Tür auf und hielt sie mit Hilfe ihrer etwas altertümlichen Vorrichtung aus Messinghaken und -öse angelehnt, so dass sie etwa eine Handbreit offen stand. Vom Flur aus konnte man nicht ins Zimmer sehen, aber durch den Luftzug, der hereinkam und der von dem sich langsam drehenden und keinesfalls unangenehm knarrenden Deckenventilator sanft gefächelt wurde, war es binnen zehn Minuten angenehm im Zimmer.

Eine Stunde später fühlte ich mich immer noch wohl. Ich hatte drei Kool geraucht, starrte die jungfräuliche Leinwand an und begriff endlich, dass ich nicht in der Lage war, einen *Debierue* zu malen. Selbst wenn ich täglich vier volle Stunden hier säße …

2

Mit hellwachen Augen starrte ich auf die leere, glänzende Leinwand, und mein kräftiges Herz, vom dämpfenden Überschwang zweier nichtsnutziger Benzedrin leicht, wenn auch nicht hörbar beschleunigt, pumpte williges Blut in meine noch willigeren Finger. Zwei vergeudete Stunden lang hatte ich die bittere Lektion unserer Tage schlicht vergessen. In diesem, unserem Zeitalter der Spezialisierung, wo wir allenfalls einen Hugh Hefner oder – abwegiger noch – den jungen Marlon Brando als *unseren* ›Renaissance-Menschen‹ vorweisen können, hatte ich mein Problem mit dem Arsch zuerst in Angriff genommen.

Als Autor unterwarf ich mich freiwillig einer Beschränkung, ich beschränkte mich auf zeitgenössische Kunst – indem ich über sie schrieb, nicht indem ich sie selbst produzierte. Natürlich konnte ich ganz passabel den Pinsel schwingen. In Atelierkursen am College hatte ich die Technik des Malens erlernt, bevor ich meiner höheren Berufung gefolgt war – so wie ein Mann, der als Brigadegeneral ein Geschwader befehligt, zuerst einmal lernen muss, wie man ein Flugzeug steuert. Als General muss er kein Ausnahmepilot sein, um ein Geschwader zu befehligen, aber er bekleidet diese Position auch deshalb, weil er als ehemaliger oder jetzt nur noch zeitweise eingesetzter Pilot die tagtäglichen Probleme der ihm unterstellten Flieger kennt. Allerdings funktioniert dieses System nicht sonderlich gut, weil der Mann einen Düsenjäger fliegen will und seine gesamte Karriere darauf ausgerichtet hat, also am Beginn seiner aktiven Fliegerlaufbahn wohl kaum im Hinterkopf hatte, irgendwann an einem Schreibtisch zu enden, mit nur noch sporadischen Einsätzen. Aus einem Piloten, der »heiß« ist aufs Fliegen, wird kein Schreibtischhengst in Generalsuniform, denn die Hingabe an Verwaltungsarbeit, an

Schriftverkehr, der Wille zur Durchsetzung von Befehlen passen nicht in die Persönlichkeitsstruktur eines passionierten Piloten.

Ich hatte gelernt, wie man malt, um die Probleme zu begreifen, denen sich ein Maler gegenübersieht, und am College hatte ich unterrichtet, um als Kunsthistoriker überleben zu können. Doch tief im Innern war es immer mein Wunsch gewesen, Kunstkritiker zu werden. Und obwohl die zeitgenössische Kunst meine große Leidenschaft war, hatte ich während meines einjährigen Aufenthalts in Europa meine Runde durch den Louvre, durch Florenz und Rom gemacht, war pflichtbewusst durch alte Galerien gewandert, mit zusammengebissenen Zähnen, weil ich wusste, ohne Studium der Kunst der Vergangenheit gab es kein Verständnis für die Kunst der Gegenwart.

Ich war ein Autor, kein Maler, und ein Autor gewinnt seine Ideen aus einem leeren Blatt Papier, nicht aus einem leeren Stück Leinwand. Ich schob meinen Stuhl an den Schreibtisch, setzte mich an die Schreibmaschine und fing sofort an zu tippen.

Der Prozess läuft wie folgt ab: Der zeitgenössische Maler nähert sich seiner Leinwand ohne eine Idee (in den meisten Fällen), spielt mit einem Kohlestift, experimentiert mit Linien und Formen, füllt hier etwas aus, setzt da eventuell den reibenden Daumen ein, um einer Form, die ihn zu interessieren beginnt, etwas mehr Tiefe zu verleihen – und früher oder später *sieht* er etwas. Das Bild entwickelt sich zu einer Komposition und er vervollständigt es. Sein Unterbewusstsein nimmt die Zügel in die Hand, und das Ergebnis ist am Ende gut oder – wie beim Schreiben – in den meisten Fällen schlecht. Selbst wenn der Maler mit einer Idee beginnt, hat er erst einmal angefangen, führt auch hier sein Unterbewusstsein ihm die Hand. Diese Theorie gilt im Wesentlichen auch für den Autor. Wer malt oder schreibt, ob bewusst oder durch sein Unterbewusstsein gelenkt, beginnt zumeist mit wenigen relevanten mentalen Stichpunkten.

Kaum saß ich an meiner Schreibmaschine, nahm der Artikel auch schon Form an. Eine Idee führte flugs zur nächsten. Es war eine erfüllende Aufgabe, denn es war moralisch richtig, diesen Artikel zu schreiben. Meine Ehre stand genauso auf dem Spiel wie die Debierues. So leicht mir das Schreiben in gewisser Hinsicht auch fiel, auf Grund seiner fiktiven Elemente war der Artikel der schwierigste, den ich je verfasst hatte.

Meine Kreativität machte schlapp, als es darum ging, die Bilder zu beschreiben, die Debierue nicht vermocht hatte zu malen; aber als ich diese Blockade überwunden hatte, war es eine Kleinigkeit, die Gemälde zu interpretieren, die ich jetzt in allen Einzelheiten klar vor meinem geistigen Auge sah. Ich war nur zu gut mit Debierues Hintergrund vertraut, um die historischen Details seiner früheren Werke zusammenfassen zu können. Ebenso leicht fiel es mir, eine geraffte Wiedergabe unseres Gespräches zu formulieren, mit einigen Ausschmückungen hier und da, der Klarheit wegen, und mit einigen tiefsinnigen Bemerkungen des geneigten Lesers wegen. Vielleicht steckt ja in jedem Journalisten ein kleiner Prosaist.

Meine Phantasie reichte aus, um die Gemälde zu beschreiben, die ich gern gemalt hätte, besäße ich das Talent dazu; allerdings stieß ich auf konzeptuelle Schwierigkeiten, weil ich anfänglich glaubte, die Bilder beschreiben zu müssen, die Debierue hätte malen wollen. Aber da befand ich mich auf dem Holzweg. Ich konnte die Welt nun mal nicht mit Debierues Augen sehen. Und wenn mir seine geheimnisvolle Welt verschlossen blieb, konnte ich dieser Welt mit einem von mir beschriebenen Kunstwerk auch nicht zu ihrer Wahrnehmung verhelfen. Mein vorab gebildeter Begriff der amerikanischen Ernte für Debierues so genannte amerikanische Periode war das Korrelat, das ich brauchte, damit vor meinem geistigen Auge Gemälde entstanden, die ich anschließend beschreiben konnte. Ich begann mit Rot, Weiß und Blau – den Farben der ehrwürdigen französischen Trikolore und unserer eigenen amerikanischen Flagge. In der Vorstellung dieser drei Farben auf drei separaten Flächen begann ich, diese Flächen im Geiste neu zu arrangieren. Zuerst Seite an Seite, dicht nebeneinander, dann in größerem Abstand voneinander getrennt, anschließend sich überlappend oder horizontal, vertikal im Verhältnis zum Boden und schließlich im Raum verteilt, an drei verschiedenen Wänden. Aber ein Raum hat vier Wände. Eine vierte Farbfläche war vonnöten – nicht wegen der Symmetrie, auf die kommt es nicht an –, der Variation wegen, der räumlichen Ästhetik zuliebe. Florida. Sonne. Orange. Eine herbstliche Sonne für Debierues letzte Jahre. Gebranntes Orange. Aber keine Fläche, die in toto aus gebranntem Orange bestand. Das wäre ketzerisch, denn Debierue malte, schuf und entwickelte sich weiter, trotz seines hohen Alters. Also brauchte das noch unfertige Viereck in gebranntem Orange eine strahlende Einfassung in Blau, die die untergehende Sonne umgab und über die Ränder des Rechtecks floss. Das Blau des Rotkehlsängers? Himmelblau? Nein, weder Himmelblau noch das Blau eines Dufy, denn dazu hätte man kobaltblaue Ölfarbe nehmen müssen und Kobaltblau verblasst im Laufe der Jahre zu einem bläulichen Grau. Preußisch-blau, mit einem anmaßenden Hauch Zinkweiß, um es richtig kühn wirken zu lassen. Und schließlich hatte ich ja eine volle Tube Preußischblau im Hotelzimmer.

Und die Textur? Die fühlbare Oberflächenbeschaffenheit? Wenig, wenn überhaupt. Klare, ebenmäßige Farben. Vier Bilder im Format 24 mal 30 Zoll – mehr hatte Debierue nicht gemalt, seit er nach Florida gekommen war. Die Bilder dienten seiner persönlichen ästhetischen Befriedigung, waren sein Vergnügen in den Erntejahren seines Aufenthaltes in Amerika und standen gleichzeitig in Einklang mit seinen traditionell anerkannten Prinzipien des Nihilistischen Surrealismus.

Jeden Morgen um sechs, wenn Debierue aufstand, hängte er je nach Stimmung die rote, die blaue oder die weiße Fläche neben die stets den Mittelpunkt bildende Fläche aus gebranntem Orange mit blauem Rand – das Bild, das den Maler selbst darstellte, das ›Ich‹ des Malers. Für den Rest des Tages – sofern er sich nicht mit den Vorbereitungen zu einem neuen (dem Autor dieses Artikels nicht näher beschriebenen) Kunstwerk befasste – studierte und betrachtete er die beiden bilateralen Gemälde, die ihn an Amerikas multiple ›manifeste Bestimmungen‹ erinnerten, an die Komplexität des amerikanischen Lebens im Allgemeinen und an seine persönliche künstlerische Verpflichtung gegenüber der Neuen Welt.

Wachte er je in einer Stimmung auf, die beschwingt genug sei, um zwei oder vielleicht sogar drei Farbflächen neben das Orange zu hängen? »Nein«, antwortete er.

Ich hatte bis dahin achtzehn Seiten mit insgesamt 4347 Wörtern getippt. Jetzt, da mein Konzept feststand, hätte ich noch ein weiteres Dutzend Seiten mit interpretierendem Kommentar schreiben können, aber ich zwang mich dazu, mit dieser Negation zu schließen. War es dafür nicht allmählich Zeit? Muss denn am Ende eines jeden zeitgenössischen Kunstwerkes eine Affirmative stehen? Joyce mit seiner »Ja«-Koda im Ulysses, Beckett mit dem »Ich mache weiter« seiner Trilogie und diese tausendundein phallisch aufrechten Obelisken und Kirchtürme der Kunstgeschichte, die optimistisch und bejahend gen Himmel wiesen – einmal, nur einmal sollte da die Negation obsiegen.

Mein Schluss war kein glücklicher Zufall. Er war eine gültige, eine relevante Aussage zu Debierues Leben und seiner Kunst. Ich schob zwei Leerzeilen ein und schrieb mein »-30-« unter den Artikel.

Plötzlich spürte ich die Müdigkeit. Hals und Schultern taten weh, und ich hatte Rückenschmerzen. Ich sah auf die Uhr. Sechs. Mein Magen machte jämmerliche Geräusche. Von drei Pinkelpausen abgesehen, hatte ich fast sechs Stunden an einem Stück vor der Schreibmaschine verbracht. Ich stand auf, streckte mich und rieb mir den Nacken. Dann ging ich um den Couchtisch herum und schüttelte Hände und Finger über dem Kopf, um das taube Gefühl in meinen Armen loszuwerden.

Ich war todmüde, aber nicht schläfrig. Dass ich den Artikel in so kurzer Zeit fertig gestellt hatte, versetzte mich in Hochstimmung. Jedes Mosaiksteinchen hatte sich fein säuberlich an seinen Platz bewegen lassen, und ich wusste, dass es ein guter Text war. In meinem ganzen Leben hatte ich mich nicht besser gefühlt.

Mit einem Seufzer zog ich die Schutzhaube über die Hermes, stellte die Schreibmaschine aufs Bett und setzte mich wieder an den Schreibtisch, um den Artikel zu lesen und zu korrigieren. Ich berichtigte Tippfehler, entschied mich hier und da für einen anderen Ausdruck und fügte mit Bleistift zwischen zwei unvereinbaren Absätzen eine ungefähre Überleitung ein. Sie war nicht gut genug, und ich vermerkte am Rand, dass die Stelle überarbeitet werden müsse. Bei einem langen Schachtelsatz mit drei Semikola und zwei Doppelpunkten musste ich laut auflachen; hier hatten sich meine Gedanken nun wirklich überschlagen. Ich kürzte das Ganze auf vier klare und kurze Einzelsätze –

Das Telefon läutete – ein lautes, scheppserndes Klingeln, das einen stockbesoffenen Handelsvertreter aus dem Tiefschlaf gerissen hätte. Ich sprang buchstäblich von meinem Stuhl auf.

Berenice' Stimme klang rau. »Ich hab Hunger.«

»Wer hat das nicht?«

»Ich hab geschlafen.«

»Ich hab gearbeitet.«

»Ich bin schon seit einer halben Stunde wach, aber zu faul zum Aufstehen. Komm doch zu mir unter die Decke.«

»Herrgott, Berenice, ich habe den ganzen Tag geschuftet und bin höllisch müde.«

»Wenn du erst mal was gegessen hast, fühlst du dich gleich besser.«

»Also gut. Lass mir eine Stunde Zeit, dann komme ich rüber.«

»Soll ich uns ein Abendessen raufbringen lassen?«

»Nein. Ich möchte etwas Warmes essen, außerdem hab ich mir noch nie warmes Essen aufs Zimmer bringen lassen. Wir gehen runter ins Restaurant.«

»Ich werde mir noch die Nägel machen.«

»In einer Stunde also.« Ich legte auf.

Ich las und korrigierte das Manuskript zu Ende und schob es in einen braunen Umschlag, bevor ich es sorgfältig in meinem Koffer verstaute. Es blieben minimale Änderungen, die ich in New York vornehmen wollte, und lediglich zwei Seiten mussten zur Gänze umgeschrieben werden. Die Leinwand, der zur Palette umfunktionierte Aschenbecher und das übrige Material wanderten in den Schrank. Das Bild konnte ich nach dem Essen malen.

Die Wanne im Badezimmer war riesig – eine von der altmodischen Sorte, mit großen Klauenfüßen, die Metallkugeln umklammert hielten. Das Wasser war kochend heiß, und während die Wanne voll lief, rasierte ich mich. Natürlich war das Wasser am Ende zu heiß, also ließ ich so lange kaltes zulaufen, bis die Temperatur erträglich war. Ich stieg in die dampfende, mannsgroße Wanne, tauchte ein, bis nur noch mein Kopf aus dem Wasser ragte, und genoss die Wärme mit jeder Pore. Nach und nach verflüchtigten sich die Schmerzen in meinen Schultern und im Rücken. Zum Schluss duschte ich kalt, und als ich fertig angezogen war, fühlte ich mich, als hätte ich acht Stunden geschlafen. Ich rief in der Bar an, orderte zwei Gibsons für 510, Berenice' Zimmer, und studierte anschließend die Straßenkarten, die ich beim letzten Tankstopp an einer Standard-Oil-Tankstelle mitgenommen hatte.

Nach dem Essen würde ich das Bild in Angriff nehmen, und ich ging davon aus, dass ich nicht länger als ein bis höchstens anderhalb Stunden benötigte. Jetzt, da der Artikel fertig war, gab es keinen Grund mehr, hier im Hotel zu übernachten. Ich war nicht mehr müde, und wenn wir uns beim Fahren abwechselten, konnten wir es in gut dreißig Stunden nach New York schaffen. Die Vorderräder des alten Autos fingen an zu vibrieren, wenn ich es auf mehr als fünfundfünfzig Meilen pro Stunde bringen wollte, aber dreißig Stunden von Valdosta bis New York schienen mir eine halbwegs verlässliche Schätzung zu sein. Ich hatte vierzig Dollar in der

Brieftasche, dazu ein wenig Kleingeld. Das Limit meiner Standard-Oil-Kreditkarte würde locker für die Tankfüllungen reichen, also beschloss ich, mein Bargeld nicht anzurühren. Berenice hatte Reiseschecks, damit konnte sie das Hotel bezahlen. Durch den Türspalt hörte ich, wie der Zimmerkellner an die Tür von 510 klopfte. Ich wartete, bis Berenice die Getränkerechnung abgezeichnet hatte und der Kellner im Aufzug verschwunden war, ehe ich hinüberging und an ihre Tür klopfte.

Berenice trug einen dunkelblauen Hosenanzug mit zitronengelbem Fensterkaro, in dem sie gertenschlank wirkte. Die vier Knöpfe der zweireihigen Jacke waren aus echtem Lapislazuli und die ausgestellten Hosenbeine hatten an den Aufschlägen einen Durchmesser von ungefähr vierzig Zentimetern, so dass kaum mehr die Spitzen ihrer Keilabsatz-Schuhe zu sehen waren. Um ihren Hals schmiegte sich ein kupferfarbenes Seidentuch; die Farbe ihres Nagellacks nannte sich Chen Yu; es war dieses seltsam dekadente Rot, das an getrocknetes Blut erinnert (so sexy wie kein zweites Rot und so ›dreißiger-Jahre-germanisch‹, dass Visconti dafür sorgte, dass Ingrid Thulin es in *Die Verdammten* trug). Ihr Lippenstift war vom gleichen Farbton. In den sechs Wochen in Palm Beach hatte Berenice ein paar eigenartige Dinge über Mode gelernt, dennoch konnte sie die Lehrerin aus Duluth nicht verleugnen.

Kichernd deutete sie auf das Tablett, das auf ihrem Couchtisch stand. »Das sollen Gibsons sein!«

Auf dem Tablett standen drei Minifläschchen – zweimal Gilbey's Gin und einmal Stock Dry Vermouth (zwei Zehntel Gin, ein Achtel Wermut)–, ein Glaskrug, nicht etwa mit Eiswürfeln gefüllt, sondern mit Eisklumpen und ein Glasschälchen mit einigen Cocktailzwiebeln.

Ich zuckte die Achseln. »Ich glaube, in diesem County von Georgia dürfen sie keine gemixten Drinks servieren, obwohl der Kellner dazu bestimmt bereit gewesen wäre, wenn du ihm ein Trinkgeld gegeben hättest. Aber es ist schon besser so«, ich öffnete die Schraubverschlüsse an den beiden Gin-Fläschchen, »die meisten

Barkeeper nehmen zu viel Wermut für den Gibson, da mixe ich ihn lieber selbst.«

»Ich fand's nur komisch, weiter nichts«, sagte Berenice. Während ich die Gibsons mixte, beschäftigte mich die Frage, wie ich verhindern könne, dass Berenice bis zu unserer Abreise mein Zimmer betrat.

»Warst du heute Nachmittag im Kino?«

Sie schüttelte den Kopf und nippte an ihrem Cocktail.

»Zu Hause würde ich auch nicht allein ins Kino gehen, geschweige denn in einer fremden Stadt. Ich bin kein Angsthase, das weißt du, James, aber es gibt nun mal ein paar Dinge, die man als Frau besser nicht allein tut, und ins Kino gehen gehört dazu.«

»Jedenfalls hast du den Tag rumgebracht.«

»Ich habe geschlafen wie eine Tote. Wie kommst du mit deinem Artikel voran?«

»Darüber wollte ich mit dir reden. Er ist fertig.«

»Schon? Das ist ja wunderbar, James!«

»Es ist eine gute Rohfassung«, räumte ich ein. »Aber in New York muss noch das eine oder andere eingefügt werden –«

»Komm ich drin vor? Kann ich ihn lesen?«

»Nein. Es ist ein Artikel über Debierue und seine Malerei, nicht über dich und mich. Seit wann interessierst du dich für Kunstkritik?« Ich grinste.

»Seit ich Mr. Debierue getroffen habe.« Sie lächelte. »Er ist der süßeste, netteste alte Herr, dem ich je begegnet bin.«

»Mir wäre es lieber, du wartest die Endfassung ab, wenn es dir nichts ausmacht. Ich will so rasch wie möglich nach New York zurück, um die Arbeit zum Abschluss zu bringen. Nach dem Essen leg ich mich aufs Ohr, so bis Mitternacht, und anschließend checken wir aus und rollen vom Hof. Wenn wir uns beim Fahren abwechseln, könnten wir in ungefähr dreißig Stunden in New York sein.«

»Du kriegst aber nicht viel Schlaf, wenn wir um Mitternacht weiterfahren wollen ...«

»Ich brauche nicht viel, und du hast genug geschlafen. – Du könntest vermutlich heute gar nicht einschlafen, nachdem du den ganzen Tag in den Federn gelegen hast.«

»Ich will mich nicht streiten, James. Ich mach mir nur Sorgen um dich –«

»Wenn das so ist, lass uns gleich runter zum Essen gehen, dann bin ich bald wieder oben und kann noch ein bisschen schlafen.«

Beim Essen fragte Berenice, ob sie Debierues Bild sehen dürfe. Ich redete es ihr aus, erklärte, es liege gut verpackt im Kofferraum und dass ich es für keine gute Idee hielte, uns dabei beobachten zu lassen, wie wir in der Tiefgarage ein Gemälde betrachten. Ich gab mich konspirativ und erinnerte sie daran, dass das Bild »heiße Ware« sei und wir vermeiden müssten, dass jemand Verdacht schöpfe und Nachforschungen anstelle. Weil ich diese Erklärung mit gesenkter Stimme vorbrachte, nickte sie ernst und akzeptierte sie.

Das Essen war ausgezeichnet – medium gebratene Filetsteaks, Maiskolben, Okraschoten und Tomaten, dazu Kartoffelgratin und ein Salat aus Gurken und Zwiebeln, sowie zum Nachtisch Schokoladenpudding mit steif geschlagener Sahne, nicht mit Sprühsahne aus der Dose. Ich aß alles auf, einschließlich vier mit Butter bestrichener Biskuits (meine zwei und die zwei von Berenice). Nach dem üppigen Essen war ich irgendwie fix und fertig, aber als ich zwei Tassen schwarzen Kaffee intus hatte, fühlte ich mich zwar immer noch voll gestopft, aber nicht mehr schläfrig.

Ich zeichnete die Rechnung ab und trug meine Zimmernummer ein. »Das Essen hat mich richtig müde gemacht«, sagte ich.

Berenice nahm meinen Arm, als wir das Restaurant verließen und durch die Lobby zum Aufzug gingen.

»Möchtest du noch einen kleinen Schlummertrunk?« Sie drückte meinen Arm. »Damit du besser schläfst? Bei mir vielleicht?«

»Nein«, antwortete ich. »Und wenn ich nein sage zu einem solchen Angebot, dann weißt du, dass ich geschafft bin.«

Ich nahm ihren Zimmerschlüssel, schloss die Tür auf und gab Berenice einen Kuss. »Ich lasse mich um halb zwölf wecken. Dann klopfe ich an deine Tür. Vielleicht schläfst du auch noch ein wenig.«

»Wenn ich kann«, sagte sie. »Wenn nicht, werde ich fernsehen. Aber gib mir noch einen Kuss …«

In meinem Zimmer roch es wieder muffig und es war stickig, obwohl ich den Deckenventilator angelassen hatte. Ich wollte nicht noch einmal das Zu-heiß-zu-kalt-Theater mit der Klimaanlage aufführen – das Ding war viel zu leistungsfähig für das kleine Zimmer –, also öffnete ich die Tür und sicherte sie wie gehabt mit dem Messinghaken und der Öse. Dann zog ich mich bis auf T-Shirt und Unterhose aus, holte die Malutensilien aus dem Schrank und machte mich an das Bild.

Ich mischte das Preußischblau mit Zinkweiß, Klecks für Klecks, bis ich in etwa den Farbton einer Air-Force-Uniform hatte. Ich verdünnte es mit ein wenig Terpentin und pinselte etwas von der Farbe auf den unteren Teil der Leinwand. Sie war noch zu dunkel; ich gab Weiß dazu, bis das Blau intensiver, leuchtender wurde. Dann mischte ich mir genug von dem verdünnten Blau, um einen leicht ausgefransten Rand zu malen, mindestens zweieinhalb, maximal siebeneinhalb Zentimeter breit und rings um das gesamte Rechteck. Die restliche weiße Fläche mit gebranntem Orange auszufüllen war einfach, sobald ich den Farbton gemischt hatte, den ich haben wollte. Doch es dauerte länger, als erwartet, denn es war nicht leicht, eine Schattierung zu treffen, die ich zwar vor meinem geistigen, aber nicht vor meinem realen Auge sah.

Es wurde ein satter Farbton, der mich am Ende zufriedenstellen sollte, irgendwo zwischen Braun und warmem Senfgelb, ein schimmerndes, gebranntes Orange mit einem Hauch Gelb, den man eher spürte als sah. Ich mischte mehr von dieser Farbe, als ich brauchte, nur um sicherzugehen, dass ich genügend hätte. Dann verdünnte ich den leuchtenden Hügel mit genügend Leinöl und

Terpentin, um ihn weich auf die Leinwand auftragen zu können. Ich nahm den größten Pinsel, um die Mitte der Leinwand zu bearbeiten, arbeitete mich ganz nah an den blauen Rand heran, wechselte zu einem kleineren Pinsel, um sorgfältig den verbliebenen schmalen Rand Weiß zu tilgen.

Ich trat zurück bis an die Wand, um das fertige Bild zu betrachten, und stellte fest, dass der blaue Rand ein wenig mehr ausgefranst sein könnte. Das war in wenigen Minuten in Ordnung gebracht, und danach war das Bild so gut, wie ich es in meinem Artikel beschrieben hatte. Ja, im Licht der Stehlampe leuchtete und schimmerte das Bild – es sah besser aus, als ich erwartet hatte.

Jetzt fehlte nur noch Debierues Signatur.

Ich rang mit meinen eigenen Für und Wider, ob ich es signieren sollte oder nicht, fragte mich, ob es der Philosophie der *Periode seiner amerikanischen Ernte* entspreche, dass Debierue eines seiner Bilder mit Namen versah. Aber da das Gemälde in gebranntem Orange mit blauem Rand nun mal Debierues »Ich« darstellen sollte, entschied ich, dass wenn Debierue je ein Bild signierte, es genau das sein müsste. Ich nahm mir vor, diesen Aspekt in meinem Artikel aufzunehmen – dass es sich hierbei um das erste Bild handele, das Debierue signiert habe (in Cassidys Augen würde eine Signatur den Wert des Bildes erheblich steigern!).

Debierues Brief an den Geschäftsführer des französischen Ausschnittdienstes steckte noch in einer Tasche meines Overalls. Ich nahm ihn heraus und studierte die enge, nach links geneigte Unterschrift; dankbar seufzend nahm ich die Einzigartigkeit des Schriftzugs zur Kenntnis. Fälscher lieben verzwickte Unterschriften, denn ein komplizierter Schriftzug ist viel leichter zu kopieren als eine klare, geradlinige Unterschrift. Es gibt zwei Methoden, eine Unterschrift zu fälschen. Hält man sich an die Erste, übt man die Unterschrift so lange, bis man sie perfekt beherrscht. Das ist die schwierige Methode. Hält man sich an die einfache Methode, stellt man die

Unterschrift auf den Kopf und malt sie ab, statt sie abzuschreiben; man kopiert sie, wie man jede andere Strichzeichnung kopierte. Und genau das tat ich. So wie das Bild gestaltet war, brauchte ich nicht einmal die Leinwand umzudrehen, sondern nur Debierues Unterschrift in die linke obere Ecke zu pinseln. Wenn man das Gemälde am Schluss auf den Kopf stellte, befände sich die Signatur in der unteren rechten Ecke, wo sie hingehörte.

Gleichwohl kostete es mich Zeit, die Unterschrift zu kopieren, denn ich bemühte mich, sie so winzig wie möglich zu malen, entsprechend der Gewohnheit Debierues, sehr klein zu schreiben. Es war nicht leicht, *ebierue* in dem D unterzubringen, immer wieder musste ich mich ermahnen, die Pinselstriche aufwärts zu führen, nicht abwärts, denn das Bild samt Strichführung stünde später sozusagen auf dem Kopf und dann musste die Strichführung nach unten zeigen.

»James!«

Berenice rief meinen Namen. Ich war derart vertieft gewesen in meine Beschäftigung, dass ich mir nicht sicher war, ob sie mich zum ersten oder zum zweiten Mal gerufen hatte. Aber jetzt war es zu spät, um noch irgendetwas zu unternehmen. Ich saß auf dem Stuhl vor der Leinwand und hatte kaum Zeit, mich umzudrehen, geschweige denn aufzustehen, als sie auch schon den Messinghaken aus der Öse gehoben, die Tür geöffnet und das Zimmer betreten hatte.

»James«, wiederholte sie lahm und blieb abrupt stehen, die Hand noch am Türknauf. Sie hatte sich abgeschminkt und ihre blassen Lippen formten ein rundes O, als ihre ungläubigen Augen mich, die Leinwand und die behelfsmäßige Palette auf dem Couchtisch sahen. Das Laken, mit dem ich ursprünglich die Leinwand eingewickelt hatte, lag auf dem Boden, drapiert um den Stuhl, den ich als Staffelei benutzte. Ich hatte es dort hingelegt, damit keine Farbe auf den Teppich kam.

»Ja?«, sagte ich ruhig.

Berenice schloss die Tür hinter sich und lehnte sich dagegen. Sie legte die Hände flach auf den Türrahmen und stützte sich damit ab. »Gerade … im Fernsehen …« Sie sah mich nicht an, sondern starrte mit großen blauen Augen auf die Leinwand. »In den Halb-elf-Nachrichten haben sie gesagt, Debierues Haus sei abgebrannt.«

»Sonst noch was?«

Sie nickte. »Für die Dauer der Ermittlungen – so haben sie gesagt – wird Mr. Debierue bei dem berühmten Strafverteidiger Joseph Cassidy in Palm Beach wohnen.«

Ich schluckte und nickte. Ich bin ein eloquenter Mensch, aber jetzt war ich zum ersten Mal im Leben sprachlos. Eine Lüge nach der anderen rang in meinem Kopf um Ausdruck, aber jede dieser Lügen wurde verworfen, bevor sie in Worte gefasst werden konnte.

»Ist das Debierues Bild?« Berenice löste sich von der Tür, kam auf mich zu und blieb vor meinem Stuhl stehen.

»Ja. Ich musste es mir noch mal anschauen, um es mit der Beschreibung in meinem Artikel zu vergleichen, weißt du. Es war ein wenig beschädigt – Debierues Signatur, um genau zu sein –, und ich hab mir gedacht, ich bessere das rasch aus.«

Berenice drückte den Zeigefinger genau in die Mitte des Bildes und betrachtete den feuchten Scheißfleck an ihrer Fingerspitze.

»O James«, sagte sie unglücklich. »Du hast dieses grässliche Bild gemalt …!«

3

Wäre ich noch einmal mit der gleichen Situation konfrontiert, könnte ich jetzt, rückblickend, nicht sagen, dass ich das Problem anders anginge – abgesehen von geringfügigen Änderungen an der Art, wie ich es gelöst hatte. Zu allen Zeiten der Geschichte haben dumme Frauen die Karriere, die Ambitionen und die geheimen Pläne manches ehrenwerten Mannes zerstört. Es wäre so einfach gewesen, mir selbst die Schuld dafür zu geben, dass Berenice das Bild entdecken konnte. Hätte ich die Tür abgeschlossen, statt mich in einem Hotelzimmer um meine körperliche Befindlichkeit zu sorgen, hätte ich das Bild verstecken und sie dann den Raum betreten lassen können. Wenn man es so sah, hatte dieser kleine Schnitzer alles zunichte gemacht. Aber das Problem war weitaus größer, hier ging es nicht nur um einen kleinen Schnitzer. Es handelte sich vielmehr um eine ganze Verkettung unglücklicher Umstände, angefangen bei jenem Moment der Ahnungslosigkeit, als ich mich einverstanden gezeigt hatte, dass Berenice bei mir einzog, bis hin zu meiner wahnwitzigen Entscheidung, sie mitzunehmen zu Debierue.

Jetzt natürlich, nachdem sie mich auf frischer Tat – oder besser gesagt, mit frischer Farbe – ertappt hatte, hatte sie mich für den Rest meines Lebens in der Hand, falls ich an meinem Betrug festhielte, das heißt, den Artikel drucken ließe und Joseph Cassidy das Bild schickte; ganz zu schweigen von der Zukunft, meiner Zukunft, und dem anschließenden Wirbel, den die Veröffentlichung eines Artikels über Debierue in der Kunstwelt verursachen würde.

Berenice liebte mich, das hatte sie zumindest immer wieder erklärt. Wenn ich sie nun geheiratet hätte, dann hätte sie vielleicht den Mund gehalten und unser beider Geheimnis bis zum Ende ihrer

Tage mit sich herumgetragen. Ich weiß es nicht. Ich bezweifelte es damals, und ich bezweifle es heute. Liebe ist, zumindest nach meiner Erfahrung, ein zerbrechliches, vergängliches Gefühl. Nicht immer verfehlt die Liebe ihr Ziel, ewig zu währen, um eine stattliche Anzahl von Jahren, vielmehr ist es so, dass sich Ewigkeit diesbezüglich oftmals nur in Monaten, wenn nicht sogar nur in Wochen bemisst. Wenn ich an meine Freunde und Bekannten in New York denke – flüchtige Bekanntschaften anderswo, in Palm Beach zum Beispiel, ziehe ich jetzt dabei nicht in Betracht –, fällt mir niemand ein, weder männlich noch weiblich, der nicht eine Scheidung hinter sich hätte. Bei den meisten waren es mehr als eine. Das Umfeld, in dem ich mich bewege, ist nun mal so. Die Kunstwelt ist nicht nur egozentrisch, sie ist ego-exzentrisch. Eine solche Umgebung ist dauerhaften Freundschaften eher abträglich, erst recht dauerhaften Ehen. Und das war meine Welt …

Die einzige Alternative, die mir blieb, war bitter und zugleich viel zu töricht, um ernsthaft in Betracht gezogen zu werden: Ich hätte Ketzerei in Orange (diesen Titel hatte ich für das Bild gewählt) vernichten und den Artikel, den ich geschrieben hatte, zerreißen können. Damit wäre die Gelegenheit, mir als Kunstkritiker einen Namen zu machen, ungenutzt geblieben.

Diese Gedanken wirbelten in meinem Kopf wild durcheinander, während ich Berenice gegenüberstand. Meine Verärgerung hielt sich in Grenzen, denn ich wusste, hier galt es ein großes Problem anzugehen, dessen Lösung ich im Augenblick zumindest nicht sah.

»Von mir aus kannst du das für ein grässliches Bild halten, Berenice«, sagte ich kalt. »Es ist dein gutes Recht, so zu denken, falls – und das Schlüsselwort ist *falls* – du Argumente von Bedeutung hast, die deine Meinung, es handele sich um ein grässliches Bild, substantiieren. Andernfalls bist du nicht berechtigt, ein wie auch immer geartetes Urteil über Debierues Werk zu fällen.«

»Ich – ich kann es einfach nicht glauben!« Berenice schüttelte den Kopf. »Du hast doch nicht etwa vor, das Ding da als ein Gemälde von Debierue auszugeben, oder?«

»Es ist ein Gemälde von Debierue. Habe ich dir nicht gerade erzählt, dass ich es nur ein wenig ausbessere, weil es beim Transport leicht beschädigt wurde?«

»Ich bin nicht blind, James.« Sie machte eine hilflose, flatternde Geste mit den Händen, und der Blick ihrer großen Augen wanderte über die nicht zu übersehenden Malutensilien und über das Bild selbst. »Wie kannst du nur erwarten, mit etwas derart Plumpem durchzukommen? Ist dir nicht klar, dass Mr. Cassidy Debierue dieses Bild zeigen wird und dass –«

»Berenice!« Ich fiel ihr scharf ins Wort. »Du steckst deine Provinznase in Sachen, die dich einen Dreck angehen. Mach, dass du rauskommst, pack deine Sachen und bist du nicht binnen zwanzig Minuten fertig, kannst du hier in Valdosta versauern!«

Das Blut schoss ihr ins Gesicht und sie wich zwei Schritte zurück. Sie nickte, biss sich auf die Unterlippe und nickte noch einmal. »Also gut! Es geht hier offensichtlich um etwas, was ich nicht verstehe, aber das ist noch lange kein Grund, mich so anzubrüllen. Du könntest wenigstens versuchen, es mir zu erklären. Du kannst mir doch nicht vorwerfen, dass ich irritiert bin, oder? Ich sehe immerhin, dass es – na ja, es sieht komisch aus, das ist alles.«

Ich stand auf, legte ihr den Arm um die Schulter und drückte sie an mich. »Entschuldige«, sagte ich sanft. »Ich hätte dich nicht anblaffen dürfen. Mach dir keine Sorgen, ich erkläre dir alles im Auto. Also, sei ein braves Mädchen, pack deine Sachen, dann checken wir aus und sind in ein paar Minuten bereits unterwegs. Okay?«

Ich hielt ihr die Tür auf. Berenice ging hinüber in ihr Zimmer und nickte immer noch mit dem Kopf.

Kaum war ihre Tür geschlossen, wickelte ich die Malutensilien in das Laken, spülte den Aschenbecher unter dem Warmwasserhahn im Badezimmer aus und trocknete ihn mit einem Handtuch ab. Dann zog ich mir Hemd und Hose an, nahm das Gemälde und das Bündel mit dem Material und fuhr mit dem Aufzug hinunter in die

Tiefgarage. Dort warf ich das Bündel in eine Mülltonne. Das Gemälde legte ich vorsichtig mit der feuchten Seite nach oben in meinen Kofferraum. Es dauerte einige Minuten, das Stoffverdeck zu lösen, nach hinten zu falten und die Befestigungen des Plastiküberzugs einschnappen zu lassen. Mit offenem Verdeck würde es um diese Nachtzeit eine kühle Fahrt werden, aber ich könnte es ja später wieder schließen. Der Nachtwächter der Garage, ein junger Schwarzer in weißem Overall, stand in der Tür seines kleinen, erleuchteten Büros und beobachtete schweigend, wie ich mich mit dem Verdeck abmühte. Als ich fertig war, ging ich hinüber zu ihm, gab ihm einen Vierteldollar und erklärte, dass ich abreisen wolle.

»Rufen Sie bitte die Rezeption an und sagen Sie dem Portier, er soll in einer Viertelstunde einen Hoteldiener hinaufschicken, der unser Gepäck in 510 und 505 abholt. Wenn der Hoteldiener hier unten ist, sagen Sie ihm, er soll das Gepäck auf dem Rücksitz unterbringen. Der Kofferraum ist schon voll.«

»Jawohl, Sir«, sagte der Schwarze.

Ich fuhr hinauf in mein Zimmer, hatte in weniger als fünf Minuten gepackt, zog einen Pullunder über mein Hemd und schlüpfte in mein Sportsakko. Berenice war noch nicht fertig. Aber ich half ihr, den Koffer zu schließen, und riet ihr, den warmen Kamelhaarmantel über den Hosenanzug zu ziehen. Der Hoteldiener kam mit seinem Gepäckwagen, und als wir den Aufzug in der Lobby verließen, um die Rechnung zu bezahlen, fuhr er weiter in die Garage, um das Gepäck in den Wagen zu laden. Berenice zahlte die Rechnung, die überraschend niedrig ausfiel, und löste dabei zwei Reiseschecks ein. Noch ehe alles erledigt war, hatte der Hoteldiener den Wagen vorgefahren. Der Nachtportier fragte nicht nach, weshalb wir mitten in der Nacht abreisten, und ich sah keine Veranlassung, es ihm zu erklären.

Die Nachtluft war kühl, als wir ins Auto stiegen. Feiner Nebel hing über den menschenleeren Straßen der Innenstadt. Ich zündete zwei Zigaretten an, reichte Berenice eine und fuhr los. Sie zitterte leicht vor Kälte und kauerte sich in ihren Sitz.

»Wahrscheinlich fragst du dich, weshalb ich das Verdeck aufgeklappt habe«, sagte ich.

»Ja. Aber nachdem du mich vorhin so angeschnauzt hast, wage ich es nicht einmal, dir eine Frage zu stellen.«

Ich lachte und tätschelte ihr Bein. »Wenn es zu kalt wird, mach ich's wieder zu. Aber ich habe mir gedacht, so viel frische Luft wie möglich, damit ich wach bleibe. So kalt ist es gar nicht, und es ist auch nicht viel los auf den Straßen. Wir dürften also recht flott vorankommen.« Berenice gab sich mit dieser schwachsinnigen Erklärung zufrieden, und ich trat auf das Gaspedal, als wir den Innenstadtbereich verließen und auf den neuen, vierspurigen Highway fuhren, der ebenfalls von Wohnstraßen mit zwei- und dreistöckigen Häusern flankiert wurde.

Auf der Karte hatte ich gesehen, dass es zwischen Valdosta und Tifton mehrere kleine Seen gab und auch einige Kiefernschonungen, ursprünglicher Wald, aber auch Aufforstungen zur Versorgung der Papierfabriken in Augusta. Der größte Teil des fetten roten Bodens indes war Ackerland – hauptsächlich für den Tabakanbau, aber auch für Melonen, Mais, Erbsen oder was immer ein Farmer sonst noch anbauen wollte, einschließlich Flachs. Östlich von Valdosta lag der große Okefenokee-Sumpf, der den größten Teil des Südostens von Georgia ausfüllt, und dort waren viele Seen, Flüsse und Bäche die Schlammwasser in den Sumpf leiteten.

Ich war weder mit dem Highway noch mit der Landschaft vertraut und wusste nicht so recht, wonach ich eigentlich suchte – nur dass es ein Kiefernwald, ein Streifen Sumpf und eine selten benutzte Seitenstraße sein mussten. Ein paar Meilen nördlich von Valdosta fuhr ich erheblich langsamer; wir hatten offenes Land erreicht mit nur wenigen, weit verstreut liegenden Farmhäusern. Ich hielt Ausschau nach Seitenwegen, die nirgendwohin führten. Berenice, die bisher mein Schweigen wie ein Martyrium stumm erduldet hatte, konnte jetzt nicht mehr anders und musste einfach den Mund aufmachen.

»Und?«, fragte sie.

»Was – und?«

»Ich bin gespannt auf die Erklärung. Du hast gesagt, du erklärst es mir im Wagen. Also, worauf wartest du?«

»Ich habe noch mal über alles nachgedacht, Berenice, und komme langsam wieder zur Vernunft. Du hältst es also für keine gute Idee, Mr. Cassidy das Bild zu schicken, nicht wahr?«

»Das ist deine Sache, James. Ich habe dir nicht vorzuschreiben, was du tun sollst, aber wenn du mich nach meiner Meinung fragst, sage ich: nein. Aber wie du bereits gesagt hast, weiß ich nicht genau, was du vorhast, und solange ich das nicht weiß, werde ich meine Provinznase aus deinen Angelegenheiten raushalten.«

»Dafür habe ich mich doch entschuldigt, mein Schatz.«

»Ist ja gut. Ich weiß, dass meine Nase zu meinem Gesicht passt. Doch es belastet mich schon, wenn ich den Verdacht nicht loswerde, dass du den Brand in Debierues Haus gelegt hast.«

»Ich?« Ich lachte. »Wie kommst du darauf, dass ich so etwas tun würde?«

»Nun, aus einem Grund: Du warst nicht überrascht, als ich dir erzählt habe, dass in den Fernsehnachrichten über den Brand berichtet wurde«, erwiderte sie scharfsinnig.

»Weshalb sollte mich das überraschen? Seine Villa in Frankreich ist auch abgebrannt. Mich überrascht allerdings, dass du mir unterstellst, ich hätte es getan.«

»Sag mir, dass du es nicht getan hast, und ich glaube dir.«

»Was für ein Motiv sollte ich haben, so etwas zu tun?«

»Warum sagst du nicht einfach ja oder nein?«

»Weil es kein einfaches Ja oder Nein in dieser Welt gibt, Miss Naseweis – jedenfalls ist mir noch keins begegnet. Es gibt allenfalls ein qualifiziertes Ja oder Nein, und auch das nur selten.«

»Also gut, James. Mir will kein bedeutsames – um eins deiner Lieblingsworte, nämlich Bedeutung, heranzuziehen –, Motiv einfallen, dass jemand so etwas tun könnte. Aber was dich betrifft, dich ganz persönlich, fällt mir schon etwas ein. Ich glaube, du hast einen irrigen Artikel über Bilder geschrieben, die Debierue gemalt haben könnte, die er aber nie gemalt hat. Du hast dir die Bilder angesehen, die er tatsächlich gemalt hat, und sie haben dir nicht gefallen, weil sie vermutlich deinen hohen Maßstäben nicht gerecht wurden. Also hast du sie verbrannt. Deshalb hast du das Feuer gelegt. Dann hast du dir selbst ein paar Gemälde ausgedacht, hast sie dir vorgestellt und sie in dem Artikel beschrieben.«

»Meine Güte, ist dir klar, wie verrückt das klingt?«

»Ja, sicher. Und du kannst mir zeigen, wie verrückt es ist, indem du mir erlaubst, deinen Artikel zu lesen. Wenn dieses komische orangefarbene –«

»Es ist gebranntes Orange.«

»Okay, also wenn dieses Bild in gebranntem Orange in deinem Artikel nicht erwähnt wird, dann ist damit bewiesen, dass ich Unrecht habe. Ich werde mich entschuldigen, und damit hat sich's.«

»Damit hat sich's? Einfach so? Und du erwartest, dass ich deine abenteuerlichen Anschuldigungen einfach so verzeihe, als hättest du sie nie ausgesprochen?«

»Ich habe ja gesagt, ich kann mich irren, und ich hoffe aufrichtig, dass ich mich irre. Es ist doch ganz einfach, mir zu beweisen, dass ich im Unrecht bin, oder? Allerdings weiß ich eins ganz sicher – und egal, was du dagegen sagst, es wird mich nicht überzeugen –, das Bild in deinem Hotelzimmer hat Debierue nie gemalt. Du hast es gemalt. Es war noch nass, als ich es berührt habe. Und mir fällt nur ein plausibler Grund ein, warum du das getan hast: Du willst darüber schreiben und das Bild als einen *Debierue* ausgeben. Ich – ich weiß nicht mehr, was ich denken soll, James; die ganze Geschichte macht mir Kopfschmerzen. Und eigentlich – ob du's glaubst oder nicht – ist es mir egal! Ehrlich! Ich will nur nicht, dass du Schwierigkeiten bekommst. Brandstiftung ist ein sehr schweres Vergehen, James.«

»Tatsächlich?«

»Das ist nicht komisch, das kannst du wohl glauben. Und wenn du Debierues Haus in Brand gesteckt hast, dann solltest du es mir sagen!«

»Warum? Damit du mich bei der Polizei wegen Brandstiftung anschwärzen kannst?«

»Oh James!« Berenice stöhnte auf, schlug die Hände vor das Gesicht und fing an zu weinen.

»Also schön, Berenice«, sagte ich ruhig, nachdem ich sie eine Weile hatte weinen lassen. »Ich sage dir, was ich tun werde.« Ich hielt ihr mein Taschentuch hin.

Sie schüttelte den Kopf, zog ein Kleenex aus ihrer Handtasche und schnaubte sich mit einem kultivierten Trompeten die Nase frei.

»Du hast Recht, Berenice, in allen Punkten«, fuhr ich fort. »Ich kann es ruhig zugeben. Ich vermute, ich habe mich hinreißen lassen; aber es ist noch nicht zu spät. Das Feuer war ein Unfall, ich habe es nicht absichtlich gelegt. Der alte Mann hatte wohl ein wenig Terpentin verschüttet. Jedenfalls ist mir versehentlich die Zigarette aus der Hand gefallen und das Terpentin geriet in Brand. Ich dachte, ich hätte es ausgetreten, aber anscheinend ist es wieder aufgeflammt. Verstehst du?«

Sie nickte. »So etwas Ähnliches hab ich mir schon gedacht.«

»Ja, so muss es gewesen sein, es ist wieder aufgeflammt. Aber dass ich das Bild gemalt habe, hat nichts damit zu tun. Ich verstehe gar nicht, wie ich mir nur einbilden konnte, ich käme damit durch. Vermutlich hätte ich im letzten Augenblick gekniffen. Ich werde das Bild wegwerfen und den Artikel neu schreiben, und zwar mit den Informationen, die ich habe.«

»Er hat uns doch eine Menge Interessantes erzählt.«

»Genau.«

Rechts führte eine unbefestigte Straße durch eine dichte Kiefernschonung. Dort bog ich ein, schaltete in den zweiten Gang, ließ den Motor aber wegen des sandigen Untergrundes weiter auf hohen Touren laufen.

»Wo fährst du hin?«

»Ich fahr hier ein Stück geradeaus, weg vom Highway. Ich will das Bild verbrennen.«

»Das hat doch Zeit bis morgen früh, oder?«

»Nein. Je schneller ich es loswerde, desto besser. Wenn ich es behalte, überlege ich's mir womöglich noch mal anders. So ganz abwegig ist es nicht, damit durchzukommen, verstehst du –«

»Doch, James, das ist es«, unterbrach sie mich spitz.

Nach mehr als einer Meile endete die Straße auf einer kleinen Lichtung. Das Gras stand hier kniehoch und ringsum sah man nichts als junge Kiefern. Es dauerte noch mindestens zwei Jahre, bis diese Bäume groß genug wären, um gefällt zu werden. Ich stellte den Motor ab, ließ aber die Scheinwerfer eingeschaltet. Ohne ein Wort zu sagen, stieg ich aus dem Wagen, schloss den Kofferraum auf und nahm das Montiereisen heraus. Es war ungefähr fünfundzwanzig Zentimeter lang und recht kompakt. Zwar war das abgeflachte Ende nicht wirklich scharf, aber dünn genug, um einen tiefen Schnitt zu verursachen. Ich ging um den Wagen herum zur Beifahrerseite und schlug Berenice mit dem schweren Eisen auf den Kopf.

»Oooauh!« Sie atmete hörbar aus, umklammerte ihren Kopf mit beiden Händen und wandte mir ihr Gesicht zu. Bis auf die weit aufgerissenen Augen blieb ihre Miene ausdruckslos. Ich hatte nicht kräftig genug zugeschlagen oder ihr dichtes Haar unterschätzt, das sich wie eine Art Polster auf ihrem Schädel türmte und so die Wucht des Schlages abgefangen hatte. Ich schlug ihr noch einmal mitten auf den Kopf, sehr viel härter diesmal, und sie sackte auf dem Sitz zusammen.

Ich öffnete die Tür, packte sie am dicken Kragen ihres Kamelhaarmantels und zerrte sie aus dem Wagen. Ihr Körper war schlaff, unglaublich schwer und das linke Bein hing irgendwie im Fußraum des Wagens fest. Ich mühte mich mit einer Hand ab – in der anderen hielt ich immer noch das Montiereisen – und versuchte gerade, das Bein über die Schwelle der Autotür zu zerren, als Berenice sich plötzlich krümmte, herumrollte und sich vom Boden hochstemmte, um mir im nächsten Moment wie eine Ziege den gesenkten Kopf in den Bauch zu rammen.

Völlig überrascht taumelte ich nach hinten und fiel mit der Schulter auf einen zersplitterten Baumstumpf. Gleichzeitig schlug ich mit dem linken Ellbogen hart auf den Boden, genau auf den Knochen. Meine rechte Schulter brannte wie Feuer und mein Musikantenknochen schickte wild gewordene Stachel auf eine Reise durch meinen Unterarm. Ich ließ das Montiereisen fallen und massierte meine Schulter mit der linken Hand, bis der Schmerz in Ellbogen und Schulter allmählich nachließ. Berenice' gellende Schreie drangen durch die Bäume und mit jeder Sekunde schienen sie sich weiter zu entfernen. Ich hob das Eisen auf.

Zuerst schaltete ich die Scheinwerfer aus, dann setzte ich ihr nach, orientierte mich dabei an ihren Schreien, die im Dunkel des Waldes immer leiser wurden. Ich wusste, dass Berenice unbeholfen rannte, so wie die meisten Frauen; zudem behinderte sie der knielange Mantel. Ich ging davon aus, dass sie nicht weit käme, dennoch gelang es mir nicht, sie einzuholen. Mein Versuch zu rennen endete, nachdem ich über eine Wurzel gestolpert und der Länge nach auf den feuchten Boden gefallen war, also wechselte ich in einen Laufschritt. Plötzlich verstummten die Schreie. Ich blieb stehen.

Die jähe Stille erschreckte mich, und zum ersten Mal bekam ich es mit der Angst zu tun. Ich musste sie finden. Wenn sie entkäme, wäre für mich alles aus – alles.

Ich nahm die Verfolgung wieder auf, ging jetzt langsamer und suchte jeden Fußbreit Boden ab; meine Augen hatten sich inzwischen an die Dunkelheit gewöhnt. Etliche Meter über den Bäumen waberte leichter Dunst, aber der Mond schien, und von Augenblick zu Augenblick konnte ich besser sehen. Der Wald lichtete sich, und aus dem nassen Boden wurde nach und nach Matsch. Ich befand mich am Rande eines Sumpfes, und nach etwa fünfzig Metern stand ich an einem See mit schwarzem, sumpfigem Wasser. Ich kannte Berenice gut genug, um zu wissen, dass sie sich niemals in diese Brühe gestürzt hätte. Auf der linken Seite kam man besser voran, sicherlich hatte sie diese Richtung eingeschlagen, also ging ich ebenfalls dort entlang.

Ein paar Minuten später sah ich den hellen Mantel; ich hatte Berenice entdeckt. Sie lag auf dem Bauch, die Beine ungelenk gespreizt und zum Teil verdeckt durch einen wuchernden Hartriegelstrauch. Es kostete mich Überwindung, sie zu berühren und auf den Rücken zu drehen. Das Licht des Mondes kämpfte sich durch die Äste der Bäume und schien fahl auf ihr blutiges Gesicht und die großen, starren Augen.

Ich wusste nicht, ob sie tot war, aber ich musste mich vergewissern. Eines jedoch wusste ich: Ich hätte sie keinesfalls noch einmal schlagen können. Als ich mich neben sie kniete und ihr den Mantel aufknöpfte, weckte der Duft von *Joy* in mir ein Gefühl von Verlust. Ich legte meinen Kopf auf ihre Brust, wollte hören, ob ihr Herz noch schlug. Nichts. Berenice war tot, aber nicht meine Schläge auf den Kopf hatten sie getötet. Sie war am Schock gestorben. Niemand hätte mit einer tödlichen Verletzung so weit laufen können. Andererseits hatten wir beide für einen kurzen Augenblick übermenschliche Kräfte besessen. Sie war eine große Frau, höllisch stark, und sie hatte um ihr Leben gekämpft.

Ich aber auch.

Ich schleifte sie zum Rand des Sees und zwängte ihre Leiche unter einen umgestürzten Baum, der zur Hälfte im sumpfigen Wasser lag. Mit Hilfe von toten Ästen und Reisig bedeckte ich den sichtbaren Teil des Baumes, so dass Berenice möglichen Blicken entzogen war. Debierue wusste, dass sie sich in meiner Begleitung befunden hatte, und wenn man sie fände und er erführe, dass man sie ermordet hatte, würde er auf der Stelle Cassidy informieren. Vorausgesetzt, man fand ihre Leiche bevor Debierue die Fahnen meines Artikels über die so genannte Periode seiner amerikanischen Ernte bekommen hatte. Der Artikel würde Debierue in solches Entzücken versetzen, dass er es nicht mehr riskieren würde, Berenice' Namen wem auch immer gegenüber zu erwähnen. Seine Reputation hing ebenso wie meine an diesem Artikel. Aber die Zeit arbeitete für uns. Monate, vielleicht Jahre dürften vergehen, bis man die Leiche fände.

Plötzlich verließ mich der Mut und ich fühlte mich schwach. Meine ganze Kraft war dahin. Ich lehnte mich an den nächstbesten Baum und übergab mich – Mais, Tomaten, Okra, faserige Brocken des Lendensteaks, Biskuits, das ganze Abendessen. Unter Keuchen und Schnaufen – es dauerte, bis ich mich halbwegs erholt hatte – ging ich zurück zu dem Hartriegelstrauch, um mein Montiereisen zu holen. Zum einen waren meine Fingerabdrücke darauf, zum anderen wäre ich ohne aufgeschmissen, wenn ich auf der Fahrt nach New York eine Reifenpanne hätte.

Ich wollte zurück zum Wagen, aber als ich ungefähr fünf Minuten durch den Wald gelaufen war, wurde mir klar, dass ich mich verirrt hatte. Panik ergriff mich und ich fing an zu rennen, stolperte, fiel hin, prallte gleichzeitig mit dem Kopf gegen einen Baum und handelte mir eine schmerzhafte Schramme an der Stirn ein. Aber, wie Freud sagt, es gibt keine Unfälle. Nachdem ich mehrere Male tief durchgeatmet und so meine Panik in den Griff bekommen hatte, zwang ich mich, mit dem Rücken an einen Baum gelehnt, still auf der feuchten Erde sitzen zu bleiben, rauchte eine Zigarette runter bis zum Filter und beruhigte mich langsam. Es war alles in Ordnung. Alles würde gut gehen.

Ein wenig gefasster, wenn auch mit zitternden Händen, gelang es mir, den Weg zurück zum Tümpel und zu Berenice zu finden. Jetzt war mein Orientierungssinn wieder wach. Ich lief dorthin, wo ich den Wagen vermutete, und stieß auf die unbefestigte Straße; die Lichtung und den Wagen hatte ich um etwa fünfzig Meter verfehlt. Mein Gesicht glühte und gleichzeitig fröstelte ich vor Kälte. Bevor ich losfuhr, schloss ich das Stoffverdeck, und dann trat ich voll aufs Gaspedal.

Als ich zwei Wochen später in New York den Wagen reinigte, um ihn zu verkaufen, fand ich einen von Berenice' Fingern – das heißt, einen Teil davon: die ersten beiden Glieder, also auch den mit Chen Yu lackierten Fingernagel. Offenbar hatte ich ihn abgehackt, als sie im Wagen die Hände an den Kopf gepresst hatte. Ich wickelte den Finger in ein Taschentuch und versteckte ihn an einem sicheren Ort. Vielleicht, so dachte ich mir, kommt irgendwann einmal der Tag, da ich mir diesen Finger ohne Angst, Schmerz oder Reue anschauen kann.

4

Das Foto, das Debierue beim Lesen des brennenden *Miami Herald* zeigte, illustrierte meinen Artikel in *Fine Arts: The Americas,* und es wurde in *Look*, in *Newsweek* und in der Kunstbeilage der *Sunday New York Times* abgedruckt. Nach einigem Feilschen mit meinem Agenten kaufte schließlich *UPI* das Foto und übermittelte es ihrer Kundschaft. Von dem Geld, das ich mit dem Foto verdiente, kaufte ich mir meinen ersten Maßanzug. Jackett und Hose für vierhundert Dollar.

Auf dem Rückweg nach New York hatte ich den Superhighway verlassen, um einen Abstecher nach Baltimore zu machen und Berenice' Gepäck in zwei Schließfächern in der Greyhound-Busstation unterzubringen (auch ihre Handtasche und die Reiseschecks, denn ich wusste, dass ihre Mutter das Geld eines Tages brauchen könnte, sollte sie jemals Anspruch auf die Sachen in den Fächern erheben). Abgesehen von diesem kurzen Zwischenstopp fuhr ich durch bis New York.

In meinem Büro lagen fünf Nachrichten: Ich sollte Joseph Cassidy anrufen, per R-Gespräch. Unverzüglich. Bevor ich also etwas anderes tat, rief ich ihn an.

»Haben Sie das Bild?«, fragte er.

»Ja, natürlich.«

»Gut! Gut! Behalten Sie es noch ein paar Tage, bevor Sie es schicken. Ich will Mr. Debierue in einem guten Pflegeheim unterbringen, wissen Sie – er weiß doch nicht, dass Sie es haben, oder?«

»Nein, und es wäre besser, er erfährt es auch nicht. Ich habe es in meinem Artikel erwähnt, werde aber kein Foto davon drucken lassen. Bevor ich es nach Palm Beach schicke, will ich ein paar gute

Farbdias von der *Ketzerei in Orange* machen, die ich später irgendwann publizieren werde, wenn Sie verstehen, was ich meine …«

»Natürlich – Ist das der Titel des Bildes? *Ketzerei in Orange*? Das ist toll!«

»Ja. Wahrscheinlich bekommt es noch einen zweiten, zusätzlichen Titel: *Selbstporträt.*«

»Himmel – James, ich kann's kaum erwarten, das Bild zu sehen!«

»Lassen Sie mich wissen, wann es Ihnen passt, Mr. Cassidy, und ich schicke es Ihnen per Luftexpress.«

»Keine Sorge, ich rufe Sie an. Und – hören Sie, James, ich werde Ihnen das nicht vergessen. Wenn es so weit ist, dass das Bild ausgestellt werden kann, bekommen Sie die Exklusivrechte für den Bericht über die Vernissage.«

»Danke.«

»Mein Problem besteht zurzeit darin, Debierue zu überreden, in ein Altersheim zu ziehen. Er ist viel zu alt, um allein für sich zu sorgen. Wenn er geschlafen hätte, als das Feuer ausbrach, wäre er jetzt tot, wissen Sie. Und wenn ich an die Bilder denke, die da in Rauch aufgegangen sind – Grundgütiger!«

»Hat er Ihnen etwas darüber erzählt?«

»Kein Wort. Sie kennen ihn ja. Und anscheinend kann ihn nichts aus der Fassung bringen. Die meiste Zeit sitzt er einfach da, schaut sich im Fernsehen alte Filme an und trinkt Orangensaft. Das kann er auch im Altersheim tun. Nun, Sie hören noch von mir. Das hier ist ein Ferngespräch, wissen Sie.«

»Klar. Bis dann.«

Aber er rief mich nicht noch einmal an. Er schickte mir einen Expressbrief, nachdem er Debierue im Altersheim Regal Pines in der Gegend von Melbourne, Florida, untergebracht hatte. Ich schickte Cassidy das Bild auf seine Kosten per Luftexpress; allerdings musste ich die Versicherungsprämie im Voraus bezahlen, bevor man sich bereit erklärte, das Bild unfrei zu befördern.

Als mein Artikel in *Fine Arts: The Americas* erschien, reagierte die Kritik nach dem Muster, das ich erwartet hatte. Canaday äußerte in der *Times* Vorbehalte. Perreault hingegen zeigte sich in *Village Voice* enthusiasmiert, und in einer kurzen Meldung mit zwei Absätzen empfahl die *L.A. Free Press* den Möchtegern-Revoluzzern unter den Malern in Südkalifornien die Lektüre des Artikels. Das war mehr Aufmerksamkeit, als ich erwartet hatte.

Doch mehr beschäftigte mich die Frage, inwieweit der Artikel in Kunstjournalen und kritischen Vierteljahresschriften Kreise ziehe. Die Reaktionen von dort erfolgten nur schleppend, denn die Argumente wollten wohlbedacht sein. Der herausragende Beitrag, der eine Flut von Leserzuschriften auslöste, erschien im *Spectre* und stammte von Pierre Montrand. Als französischer Chauvinist betrachtete er Debierues ›Periode seiner amerikanischen Ernte‹ als sozialistische Absage an den Gaullismus. Die Idee war absurd, aber glänzend formuliert und verdammt kontrovers.

Viele Zeitungen illustrierten ihre spekulativen Berichte über Debierues mysteriöse Emigration in die Vereinigten Staaten mit meinem Foto, doch ich hielt mich an das Versprechen, das ich Cassidy und dem Alten gegeben hatte. Ich gab auch zu keiner Zeit Debierues Aufenthaltsort preis, auch nicht, nachdem Cassidy ihn unter falschem Namen im Altersheim Regal Pines untergebracht hatte. Cassidy hatte seinerseits die Spuren so gut verwischt, dass die Reporter den alten Maler nie fanden. Ich schickte Debierue die Fahnen meines Artikels, ein Dutzend Repros des Fotos im Format 20 mal 30 und eine signierte Ausgabe meines Buches *Die Kunst und das Kind im Vorschulalter.* Er bestätigte den Empfang des Paketes niemals, aber ich wusste, dass er es bekommen hatte, weil ich es mit Rückschein aufgegeben hatte.

In der ersten Woche nach meiner Rückkehr nach New York kaufte ich täglich eine Ausgabe des *Atlanta Journal-Constitution* (das mit dem Spruch »Überall in Dixie Land-Atlanta Journal setzt den Trend« übertitelt ist) und blätterte die Zeitung durch, um zu sehen, ob irgendwo ein Leichenfund in der Nähe von Valdosta erwähnt wurde. Aber ich mochte das Blatt nicht, und es versetzte mich in eine morbide Stimmung, jeden Tag nach einer solchen Meldung zu suchen. Also hörte ich auf, die Zeitung zu kaufen.

Wenn man Berenice fand, dann fand man sie, ich hatte darauf sowieso keinen Einfluss. Dennoch war es unvermeidlich, dass meine Psyche in irgendeiner Form auf Berenice' Tod reagierte. Nicht, dass mich mein Gewissen bewusst geplagt hätte, dennoch war es Teil meiner Reaktion. Es war, als paare sich jeder Gedanke sogleich mit Selbstzweifel, als befände ich mich permanent in einem Zwiespalt, ein Gefühl, das auch meine Urteilsfähigkeit beeinträchtigte, sobald ich neue Arbeiten zu Gesicht bekam. Ich überwand dieses Gefühl, diese Überreaktion, als ich Debierue eine bestimmte Ecke meines Bewusstseins zuwies; indem ich ihn als ›einzigartigen‹ Maler von den anderen absonderte und nicht länger im Zusammenhang mit den Hauptströmungen der zeitgenössischen Kunst betrachtete, konnte ich mich aus meinem Zwiespalt befreien. Es dauerte nur wenige Woche, bis ich diese Autosuggestion im Griff hatte. Ich war wieder fähig, normal zu funktionieren und meinen beruflichen Verpflichtungen nachzukommen.

Der kometenhafte Aufstieg als Kritiker ließ noch auf sich warten, aber meine Arbeitsbelastung verdoppelte sich und mit ihr mein Einkommen. Tom Russell erhöhte mein Festhonorar um fünfzig Dollar, und so bekam ich von der Zeitschrift jetzt vierhundertfünfzig im Monat. Meine Vortragshonorare wurden ebenfalls erhöht, gleichzeitig hielt ich mehr Vorträge als vorher – unter anderem einen vor Kunststudenten an der Columbia University über *Neue Tendenzen in der zeitgenössischen Kunst*. Dafür zahlte mir der Fachbereich Kunst sechshundert Dollar. An meiner alten Hochschule, an der ich einst arm wie eine Kirchenmaus meinem Studium nachgegangen war, eine Vorlesung zu halten war vielleicht der Höhepunkt des ganzen Jahres.

Mein Agent konnte ein paar ältere, bislang unverkaufte Artikel an den Mann bringen, zwei davon an Kunstmagazine, die zuvor mit einer Ablehnung reagiert hatten. Die Arbeit als Juror hatte schon immer einen gewissen Teil meiner Tätigkeiten ausgemacht, was so viel hieß, wie im Rahmen einer Kunstausstellung gegen eine Aufwandsentschädigung – und oft genug nicht einmal das – als Preisrichter zu fungieren. Jetzt bekam ich nach und nach einige gut dotierte Angebote, auf wichtigen Ausstellungen in größeren Museen zu platzieren und zu richten. Auf einer solchen Veranstaltung war auch Herb Westcott mit einem Bild im Wettbewerb vertreten. Westcott hatte seinen Stil geändert; er malte jetzt ›Romantischen Realismus‹, und seinem feinen, beinahe filigranen zeichnerischen Talent schien dieser neue Stil gut zu bekommen. Thema dieses Wettbewerbs in Hartford war Umweltverschmutzung, und Westcott hatte eine Ansichtspostkarte der Niagara-Fälle aus dem Jahr 1925 in enormer Vergrößerung wiedergegeben. Das Gemälde gehörte nicht in die Kategorie des Hauptpreises, aber es gelang mir, die anderen Jury-Mitglieder (den Museumsdirektor und Maury Katz, einen Maler von eher nüchternem Stil) zu überreden, Westcotts Bild mit einer lobenden Erwähnung und einem Förderpreis von tausend Dollar zu bedenken. In Palm Beach hatte ich mich Westcott gegenüber ziemlich schäbig verhalten, indem ich ihm und seinen Bildern in Glorias Galerie mit so viel Ignoranz begegnet war, und es freute mich, ihn jetzt ein wenig pushen zu können – verdient hatte er es allemal.

Zu den Büchern, die ich rezensierte, gehörten jetzt auch jene, die der Chefredakteur bisher für sich reserviert hatte – schöne, teure, ansprechend gestaltete Kunstbände für den Couchtisch, die im Laden fünfundzwanzig, fünfunddreißig oder sogar fünfzig Dollar kosteten. Wenn man sie rezensiert hat, kann man diese Bücher für die Hälfte des Einkaufspreises an den Buchhandel verkaufen, und diesem Schwarzgeld kommen die Jungs vom Finanzamt nicht so leicht auf die Spur.

Ich schlief nicht mehr gut. Ich schlief überhaupt nicht mehr gut.

Ich wusste, dass Debierue meinen Artikel gelesen hatte, und obwohl ich guten Grund zu der Annahme hatte, dass er den Mund hielte, konnte ich nicht absolut sicher sein, dass er auch weiterhin den Mund hielte. Ich hatte mich dazu verstiegen anzunehmen, dass vier bedeutende europäische Kunstkritiker ebenfalls Bilder von Debierue erfunden hatten, um darüber zu schreiben. Sie konnten mich wohl kaum denunzieren. Nur Debierue konnte es, und dank des Feuers, das ich gelegt hatte, fehlte ihm jeder Beweis.

Dennoch erwachte ich oft spät in der Nacht schweißgebadet aus meinem unruhigen Schlaf. Dann saß ich im Dunkeln auf der Bettkante, versuchte, den Kopf freizubekommen, zündete mir eine Zigarette nach der anderen an und wagte nicht, mich wieder hinzulegen. Mit der Zeit, so redete ich mir ein, mit der Zeit werden diese Albträume aufhören.

Ein Jahr nach meiner Rückkehr nach New York, fast auf den Tag genau, starb Debierue in Florida. Cassidy schickte mir ein Telegramm und lud mich zur Beerdigung ein, doch ich steckte mitten in einer Arbeit und konnte mich so kurzfristig nicht freimachen. Laut Gesetz des Staates Florida muss ein Verstorbener innerhalb von vierundzwanzig Stunden beerdigt werden. Natürlich war es an mir, den Nachruf in meinem Magazin zu schreiben – eine schwarzumrandete, einseitige Ehrung –, schließlich war ich der Debierue-Experte und hatte bereits den ultimativen Beitrag über ihn für die demnächst erscheinende *Internationale Enzyklopädie der Kunst* geschrieben.

Zehn Tage nach Debierues Tod wurde mir ein längliches, sperriges Paket in die Redaktion geliefert. Als ich es auf meinem Schreibtisch auspackte, sah ich, dass es sich um den leeren Barockrahmen handelte, der einst Debierues berühmtes *No. One* gewesen war. Beim Anblick dieses unerwarteten Geschenks aus dem Jenseits brach ich in Tränen aus, zum ersten Mal seit mehreren Monaten. Es lag keine persönliche Mitteilung oder Notiz dabei. Vermutlich hatte Debierue jemanden im Altersheim beauftragt, mir den Rahmen nach seinem Tode zu schicken. Aber die Tatsache, dass er es getan hatte, bedeutete meine Entlastung. Es war mehr als meine Entlastung, es war der Beweis, dass ihn meine Kritik seiner ›Periode der amerikanischen Ernte‹ erfreut hatte. Unter all seinen vielen Kritikern hatte Debierue mich zum Nutznießer seines *No. One* ausersehen.

Der leere Rahmen war natürlich bar jedes intrinsischen Wertes. Ich hätte ihn vielleicht verkaufen oder als Kuriosum dem Museum of Modern Art stiften können, aber das konnte ich dem alten Mann nicht antun. Seine Geste rührte mich tief an.

Ich ging den Gang hinunter, um den Rahmen in den Müllschlucker zu werfen. Als ich die Metallklappe öffnete, entdeckte ich eine kleine tote Fliege, die mit Klebstreifen seitlich am Rahmen befestigt war. Trotz seines Alters hatte Debierue noch immer über ein scharfes Gedächtnis verfügt. Nachdem ich die Fliege gesehen hatte, konnte ich das Ding nicht mehr in den Müllschlucker werfen. Auf dem Weg nach Hause ließ ich den verpackten Rahmen unter meinem Sitz in der U-Bahn liegen.

Ich stand mit Joseph Cassidy in Briefkontakt, was *Ketzerei in Orange* betraf. Ich sollte entscheiden, welcher Ort der bessere sei, um das Gemälde der Öffentlichkeit zu präsentieren: New York oder Chicago. Ich gab ihm den Rat, abzuwarten und das Bild zu Saisonbeginn in Palm Beach auszustellen, damit die Präsentation möglichst zeitgleich mit dem Erscheinen der *Internationalen Enzyklopädie der Kunst* stattfinde; schließlich enthielt die Enzyklopädie meinen ultimativen Aufsatz über den Maler und eine ganzseitige Farbreproduktion des Gemäldes …

… Ich schlug den schweren Band auf und fand meinen Aufsatz über Jacques Debierue. Die farbige Abbildung der *Ketzerei in Orange* war eine wunderbare Reproduktion des Gemäldes. Verkleinerte Farbfotos sehen oft besser aus als die Originale. Und dieses Farbfoto auf teurem, blütenweißem Papier leuchtete wie poliertes Gold.

Ich las meinen Artikel mit hoher Konzentration. Nirgendwo waren Rechtschreibfehler oder Satzfehler. Mein Name am Ende des Artikels war korrekt geschrieben und in Fünfeinhalb-Punkt-Schrift fett gesetzt. Auf die Zeile mit meinem Namen folgte eine kurze Bibliografie der Bücher und wichtigen Artikel über Debierue. Auch die Bibliografie enthielt keinen Druckfehler.

Voller Zufriedenheit blätterte ich in einigen anderen Bänden der Enzyklopädie, begutachtete hier und da den Stil und die Qualität der Arbeiten. Ich las die Artikel zu einigen meiner Lieblingsmaler – Goya, El Greco, Piranesi, Michelangelo.

In meinem Magen machte sich ein flaues Gefühl breit und mich beschlich eine merkwürdige Ahnung. Die Artikel, die ich gelesen hatte, waren gut recherchiert und gut geschrieben, doch ich hatte inzwischen den Eindrück, in meinem Magen liege ein Klumpen Hefeteig, der langsam aufging. Ich öffnete meine Schreibtischschublade und nahm mein Messinglineal heraus. In aller Ruhe, schließlich wollte ich sicherstellen, dass mir kein Fehler unterlief, maß ich die Länge der Spalten der Enzyklopädie, um festzustellen, wie viel Zoll man jeweils Goya, El Greco, Piranesi, Michelangelo und wie viel man Debierue zur Verfügung gestellt hatte.

Goya hatte neuneinhalb Zoll. El Greco hatte zwölf, Piranesi acht. Michelangelo hatte vierzehn. Aber Debierue hatte sechzehn Zoll Spaltenlänge! Was den Platz anging, hatte der Alte die größten Maler aller Zeiten übertroffen.

Ich klappte die Bücher zu und legte sie zurück in die Kiste. Dann zündete ich mir eine Zigarette an und trat ans Fenster. Das buttergelbe Sonnenlicht von Palm Beach streute Goldmünzen unter den Poinciana-Baum vor meinem Fenster. Das dunkelgrüne Gras im Hof des Apartmenthauses war noch feucht von den Rasensprengern, die der Hausmeister kurz zuvor abgestellt hatte und der blassblaue Himmel – der war wolkenlos, ohne Industrieabgase, die ihn trüben könnten, war klar wie teures Mineralwasser. Die Klimaanlage meines Zimmers konnte mich nicht in die Irre führen – draußen war es höllisch heiß.

Aber meine Arbeit war getan. Debierue hatte über jeden Einzelnen von ihnen triumphiert, und es war auch mein Triumph. Es gäbe keinen neuen Jacques Debierue mehr, jedenfalls nicht zu meinen Lebzeiten, und einem wie ihm wollte ich kein zweites Mal begegnen, falls doch noch einer wie er auftauchte. Als Kunstkritiker gab es für mich nichts mehr zu erreichen. Wie könnte ich mich selbst übertreffen? Nicht mehr in dieser Welt.

Aber was war mit Berenice Hollis? Konnte ich diese Prüfung bestehen? In einer Zigarrenkiste in der untersten Schublade meiner Kommode lag – neben einem Foto meines Vater, das ihn als Siebenjährigen zeigte, und einem rauen, trockenen Schneckenhaus (ein Erinnerungsstück, das ich als Kind am heimatlichen Strand in Puerto Rico aufgesammelt hatte) – Berenice' vertrockneter Finger, eingewickelt in ein Taschentuch aus Leinen. Ich faltete das Taschentuch auseinander und betrachtete den welken Finger. Das Blutrot von Chen Yu war stumpf geworden und an einer Stelle abgeblättert. Ich betrachtete den Finger eine ganze Zeitlang ohne eine Spur von Angst, Schmerz oder Reue.

Debierue und seine Leistung waren es wert gewesen und mir blieb nichts mehr zu tun. Jemand anderes, ein anderer Kritiker, konnte über die Präsentation des einzigen signierten *Debierue,* Cassidys *Debierue,* im Everglades Club berichten. Es war an der Zeit, dass ich meine Schulden beglich und für den Tod von Berenice Hollis bezahlte.

Ich duschte, rasierte mich und zog meinen Maßanzug an, dazu ein weißes Hemd, eine breite rot-weiß-blau gestreifte Krawatte, schwarze Seidensocken und meine glänzenden Schuhe aus Korduanleder.

Ich ließ mir Zeit, schlenderte durch den Spätnachmittag, hinunter zu der im spanischen Stil erbauten Polizeiwache von Palm Beach. Niemand würde jemals die Wahrheit über Debierue erfahren, und niemand außer mir kannte die Wahrheit über meinen Anteil an seiner Apotheose. Und ich würde niemals darüber sprechen.

Niemals. Aber für Berenice musste ich bezahlen. Wer in Amerika Erfolg erzielt, muss dafür bezahlen. Das ist der »American Way«, und niemand weiß das besser als ich, ein seiner Insel entrissener Puerto-Ricaner.

Auf dem Revier traf ich auf einen Sergeant und zwei Streifenpolizisten. Ein Streifenpolizist begann seine Schicht, der andere beendete sie, aber beide sahen so sauber und adrett aus, dass man den Unterschied nicht hätte feststellen können. Alle drei beugten sich über eine Nummer der *Palm Beach Life*, eines Hochglanzmagazins, das während der Saison Palm Beachs Gesellschaftsnachrichten verbreitete. Der Polizist, der gerade seinen Dienst beendet hatte, war darin abgebildet – die Aufnahme zeigte eine Gruppe von Frauen, die durch einen Garten spazierten, und er stand lächelnd im Hintergrund.

»Guten Tag, Sir«, sagte der Sergeant höflich und stand auf. »Kann ich Ihnen helfen?«

Ich nickte. »Guten Tag, Sergeant«, antwortete ich. Ich faltete das Taschentuch auf dem Tresen auseinander und Berenice' Finger rollte heraus. »Ich möchte ein Verbrechen gestehen, ein Verbrechen aus Leidenschaft.«

ENDE

NACHWORT

Im April 1841 erschien im »Graham's Magazine« mit »Der Doppelmord in der Rue Morgu« die erste Kriminalgeschichte überhaupt. Ihr Verfasser, Edgar Allan Poe, entwirft in dieser Short Story nicht nur den Prototyp einer Detektivgeschichte, deren Erzähltechnik bis heute adaptiert wird, sondern schafft mit C. Auguste Daupin auch einen Hauptdarsteller, der – alle Zeiten überdauernd – immer noch zum Personal vieler guter Kriminalromane zählt: den exzentrischen Amateurdetektiv. Dupins analytische Fähigkeiten führen schließlich zur spektakulären Auflösung des Falls (es war ein wild gewordener Affe), aber ebenso im Gedächtnis bleibt seine beinahe kulthafte Verehrung der Nacht, ein Motiv, das in anderen Erzählungen Poes noch weitaus mehr Raum einnimmt und das metaphorisch die Abgründe des Menschen und die »Nachtseite der Moderne« aufzeigt.

Dieses Hin- und Hergerissen sein zwischen den Mächten des Hellen und Guten und dem Dunklen und Bösen trieb auch einen seiner größten Förderer um, den Schriftsteller und ersten Übersetzer Edgar Allan Poes: Charles Baudelaire.

Baudelaire, dessen »Les Fleurs du Mal« (»Die Blumen des Bösen«) Mitte des 19. Jahrhunderts die Lyrik in Europa revolutionierte, beschreibt Großstadt in all ihren Facetten und mit ihr den neuen Typus des Großstadtmenschen, ein von Pessimismus und Melancholie bestimmtes und dem Dasein entfremdetes Individuum, das sich im Irrgarten der eigenen Existenz zunehmend ängstigt.

Legt man nun die Erzählmotive dieser beiden Seelenverwandten zusammen, und ergänzt sie um das Bild des *Poète maudit* – dessen Werk sich provokant und selbstzerstörerisch dem Geschmack der Mehrheit entgegenstellt und dessen Leben selbst von Zerrissenheit geprägt ist –, dann lassen sich Romanfiguren denken, die dem von seinen Zeitgenossen als zügellos und lasterhaft beschriebenen Charakter Edgar Allan Poes und jenem des drogen- und alkoholabhängigen Revolutionärs Baudelaire nicht unähnlich sind. Und man erhält das natürliche Habitat des Noir-Protagonisten mit seinem zwischen Nihilismus, Zynismus und Melancholie changierenden Seelenzustand.

Was nun noch fehlt, ist das dazugehörige Klang-Bild, um die dunkle Spielart des Kriminalromans vollends zum Leben zu erwecken.

»Der Doppelmord in der Rue Morgue« wurde 1932 verfilmt. Für die Bilder war Karl Freund verantwortlich, einer der bedeutendsten Kameramänner des expressionistischen Stummfilms in Deutschland, Erfinder der entfesselten Kamera und der scharfen Hell-Dunkel-Kontraste, der mit Filmen wie »Der letzte Mann«, »Metropolis« oder »Berlin – Die Sinfonie der Großstadt« Meisterwerke der Filmkunst geschaffen hat.

Ohne ihn und Regisseure wie Fritz Lang, Billy Wilder oder Max Ophüls, um nur einige zu nennen, wäre der Film Noir, so wie wir ihn heute kennen, undenkbar. Im Hollywood der frühen 1940er Jahre waren es vor allem europäische Filmemacher, die die visuellen und thematischen Grundlagen für den Film Noir legten. Aber die wirklich großen Stoffe lieferte die amerikanische Hardboiled-Kriminalliteratur.

Dashiell Hammetts »The Maltese Falcon« (»Der Malteser Falke«) bot die Vorlage für John Hustons »Die Spur des Falken«, und auch die meisten Romane von Raymond Chandler, dem Schöpfer von Privatdetektiv Philip Marlowe, wurden verfilmt, ebenso wie die Werke von Cornell Woolrich (»Das Fenster zum Hof«) oder James M. Cain.

Dies war der Beginn eines überaus regen Austauschs von Gedanken und Ideen über Kontinente hinweg, der nicht nur den Film oder die Literatur betraf, sondern auch die Philosophie, die Musik, die Bildende Kunst.

Der französische Verlag Gallimard verlegte ab 1945 mit der *Série noire* die wichtigsten Hardboiled-Autoren in französischer Sprache, und die Filmregisseure Pierre Chenal und Luchino Visconti adaptierten unabhängig voneinander James M. Cains »The Postman Always Rings Twice« (»Wenn der Postmann zweimal klingelt«). Die Nouvelle Vague, der italienische Neorealismus oder die vom Existenzialismus beeinflussten Filme von Jean-Luc Godard, François Truffaut oder Claude Chabrol, alle profitierten sie von dieser neuen Art des Erzählens und auf faszinierende Weise verschmolzen Hoch- und Populärkultur sowohl in Amerika als auch in Europa.

Und um den Begriff des Klang-Bilds endlich näher zu erläutern: Während sich die europäischen Existenzialisten in Harlem herumtrieben, um die Schwarze Clubkultur und Musik zu entdecken, feierte Miles Davis in Paris Triumphe.

Jazz und Noir, das gehört unbedingt zusammen – legendär sind Miles Davis' Soundtrack zu Louis Malles »Ascenseur pour l'échafaud« (»Fahrstuhl zum Schafott«) oder Martial Solals großartige Filmmusik zu »À bout de soufflé« (»Außer Atem«) von Godard, in der sich die Musik auf so unvergleichliche Weise mit den Alltagsgeräuschen von Paris verbinden. Aber »Crime-Jazz« ist nur einer der zum Noir passenden Musikstile, Rock-, Blues-,

Country- oder Rap-Musik sind ebenso stilbildend und liefern den Sound für viele der Neo- und Country-Noir-Filme der Gegenwart. Unverändert inspirieren sich unterschiedliche Kunstgattungen und Kulturen gegenseitig und die Anfänge des Noirs fungierten, das darf man wohl sagen, als Katalysator.

Das bildet auch die vorliegende Auswahl ab. Sie stellt nicht die wichtigsten und bekanntesten Werke des Krimi-Noir zusammen, denn die sind alle hinreichend gelesen und rezipiert. Vielmehr folgt sie der eben beschriebenen Spur, stellt Verbindungen zwischen dem amerikanischen und europäischen Noir her und versammelt herausragende Romane aus beiden Kontinenten. Beginnend mit James M. Cains letztem und lange verschollenen Roman »Abserviert«, führt sie in das Harlem der frühen 1960er Jahre, stellt mit Ulf Miehes »Puma« einen der wenigen deutschsprachigen Noir-Romane vor und besucht Fabio Montale, einen kleinen Polizisten mit Hang zum guten Essen, in Marseille. Massimo Carlottos »Die dunkle Unermesslichkeit des Todes« ist ebenso beklemmend und grandios, wie der Titel es vermuten lässt, und mit Charles Willeford, Jim Nisbet und Nic Pizzolatto wird die ganze Bandbreite des amerikanischen Noir erlebbar.

Die ausgewählten acht Titel sind – wie es sich gehört – voller zwielichtiger Gestalten, dunkler Ecken und trauriger Helden. »Der Krimi«, so hat es James Ellroy mal ausgedrückt, »ist ein Filter für das negative Potenzial, das man in sich trägt.« Noir aber ist mehr. Als Leser kann man sich mal auf diese, mal auf jene Seite schlagen und insgeheim die Untiefen der eigenen Persönlichkeit ausloten. Und nicht selten zerfließt die widersprüchliche Weltanschauung des Helden mit der eigenen. Was entweder Entsetzen oder wohlige Schauer auslöst.

Peter Graf

Charles Willeford, geboren 1919 in Arkansas, Waise mit acht Jahren und im Alter von vierzehn Eisenbahntramp, später 25 Jahre Berufssoldat in der US-Army, 1961–1964 Studium der Englischen Literatur. Willeford war u.a. Boxer, Radiosprecher, Maler, Englischlehrer sowie Autor. Als Journalist und Literaturkritiker schrieb er für den Miami Herald, als Autor veröffentlichte er zahlreiche Bücher. Willeford starb 1988 in Miami.

Lizenzausgabe der Süddeutsche Zeitung GmbH, München,
für die Süddeutsche Zeitung Edition 2016

Charles Ray Willeford
Ketzerei in Orange
Die Originalausgabe erschien 2006 unter dem Titel
»The Burnt Orange Hersey« bei Crown Publishers, New York

Die Deutsche Erstausgabe erschien 1991 unter dem Titel: »Die Kunst des Tötens«, dt. von Rainer Schmidt, Frankfurt/M, Berlin: Ullstein 1991

Verwendete Ausgabe: »Ketzerei in Orang«, Pulp Master, Berlin, 2005
Aus dem Amerikanischen von Rainer Schmidt

Herausgeber: Peter Graf | WALDE+GRAF Verlagsagentur und Verlag GmbH
walde-graf.de
Projektmanagement: Till Brömer
Gestaltung und Layout: studio stg, studio-stg.com
Druck- und Bindearbeiten: CPI books GmbH, Ebner & Spiegel Ulm

Printed in Germany
ISBN: 978-3-86497-359-8